臥虎藏龍

（下）

王度廬 著

臥虎藏龍（下）

作者：王度廬

出版：天地圖書有限公司
香港皇后大道東109～115號智群商業中心十三樓
13 / F., 109-115 QUEEN'S ROAD E., WANCHAI, H.K.
電　話：2528 3671　圖文傳真：2865 2609
香港灣仔莊士敦道三十號地庫／一樓（門市部）
九龍彌敦道96號（加連威老道口）（門市部）
查詢電話：28611022　圖文傳真：28611541

承印：亨泰印刷有限公司
香港柴灣利眾街27號德景工業大廈十字樓
電　話：2896 3687　圖文傳真：2558 1902

發行：利通圖書有限公司（港澳）
九龍紅磡民裕街41號凱旋工商中心8樓C
電　話：2303 1010　圖文傳真：2764 1310

二〇〇〇年・香港

臥虎藏龍

目錄（下冊）

王度廬

「鶴——鐵」系列

第一部《鶴驚崑崙》

第二部《寶劍金釵》

第三部《劍氣珠光》

第四部《臥虎藏龍》

第五部《鐵騎銀瓶》

天地圖書有限公司出版

臥虎藏龍

第11回 幺麼小丑詭計鎖神龍 怪客奇人飛行來巨宅

（續中冊）

天氣很熱，蟬在門外柳樹上高唱，聲音都傳到屋內。京城中表面是依然平靜，玉小姐病了這許多日，至今還没有見親友；這件事彷彿也陳舊了。可是現在有許多人正在暗中活躍，第一是德嘯峰與京城聞名的俠公子銀槍將軍邱廣超。二人親身去見新回京的玉知府竇恩。他們不能明說聞說三小姐被官人捉去了，他們只能問：「姑奶奶近日的病勢如何？」竇恩卻發愁的樣子說：「還是不見好麼！在房裏還是不見人，一聽見人的足聲，她就驚喊！終日昏昏沉沉，只有一個僕婦，兩個丫鬟伺候她。內人昨天還去看了她一次，可是她大睜着眼睛，竟不認識嫂嫂；因此家母也因憂得病，家嚴更是十分灰心！」一種隱情，他家裏的人似是諱莫如深。

邱少奶奶也被玉家的兩位奶奶攔阻，說是：「別去看她啦，她不像早先那樣子啦！我去看她，都挨了她一頓罵，您若去，得罪了您，我們可真擔不起！」

旁邊玉大奶奶膝下那七歲的女孩惠子，一聽人談說到她的龍姑姑，臉色就立刻顯露出來驚疑。總之，玉、魯兩宅無論上下對此事全都保守得極爲秘密，事情是可疑得很，然而無人能把它揭穿。

同時，又出了一件事，是有人在提督衙門控告了大盜虎某，原呈是：「具狀人賀紹紳河南人，在刑部衙門當差，前聞西城某巷中有娼婦大蘿蔔、小蝦米。其家中去一遊客，自稱姓虎，身攜銀兩無數，舉動兇悍，動輒毆人。有人知彼即係在玉宅喜事時，箭射彩轎，刀傷官人之人。想係江湖大盜潛居京師，若不嚴加捕拿，難免再出巨案……謹此告密。」並附有這賀紹紳的家世履歷。衙門的人抄下來給了德嘯峰。原意是聽人傳說，德嘯峰對那撞喜轎的莽漢來歷有些知曉；劉泰保救走了那人，德嘯峰有主使的嫌疑。所以想索性把這狀子給德嘯峰看看，送個人情，給德嘯峰容個時間，好叫那「虎某」快跑。不料那德嘯峰一看那賀紹紳的家世履歷，卻是：「父諱頌，曾任河南汝南及江西吉安知府……現告老居京，紳在刑部當差，所言是實，決無謊報……」

官人走後，德嘯峰就拍桌子說：「這真是冤家狹路，這賀家正是多年前害死我兒媳婦父母，三年來遍訪無着的仇人！」因兒媳婦楊麗芳現在鬧着要往河南去報仇；假若她知道仇人就在京師，她又會武藝，立刻就闖出來大禍。所以德嘯峰把這事並不宣露，只把新從延慶回來的楊健堂請來，悄悄告知他此事。叫他去設法探出這賀家的情況，平日的行爲，及那告老的賀知府，在汝南任上時是怎樣害過一姓楊的夫婦，並囑他不要向外人說知。

楊健堂自然十分義憤，他慨然應允了。這件事倒不難辦，知曉了賀家的住處，楊健堂費了一天的工夫，就已探出來大概。德嘯峰記在心裏秘不發表，現在只是專搜尋玉嬌龍的下落。

先幾日來京的爬山蛇胖子史健，他是在山西與李慕白會面，一同北來，走到保定遍南遇見了玉嬌龍。李慕白去追玉嬌龍往南去了，他就一個人來到北京；秘密見了德嘯峰一次，現住在同鄉開的一個小舖裏。他對這回事最熱心，曾帶着猴兒手乘夜到魯宅去了兩次，可是竟沒有尋着那不見人的新娘住的屋子。

劉泰保手底下的耳目衆多，除了每天有人向他報告消息之外，他並且天天晚上要到玉宅門前去蹓躂，探出來的只有玉宅的奶奶少爺們，天天坐車往魯宅去看那位病姑奶奶，但玉嬌龍到底是在哪裏？誰信魯宅的新房裏真有人？誰信他們爲雙方遮羞要的這套假玩藝？可是玉嬌龍到底是死是生？連俞秀蓮每夜潛入玉魯兩家的宅中去探查，各衙門的監獄中，她也都設法進內查過了。蔡湘妹託街坊的李二嫂向姑家哥哥（魯宅廚役）去打聽；結果全像海底尋針似茫茫渺渺，一點也探不出玉嬌龍的蹤影。

至於李慕白此次是與俞秀蓮、孫正禮一同來京，現住在鐵貝勒府內，如上賓一般的受優待。他過去的官司經鐵小貝勒打點，已無人肯再追究了，他可以隨便在街上閒遊了。每天他訪訪德嘯峰、劉起雲、孫正禮，京華景象，一如從前，但已沒有多少人認識他了。

六載前逗留的西河沿旅舍，打磨廠比武，韓家潭銷魂之鄉，都掀起他的記憶，他又到南半截胡同去拜見表叔。表叔祁家是越來越窮，以爲他早先的案子還沒銷，不大敢招待他。他出了南半截胡同不遠就是舊日臥病，與孟思昭結成生死之交的法明寺，再往南即是纖娘的埋香之所。李慕白並沒去看，心頭滋出的悲思，也旋即消逝。

他鞭絲帽影，駿馬英姿，走遍了長街，登遍了酒樓茶肆；但聽不見關於玉嬌龍的風聲，也看不見形跡可疑的人。他的意思倒不是必須尋獲玉嬌龍，他認爲玉嬌龍若果真被官人捉去，那倒是爲江湖除去一個强霸。他只是立誓要尋回青冥劍，那口劍在玉嬌龍手中還不至於濫殺無辜，但要到了甚麼紅臉魏三的手裏，那可就要貽害無窮了。同時希望能於玉嬌龍的口中問出啞俠及《九華拳劍全書》的下落。但作難的是自己不願像史胖子、猴兒手那樣深夜往人家宅第去尋人家的閨房；所以他並没有到魯家去過。只會過史胖子、猴兒手、在德家見過劉泰保，劉泰保又引他去看了看羅小虎。

現在羅小虎已將他那些枝弩箭做好了，劉泰保並將寶刀還了他，天黑以後，若有人跟着他，也准許他出門。羅小虎是這件事裏的主要人物，他的心比誰都急；但他又不得不隨着這許多人的腳後頭，尋他的茫無下落的情人。

這古城中，龍藏虎卧，鷺走猿飛，閃閃的刀劍光，輕輕的遊俠跡。每夜更深，群俠齊施身手，但是一連五日，竟毫無線索。到了第六天忽然發生巨案，説是西直門關廂的第一家小店裏，昨夜突去暴客，殺死了兩個在那裏投宿了七八天的旅客，是一男一女。有人認識是在鏢店作夥計的紅臉魏三跟他的老婆，死得極慘！有人還看見昨夜行兇的暴客是從房上來的，是個細腰的少年。

這件事一出，使得邱廣超、德嘯峰、李慕白、俞秀蓮、劉泰保無不驚詫，連史胖子與猴兒手都有點害怕了，都說：「先歇兩天吧！誰知道這是怎麼回事呢？玉嬌龍不定是藏在哪兒啦！咱們在這找她，她還許正在暗笑咱們呢？」羅小虎卻大樂，拍着巴掌。李俞二人卻既驚且憤，要再鬥鬥玉嬌龍；但過了兩天，玉嬌龍又無蹤跡。

忽然一天又來了一件驚人之事，就是玉魯兩宅同時傳出來消息，說是：「魯少奶奶玉小姐的病已好啦！由今天起就出來拜客！」這個消息可把這些日的謠言完全掃淨。德大奶奶都信以爲真，又驚又喜，可巧俞秀蓮正在她家，她就拍着手笑着說：「叫我跟着你們當了這些日瘋子！天天疑神疑鬼的瞎說人家，原來全不是那回事！人家玉嬌龍明明是一娶過去就病了，就沒出新房。這都是劉泰保那小子造的謠，現在看劉泰保的臉還往哪裏擱？好在那小子本來就沒臉。」俞秀蓮生着氣說：「這跟劉泰保有甚麼相干？她這些日若在魯家害病，那到巨鹿縣去吃了我的一頓麵，搶了我一匹馬逃走的不是她嗎？李大哥孫師哥跟我三個人把她追跑了的，難道那也是我們瞎說？」

德大奶奶說：「你們看見的，那一定是她的魂靈兒。書上常記着這樣的事兒，說是一個人在這兒得了病，卧床不起了，可是她的魂靈已然出千里之外了；在那地方她也照常吃飯，照常能見人說話，跟真人没有甚麼分別，決看不出來。後來，她回來了，跟病床躺着的那個她，一見了面，兩人又合而爲一變成一個好好的人！」俞秀蓮說：「我不信！魂靈還有那些事兒？」楊麗芳也在旁納悶。

此時德嘯峰走到屋裏，聽她們正在談說此事，他就擺手說：「這件事約兩三日內，玉嬌龍她回娘家的那天；我們這裏去一個人看看她，由她的容態上必可看出點來。據我想其中必有絕大的隱情，她那樣的人怎能甘心嫁魯君佩！這不定是怎麼回事了！」德大奶奶哼哼冷笑了一聲，她也不信她丈夫的話，她說：「誰的話也都不足爲憑，還是看看她本人！我敢說，以我跟她的交情，她見了我的面決不能不說真話。只可惜咱們跟魯宅無來往，非得等她回了娘家，我才能去見她！」俞秀蓮說：「邱家跟魯家有來往没有？」德大奶奶說：「魯君佩的四嬸子是邱廣超的表姐，她們倒還走得很近。」俞秀蓮突然站起身來說：「不如我就去找邱少奶奶，叫她帶着我到魯家去看看。叫我作隨身的丫鬟我也願意，只要我能見着玉嬌龍，我就有辦法！」德大奶奶說：「得啦吧！你給我惹甚麼禍都不要緊，可別給邱家招事！」俞秀蓮說：「我不招事，我跟隨她去，一定要規規矩矩地，我哪能又跟玉嬌龍翻臉呢？」

旁邊楊麗芳微笑着，她替俞秀蓮表示出一種興奮，德嘯峰點頭說：「俞姑娘若去一趟也很好，快些把此事弄個水落石出。只要見玉嬌龍確實在魯家，她是安心作那裏的少奶奶了，我們就放心，連詳情都不必問。辦完了這件事，我們還有更要緊的事情。」俞秀蓮瞧了楊麗芳一眼，說：「對啦！我也願意趕快把這件事弄清，我好帶着我侄往河南去報仇！」楊麗芳黯然轉過臉去。德嘯峰又點頭說：「就是！」

俞秀蓮正要往屋外走，忽聽壽兒在窗外嚷着回事，說：「劉二爺來見老爺。」俞秀蓮問說：

「劉二爺是誰？」德嘯峰說：「是劉泰保。」德大奶奶說：「他幹甚麼又來？不見他好了！」德嘯峰說：「他來一定也是爲這件事，他必有所聞，怎能不見他？」說着往屋外就走，並叫壽兒出去僱車送俞姑娘去往邱宅。

他走到外院，就見劉泰保正在書房前台階上站着，見了德嘯峰，他就請安。德嘯峰一看，他那留了還不到一個月的小鬍子不知爲甚麼又剃了，嘴上光光的；進了屋，德嘯峰就笑說：「怎麼又不留鬍了？」劉泰保說：「我娶媳婦還不到年，兒子也還沒出世，我留哪門子的鬍子？以前我是沒法子，有人造謠言，說是我拐跑了玉嬌龍；弄得我不得不晝伏夜出，並留點鬍子以便遮人眼目。現在玉嬌龍已然光明正大的當起府丞夫人來了，我還有甚麼嫌疑？官人還能藉着甚麼碴兒抓我？這點鬍子没用了，我自然不要它啦！」德嘯峰就悄聲問說：「怎麼樣？你在外面聽見了甚麼没有？」劉泰保說：「我就是爲這件事來的，今天一清早玉嬌龍回的娘家，在玉宅吃完午飯，又回婆家，車後跟隨的官人很多；下車的時候，四周圍都不許站閒人，所以禿頭鷹他們都没瞧見。可是這個玉嬌龍不能是假的。據我想，那多半是那天紅臉魏三把她捆去没有捆住，她掙斷了繩索，反殺死魏三跟魏三的老婆！」

德嘯峰說：「這樣一說，你那天所遇見的有腰牌的官人，一定是賊人假冒的了？」劉泰保說：「多半是！」德嘯峰說：「可是玉嬌龍既然願嫁魯君佩，她當初就不必跑。既然跑了，魏三也白費力捉了一回，枉賠上性命。她武藝之高，本領之大可知，她何必又自己投回魯家？」劉泰保點頭說：「五哥所見的極對，我也覺出這是一個大悶葫蘆；所以我還不甘心，還得設法打破了這個葫蘆，露一露臉。今天我來，就是有一件難辦的事，您得給想法子！」

德嘯峰問：「甚麼事？」劉泰保說：「就是我們這位虎爺，他聽說了這件事，簡直是要瘋了。他說今天晚上就要去殺魯府丞，我後悔把寶刀又給了他；他又有自己做的幾十枝箭，簡直我們都攔不住他老人家！」德嘯峰說：「你趕快到泰興鏢店去找孫正禮，阜城門內去找史胖子……」劉泰保說：「史胖子不行，那傢伙比我還壞，他現在跟羅小虎交上啦！晚間兩人同上酒館，一同到魯宅去探風；猴兒手也跟着他們，他們說話都背着我！」德嘯峰說：「有孫正禮去就行。」劉泰保搖頭說：「那位大爺急性子，您派他去打誰倒行；叫他在屋裏日夜看着人，他哪有耐性兒？」

德嘯峰想了一想說：「不過，他一個大活人，要不叫他動轉也辦不到，只要叫他明白利害，這件事得慢慢地辦理，不叫他莽撞就是了！此事本與我無關，我所以要管，第一是因爲玉宅對我有過好處，我不能不維護玉嬌龍，其次還是爲他。因爲他的胞妹是我的兒媳，他的胞弟楊豹那樣的好漢子又死了！他父母的奇冤未報，高朗秋、楊公久、俞秀蓮都是俠義英雄，對他楊家所作的事都是可泣可歌。他既是我家的親戚，所以我義不容辭。無論他是個怎樣的人，我也得維護他，勸導他，不能叫他在我眼前惹下殺身大禍。爲的將來把事情辦明，冤仇報了，叫他認祖歸宗，也算是楊家的一條根！」劉泰保說：「五爺當仁不讓，我真欽佩。就是，虎爺認上死扣兒了！他不娶玉嬌龍？大概早就把她忘啦！」德嘯峰也皺着眉感覺到難辦。

劉泰保只好去找孫正禮，他一出門恰巧俞秀蓮正上車，俞秀蓮就囑咐說：「告訴他們，現在都沉住點氣！我現在就去看她，等我晚間回來再商議辦法。」劉泰保連聲答應，就讓俞秀蓮的車走過去了。車來到大街上，她就叫趕車的放下車簾，她在車中卻趴着青紗車窗向外去看。車行走了許多時，由東城到了西城北溝沿，就在邱侯爺的府門前停住，俞秀蓮下了車，把車打發走了，門裏有個僕婦直着眼睛來望着她。俞秀蓮就邁步進了門檻，微笑着問說：「你們少奶奶在家嗎？」僕婦問說：「您貴姓呀？」俞秀蓮說：「我姓俞。」僕婦說：「我給您回一聲去！」她進了屏門，順着廊子往裏院跑去，俞秀蓮慢慢地往裏去走。

這時忽見北房的簾子一啓，出來了一位三十來歲的錦衣公子，正是邱廣超，他很恭謹地叫道：「俞姑娘來了？」俞秀蓮止住了腳步，邱廣超就笑着說：「慕白也在這裏。」俞秀蓮笑了笑，下了台階往那邊去走。只見李慕白身穿藍色綢衫，手持摺扇，也自屋中出來。

俞秀蓮進了這小客廳，一看，並沒有僕人在此伺候，她遂就向邱廣超說：「今天我來，就是求邱嫂嫂領着我去看看玉嬌龍！」邱廣超說：「我們也正在提說此事，也因她是個女子，只有俞姑娘見了她，才甚麼話都好說。慕白的意思是不願再逼她，只叫她把青冥劍交出來就是啦。」俞秀蓮說：「還不定是怎麼回事呢！德五嫂子不信在巨鹿跟我鬧翻了臉的是她，我又有點不信，現在所說重病才好的是真玉嬌龍！我非得去看看不可。」邱廣超說：「本來內人是要明天去看看她，因爲今天玉嬌龍必回娘家去。」俞秀蓮說：「我聽到劉泰保說，她已經從娘家回去了。」邱廣超說：「那今天叫她去也好，只是姑娘要隨了去，未免要使魯家的人生疑！」俞秀蓮說：「我可以扮作你們家裏的丫鬟。」邱廣超笑了笑，說：「我家只有四個使女，他們都認識。」李慕白在旁說：「據我想魯家現在必有比玉嬌龍更毒辣的人，所以玉嬌龍才不能不低首就範，姑娘去了，千萬也要小心！」

俞秀蓮一怔，此時進去回事的那個僕婦就來說：「我們少奶奶請俞姑娘！」俞秀蓮點頭，又向邱廣超、李慕白二人說：「我到裏院去啦，只要邱嫂子今天肯出門，無論用甚麼手段我也要見着玉嬌龍。只要見着她，我就有法子向她探出來底細。」

李慕白說：「楊健堂親聽羅小虎說，玉嬌龍的才藝確實自啞俠的書中所得。南鶴老伯數十載浪跡江湖，就爲的是尋找那兩卷書和啞俠的下落；倘姑娘能將這兩件事的下落究出，再把寶劍索回，我不必親自向她去追索了。因她現今已是一位命婦，我更不願與她見面動武。」俞秀蓮點頭說：「好！這些事我必忘不了。」說着她就隨那僕婦走往裏院去了。

這裏李慕白與邱廣超閒談，談到武藝，李慕白說：「玉嬌龍的武藝確實罕見，只是行爲卑劣，毫無慷慨的氣度。」接着又談道：「現在鐵貝勒擬留我常住北京，也是因爲他現在職位愈尊，人愈貴重。玉嬌龍兩次到他府中盜劍之事，使他有些膽寒，所以想使我保護他。雖然他對我必然優待，但多年來我浪跡江湖，閒散慣了；若叫我在京長住，不能再往別處去，如何成？所以我想給他介紹兩個人代替我。」

談了些時，就見僕婦來說：「少奶奶要走啦！」邱廣超與李慕白齊都站起身隔着玻璃窗向外去看，就見由裏院走出來高梳兩板頭，身穿豆青色春羅旗袍，手拿着小扇子的邱少奶奶。隨侍着三個僕婦，其中一個「僕婦」是穿着月白色的褲襖，腦後梳着個「蘇州頭」；年紀很輕，原來正是俞秀蓮。

邱廣超不禁大笑，李慕白也點了點頭，邱廣超回身笑說：「慕白兄，你太有些近於迂腐了！爲甚麼你不與她結爲夫婦，天下的婚姻哪還有比你們再合適的？我是俗人之見。我主張你不如應了鐵貝勒之聘，就在京長住下；我們再把舊事重提，使你與俞秀蓮成爲一對，永彌人間缺憾，也省得你們再在江湖飄泊。你看，神出鬼沒的玉嬌龍現在都甘心俯首做人妻，未必不是她厭倦江湖。做人還是夫婦與家庭的事要緊！」李慕白搖搖頭，只說：「你不明白。」

此時，門外的兩輛驢車已然趕走了，魯宅本來離此不遠，不多的時間便已來到。這門前本已停着幾輛車轎，可見宅裏已來了客人。俞秀蓮先下了車攙扶邱少奶奶，另一個僕婦趕緊走過來，對她很客氣地；俞秀蓮卻瞪了她一眼，這僕婦就不敢過來幫忙了。

邱少奶奶倒是一點不客氣，大模大樣地叫俞秀蓮攙扶着下了車。就看見有一個胖子，穿着油裙，地下放着個籃子，籃子裏有幾隻燒鷄；胖子高舉着籤筒子，許多宅裏的僕人都圍着他抽籤賭彩，打算贏他的燒鷄。上馬石的旁邊還有個賣茉莉花的小子，有幾個丫鬟都圍着她買花，往頭上去戴。

賣花的小子是猴頭猴腦，扭頭一看見了俞秀蓮，他就把嘴一咧，高聲吆喝着：「茉莉花啦！香死人的茉莉花啊！」有個官人模樣的人走過來瞪眼說：「在這門口作買賣，可不准胡吆喝！不然你滾吧！」有兩個手拿着茉莉花的丫鬟走過來，請安笑着說：「邱大少奶奶！」她們並注意地瞧着，攙着這少奶奶的那個年輕俊俏的小腳兒的老媽兒。

俞秀蓮卻不多看人，只把邱少奶奶攙上了台階，進了大門。卻見由裏面出來了四名官差，腰間全都掛着刀；見有女眷來了，他們一齊躲往牆根，垂手恭立。俞秀蓮曉得這必是順天府的官人，魯君佩不過是個府丞，他的宅中就預備下這許多的人防範誰呢？一個丫鬟在前面跑着去傳報，兩個丫鬟在邱少奶奶的前面走，邱少奶奶就說：「我聽說你們的新奶奶的病好了，我才特意來看看。在這兒論，我們是嬸子跟侄媳婦，在她娘家論我們卻是姐妹，所以我得趕緊來瞧她。」一個大丫鬟說：「我們少奶奶的病可也真怪，說病了就人事不省，說好了就立刻好了。這還是仗着太極觀的老方丈，畫了兩道符縫在鞋底裏，把魂給壓住了，這才好的！」又一個丫鬟說：「那老道士畫的符可真靈，不怪人稱呼他是老神仙。」

走進了垂花門，聽客廳有許多男人在那裏談話，俞秀蓮就曉得今天必是有許多男客也來給魯君佩賀喜，她倒是很想看看那魯府丞到底醜陋到甚麼樣子。又走進了兩層院落，就有本宅拿事的女管家畢媽媽，帶領着兩個僕婦出來，一齊請安說：「大少奶奶您好。我們太太現在堂屋會客，來的是展公爺府的奶奶、蕭御史夫人，您沒見過吧？」邱少奶奶搖頭說：「我都不認識，叫你們太太先會客好啦！不用驚動她，我是專看你們少奶奶來啦。」畢媽媽說：「可不是！剛才就來了七八起客，都是來瞧我們少奶奶的。可是少奶奶剛病好，今天早晨又回了一趟娘家，太累啦！現在大概在房睡下啦！」邱少奶奶說：「她睡下也不要緊，我們倆是誰跟誰？她病了這些日子，我都沒見着她，現在還不快點讓我瞧瞧她？」遂又問：「她住在哪屋裏？」畢媽媽有些遲疑，可是邱少奶奶既這樣的不客氣，她也不敢攔阻，只好說：「我們少奶奶的病，也就算是好了七八成兒，可還沒有大好。所以展大奶奶、趙太太也還都沒有見着呢！」邱少奶奶臉上露出不高興的樣子說：「不管人家，得讓我先見見。」畢媽媽只得向旁邊的丫鬟使眼色，一個丫鬟就跑了去稟報魯太太，畢媽媽就無奈何的請邱少奶奶進到了北屋。

北屋五間，最裏間就是昔日的洞房，於今玉嬌龍的寢室。外屋陳設得頗爲華麗莊嚴，牆上還貼着雙喜字，掛着喜屏，朱色艷然，令人憶起不久之前他們的新婚。可是堂屋還擺着神龕，供着「伏魔大帝」、「觀音老母」，佛燈下還壓着種種靈符；道士送來的鐵如意也在桌上擺着，卻又有一種神秘的氣象。隨邱少奶奶進屋來的三個女僕，其中一個就是俞秀蓮。邱少奶奶向來是吃水煙的，銀水煙袋永遠是叫一個張媽拿着，現在卻被俞秀蓮給搶了過去，爲的是她好跟隨邱少奶奶進裏屋。

畢媽媽先走進去了。待會兒，有丫鬟從裏邊打簾子，就見玉嬌龍頭戴着兩板頭，插着滿頭的綾花和絨鳳；銀紅色綢旗袍，綠紗的坎肩，鈕扣上掛着二龍戲珠的玉墜，下穿鑲珠的厚底鞋。正斜坐在床上，果然是玉嬌龍，半點也不假。她瓜子臉兒上擦着很紅的胭脂，眉也似經過一番描畫，艷麗絶倫，姿色如昔；可是確實有些病態的瘦了，兩眼也含着深深的憂鬱。

一看見邱少奶奶，她就被丫鬟攙扶起來請安，忍不住兩眼迸出來珠淚。邱少奶奶是又驚訝，又難過，趕緊説：「你坐着吧！才病好，不可以累着！」她拉着玉嬌龍的雙手，見玉嬌龍的手戴金、翠、鑲珠許多顆戒指，手還是那麼細而長，塗着不少的脂粉，可是竟覺得有些粗糙了。心想：「是因爲她拿了些日子的寶劍吧？」邱少奶奶對她不禁懷着些凜戒，可是玉嬌龍竟像受了多日的委屈，如今才遇見了能訴衷曲的親人，她抽搐哭泣得極爲可憐。丫鬟遞給她手絹，她擦擦眼睛，忽然她睜開眼一看！簾子外站着一身月白的年輕老媽兒，她立時把兩眼瞪圓了。俞秀蓮掀簾徑入，向玉嬌龍屈腿請安，笑着叫聲：「魯少奶奶！」玉嬌龍沉着臉，微點了點頭，就扭過面去。

俞秀蓮給邱少奶奶裝水煙，邱少奶奶與玉嬌龍並坐在床上，就説：「我早就想來看你，只是你的婆家娘家都在各處謝絶親友，説你是中了邪。有時昏沉得人事不知，有時發了狂，滿嘴説胡話；所以不叫人看你來，也没人敢來。可是我實在的不放心，本來，自你由新疆到北京來，誰還有咱們倆人走得近？」玉嬌龍斜着身不語，淚墜在衣襟上。邱少奶奶也拿手絹擦擦眼睛，旁邊畢媽媽説：「這一個月來，我們可也都急死啦！這屋裏整天鬧神鬧鬼，牆上的畫兒就自己掉下來，籠子裏的八哥嗚嗚的哭。」俞秀蓮插言說：「你們倒沒丟貓？」

畢媽媽一怔，不明白她問的這是甚麼話，又說：「請僧也不行，請道也不行，燒紙燒香都沒用！枕頭底下壓善書，被褥上貼神像，也都沒用。結果還是那兩隻鞋，把朱筆寫的符藏在鞋底裏，這才鎮住了魂！」俞秀蓮說：「要是穿一隻鞋更好！」畢媽媽又是一怔，心說：「怎麼，這個老媽兒這樣的多說話？」邱少奶奶急忙向俞秀蓮使眼色。畢媽媽又說：「沒娶過來的時候，玉宅的親家太太就說：『姑娘身體弱，在新疆的時候就時常病！』」俞秀蓮又饒言說：「新疆那地方我也知道，雲一起就能遮住半個天，山上大虎小虎全都有。强盗還很多，殺人、放火、放箭、搶馬上樹、丟鞋……」

忽然玉嬌龍直挺挺的身子向床上一倒，畢媽媽驚得說：「哎喲！怎麼啦！」疾忙過去叫：「少奶奶！少奶奶！……」邱少奶奶也慌得緊緊拉住玉嬌龍的手搖動，兩個本宅的丫鬟，嚇得都變了色！玉嬌龍雖然躺下，頭上的花也掉下許多枝，可是她睜圓着兩隻眼，緊緊地咬着嘴唇。畢媽媽趕緊擺手，囑咐那兩個丫鬟說：「別聲張！教太太知道可不得了。」

玉嬌龍突然挺身而起，頭上的花亂顫，憤怒着說：「有甚麼不得了……」畢媽媽露着牙說：「得啦！您好啦就得啦！不然我們真擔不起！這都因爲那位大姐說了兩句錯話。」玉嬌龍瞪眼說：「人家說錯話？可是我聽你們剛才說的錯話也不少！都給我出去！」「吧」的一個大嘴巴，畢媽媽雙手捂着臉，兩個丫鬟急忙跑出去了。

畢媽媽哎喲哎喲地慢慢地走出了屋，玉嬌龍向外看了看，就急急地悄聲説：「你們何必還來逼我？你們瞧我已經到了甚麼地步？」邱少奶奶嚇得臉白，説不出一句話。俞秀蓮卻昂然説：「到底是怎麼回事？快跟我説，我們能幫助你！」玉嬌龍連連擺手説：「誰也不用幫助！我不求誰，只求你們可憐我，别天天晚上來許多人攪我就是了！要把我逼死了，於你們並無益！」又向邱少奶奶説：「請您快些走，以後也别再來看我，受了連累可不好。這個家跟我們那個家，以後還不定要出甚麼事！……」

此時窗外足聲雜沓，有許多人匆匆而來，玉嬌龍趕緊把話止住；暗暗地擺手，又隨手將掉在桌上的絨花往頭上去戴。俞秀蓮很鎮定地給邱少奶奶裝煙點火，玉嬌龍又作出笑臉跟邱少奶奶閒談。外面來的是魯君佩，他憤怒地用腳踢開竹簾，屋裏的俞秀蓮立時把眼瞪起；邱少奶奶也沉着臉兒，可又暗中拉她。魯君佩身體高得像一座塔，可是又太肥，彷彿這座塔蓋得太不成樣子！凹鼻子、小眼、臉像個西瓜。身穿灰色官紗長衫、青緞馬褂，低頭進來，又抬頭直腰，低着眼皮看人。但一見邱少奶奶端坐着抽水煙，他又不敢撒脾氣了，就請了安：「嬸子！我廣叔這一向可好？今天怎麼没有來？」邱少奶奶不言語，照舊抽水煙。

魯君佩看看他的嬌妻玉嬌龍，玉嬌龍卻扭着頭去瞧别處，魯君佩又看看俞秀蓮；他驚訝着，邱宅從哪兒僱來的這俏老媽兒呢？此時畢媽媽和兩個丫鬟已從他身後進來，畢媽媽還捂着臉説：「少奶奶一翻臉就打我！……」魯君佩回過頭來，瞪着眼睛大聲説：「你們也是可恨！主子的面前有客，哪有下人胡說？誰家府裏有這規矩！」俞秀蓮就要抬手，邱少奶奶從後一揪她胳臂肘兒，卻厲聲向魯君佩說：「你可別對着我發脾氣！」魯君佩一笑，傲然說：「這是我的屋子！脾氣我隨便發。」邱少奶奶說：「是你的屋，可是這兒坐着我的玉妹妹。」魯君佩挺直了胸脯說：「她是我的妻子！」

這句話才說出，俞秀蓮就向他的胸脯猛擊了一拳，厲聲說：「你是甚麼東西，敢在我們跟前發橫？」要再打，玉嬌龍卻站起身來用手攔住，俞秀蓮倒不禁一怔！向玉嬌龍發出一下無聲的冷笑，玉嬌龍卻面容悽慘像懇求似的。

此時畢媽媽已哎喲一聲又跑出了屋，兩個丫鬟又往旁去躲。魯君佩的身子向後連退幾步，坐在一張椅子上，臉色蒼白，像西瓜上長了一層白霉；雙手捂着胸口，呻吟了兩聲，才說：「好！你邱家的底下人敢動手打我！」

邱少奶奶憤然站着，把水煙袋交給俞秀蓮，拉着她說：「咱們走！」又向玉嬌龍說：「妹妹你寬心！你在他們這兒，他們要是虐待你，你娘家不給你出氣，我給你出氣！」忿忿地走出了屋。

魯太太已帶着僕婦進來了，臉色也極不好看，問說：「怎麼回事？我的兒媳婦才病好，來這兒看她我們知情；親戚雖遠卻走得近，多少得講些禮兒！」邱少奶奶說：「我來到這兒就沒打算講理，我就是爲給我嬌龍妹妹出氣來了。這一個月她藏在屋裏不見人，誰知道她是真病啦？還是教你們給監禁起來啦？」魯太太撇着嘴笑說：「那些事她娘家人全都知道！她娘家父母俱在，兩個作知府的哥哥也都不是聾瞎。我們兩家親戚的事情，別人少操心，更牽連不到您邱府上！」俞秀蓮握拳瞪眼說：「邱家就要管！你老東西少說閒話！」魯太太往後退一步說：「哎喲可了不得！哪兒來的這個小老婆子？比她的主子還兇，怪不得邱大奶奶今天來了連我都沒見，氣比誰全大，原來早就帶來打手了。」幸虧有位官太太——展公爺家的跟蕭御史家的過來勸解。

邱少奶奶怕俞秀蓮把魯太太再打了，同時不願太失身份，就經過勸解，忿忿地往外去走；才出屏花門，就見那賣燒鷄的胖子已混到院裏叫人抽籤來了。出門上了車，車往北走，那賣茉莉花的猴兒手卻舉着籃子追着車跑——向俞秀蓮說：「姑娘不買茉莉花嗎？」

車一邊走，他一邊追，跨車轅的俞秀蓮怒猶未息，她就向這猴頭猴腦的人說：「告訴劉泰保不用再攔羅小虎的行動，他怎樣就怎樣，放他出去吧！有甚麼事都由我擔！」

猴兒手這才止住腳步，趕車的人直詫異。車裏的邱少奶奶一揪俞秀蓮，俞秀蓮將頭探向車內，邱少奶奶在她的耳邊問說：「這賣茉莉花的人是誰？」俞秀蓮悄聲說：「這是李慕白的徒弟猴兒手。」邱少奶奶說：「也別太怔辦！這件事我看麻煩啦！不定是怎麼回事。玉嬌龍決不願在他家裏當媳婦，可是看那樣子她又是無法；後悔剛才我也是忍不住氣，不然應當問問她到底爲甚麼？魯君佩有甚麼厲害的手段會使她害怕！咳！我一定得設法救她！」俞秀蓮也怔了一怔，少時兩輛車已趕回到北溝沿邱府。

此時，李慕白仍然在這裏等候消息，邱少奶奶連兩板頭也不摘，俞秀蓮也不換裝，就把僕婦都打發回裏院；她們一同急急地進到客廳，把剛才在魯家的事全都說了。邱廣超氣得只是冷笑說：「想不到魯君佩竟有這樣的本事，他會能制服了玉嬌龍。慕白剛才所說的話真不錯，但我倒要跟他聚會一下！現在先把這件事按下兩天，我自有辦法！」李慕白在旁不語。邱少奶奶跟俞秀蓮都又生了半天氣，揣測了半天，就齊回裏院更衣去了。李慕白在這裏用過晚飯才走。

當日晚間，李慕白回到鐵府並沒做出甚麼行動。可是劉泰保、史胖子、猴兒手並有那胸懷義憤的俞秀蓮，拚出命的羅小虎，他們全都在魯宅附近各展奇能。但是魯宅的門燈照得似同白晝一般，前後各大小院落，甚至每一個牆角都掛着風燈，每座房上都有打更的人坐着，按着時間打梆子敲鑼。四十名官人不斷地在各院巡查，各屋中卻連一點香火頭兒的光也沒有！防備得真一點風也不透。可是俞秀蓮居然上了玉嬌龍住的屋，但真奇怪，這統共五間大屋子，竟是一個人也沒有！不知玉嬌龍在甚麼地方睡覺，她只得走出。史胖子跑到廚房吃了一頓夜餐也無人查覺，其餘別的人都不敢上房。約四更時，眾人只好先後離去；臨走時，劉泰保叫猴兒手將門燈吹滅了，摘下來扛走，羅小虎抽寶刀向大門上紮窟窿。

次日猴兒手又奉史胖子之命，一清早又到花市上躉了半籃子茉莉花，來到魯宅。見木匠正在門上釘鐵葉子，補那幾個窟窿，門燈倒沒有另掛新的。他才來到門前站了一站，要吆喝，就有官人把他趕走，今天的官人好像是更添多了；他不敢近前，只好提着籃子到胡同口去賣。有魯宅的丫鬟婆子趕過來買，他就問：「那大門口爲甚麼不許我去呀？」婆子丫鬟都說：「少打聽！」傍午時卻又有幾輛車出來了，車都垂着簾子，往裏看不見車裏的人；出了胡同往東走了，猴兒手猜出這必又是玉嬌龍出車拜客，就在車後跟着走。

車走在大街上，街南有一家酒樓，酒樓上有一人推開窗子高唱：「天地冥冥降閔兇……」猴兒手看見是羅小虎，他疾忙唠嘴眨眼，卻見樓上發下來幾支弩箭全都射中在車棚子了。街上立刻大亂，羅小虎下了酒樓，騎上他的馬，回身又射了幾箭就走去；猴兒手也提着籃子趕忙跑進了一條小胡同。

這件事可真鬧大了，街上、茶館、酒肆中又傳說起來了。德嘯峰聽了信疾忙命人找來劉泰保，叫他去攔住衆人，尤其要監守住羅小虎，說是：「十天之內，無論是誰，都不許輕舉妄動，否則我就不認識他！」劉泰保唯唯地答應，疾忙去找史胖子。可是據史胖子說：「今天一早，羅小虎來跟我借馬，我就到我寄存馬的地方，把馬牽來給他了。他出去闖了禍，直到現在還没回來，大概不回啦！」又笑着說：「咱們爲這件事都是瞎奔忙，其實魯府丞跟咱們没仇，玉嬌龍咱又没交情，咱們管不管都不要緊！只是羅小虎，咱們別耽誤了人家的好事呀！」

劉泰保看出這個胖子太壞，羅小虎一定是他給放出去的，並且還是他給出的主意。雖然着急，並跺腳說：「這麼一來，我可又得留鬍子啦！誰不知道那傢伙是我的朋友呀！」史胖子只是笑，他也没辦法，當夜魯宅戒備得更爲嚴緊。

事過三日，衆人無計可施，劉泰保這時忽發奇想！他想：「如今各路英雄，齊聚於此，文的武的誰都不在我以下。可是別人都無法摸住玉嬌龍，原因就是夜入魯宅並不難，可就是不知她住在哪間屋？我要是出一奇計，無論哪天我跟玉嬌龍見面，問她現在打的到底是甚麼主意？爲甚麼她要怕魯君佩？青冥劍反正她也用不着了，若能跟她要過來更好。那樣一來我這風頭得出的多麼大？誰都得佩服我！一輩子都可以拿它向人誇口了。」於是劉泰保就在家裏跟他的媳婦商量，蔡湘妹立時又去找李二嫂；現在，蔡湘妹已把她的用意，都跟李二嫂說明了。李二嫂的丈夫是魯府打雜，也知道邱府中現在住着一位李慕白，是江湖大俠；貝勒爺的好朋友，來此也是爲玉嬌龍之事。他覺得玉嬌龍的事是早晚要鬧穿的，劉泰保將來必得勝，將來還許陞官發財呢！所以他們夫婦很樂於爲劉泰保夫婦幫忙。

當下李二嫂又打扮了打扮，就帶着蔡湘妹到她的娘家。她娘家住西城，離魯宅不遠。非到二更天她娘家哥哥才能衣裳裏藏着米、鷄絲、肉片、海參回來；白天只有媳婦在家，連飯都不用做。最歡迎人家找她來摸牌，如今她的小姑帶着肚子很凸的蔡湘妹一來到；她們就湊了個手，拉來街坊的一聾老太太，於是就摸起來紙牌，談起來閒話。

蔡湘妹就由這婦人的口中套出魯宅近日的情形，這婦人說：「我們當家的也不願幹啦！求劉嫂子跟您房東說說：叫他上鐵府伺候去啦！我們也搬家。咱們姐妹就能天天在一塊兒啦，也省得我整天悶得慌，越閒越懶！」蔡湘妹說：「大哥在魯宅的事兒不是很好嗎？」婦人打了一張「么魚」說：「好甚麼？現在都快累死啦！弄來好幾十個官人，都是順天府跟外城御史衙門的。都得在這兒吃飯，晚上還得預備夜宵，饅頭一蒸就是四五籠，還不夠吃的。廚房就是三個人，多一個也不添，快累死啦！」又吃了一張「九梭」，蔡湘妹也看着牌，口裏卻說：「不是聽說，那兒的新少奶奶病也好了嗎？親友們都常去看，下人們總可得些賞錢？」

此時，李二嫂和了牌，婦人就摔着牌說：「賞錢倒是有點，可是那頂甚麼？時時還得捏着一把汗。晚上，是房上都有人打更，官人們一夜不睡覺。看得那麼嚴，可是門燈也丟了，大門上也叫人紮了幾個窟窿。聽說是現在邱小侯爺跟他們作對，他們哪鬥得了呢？那位少奶奶，就是有名的玉嬌龍，簡直是一個惹禍精！早先，新房四面擋着紅布，除了畢媽媽跟兩個丫頭，誰也不許進去；端進去的菜可也有人吃，大概都叫畢媽媽她們吃了。那屋子本來就是一間空屋子，哪有甚麼病人呢？」說到這兒卻又後悔失言，悄聲說：「您可別在外頭說，說出來可就不得了！魯少爺那天把家人叫齊，每人賞二兩銀子。並囑咐說：無論是誰，只要向外人多說一句話，造一句謠言，立刻就抓到順天府去打板子！」

蔡湘妹說：「我不能向外人去說，我們當家的現在也不管他們這件事啦！早先我們是奉鐵府之命才管的，現在又不在他們那兒教拳啦。誰還願意因他得罪人？可是……」又抹起牌來又問說：「到底是真病好啦是假病好啦？現在別是個假玉小姐吧？」

婦人點頭說：「是真的！不假，可是回來得也真怪！那天前半夜還沒有甚麼動靜，第二天可就聽見那屋裏有人嚷嚷，又叫又罵，魯少爺也撒氣。待一會兒，玉宅的大爺二爺全都去啦，大概商量了足有一天一夜，就說是新奶奶的病好啦，就出來見人啦。可是，您聽明了，少奶奶病好了，少爺可不敢跟她捱近。天一黑了，就把少奶奶搬到另一間屋子去睡，少爺卻坐着擋得頂嚴密的車，去到朋友家裏睡覺去。」

蔡湘妹驚訝地說：「這是爲甚麼呀？」婦人說：「爲防賊呀！魯少爺現在有一個軍師，是花白鬍子的老頭子；南方人，官人們背地都叫他諸葛亮，這些主意全是他給出的。他說邱小侯爺手下有飛檐走壁的人，又因爲玉小姐有外遇，那男的就是個飛賊！」蔡湘妹說：「玉小姐既然有本事麼？現在怎會這麼聽他們的話？」

婦人摸了一張牌，又打出去一張，撇着嘴說：「有甚麼本事？外邊說她如何如何，那全是謠言；她過門那天讓强盜搶走了，倒許是真的。如今又叫魯少爺給設法找回去啦！我雖沒見過她，可是聽說腰細得連一陣風兒都禁不住；前兩天還有時鬧點脾氣，打畢媽媽、罵人，這兩天乖乖兒的，白天只出去看看親友。那天又出了事，她那個野漢子在街上一家酒樓上往下射箭，她在車裏差一點沒受傷！賊騎着馬跑啦，也沒捉着。晚上，她就在老媽子的屋裏睡……」

說到這兒忽然翻了臉，向她的出嫁的小姑子說：「下房兒在裏院，三間房子是老媽子跟丫頭睡。有個套間兒一到晚上魯少奶奶可就搬進去，屋裏連根繩子也沒有，恐怕她上吊。外屋裏睡着八九個人，看着她的，怕强盜再把她搶走。可是人家屋裏全是娘兒們，屋裏的事又不准跟別人說；您的哥哥在廚房，晚上他又不常在那兒睡，他怎麼會知道得清清楚楚的？彷彿他看見了，他要不跟那丫頭那個婆子有一腿才怪！那天他還舐着臉跟我說呢！邱少奶奶那天打架來還帶着的小老媽，比他們宅裏的焦媽全强。我想他跟焦媽一定勾搭上啦！不然他哪會知道這些事呢？」李二嫂說：「你也別多疑心，得功夫我問問他，勸勸他就是了！」於是這個婦人掀起了醋波，叨嘮不休，無意中又吐露出魯宅的許多秘密。

蔡湘妹喜不自勝，摸了不到十把牌，輸了不到兩吊錢，她就推說：「身子重，精神不好！」就回家去了。此時劉泰保正在家中睡覺，她把他叫醒，笑着，低聲兒說出了所探來的事。劉泰保跳起來一拍胸脯，說：「好啦！臨潼鬥寶我第一，把他們李慕白、俞秀蓮、史胖子全都踢到一邊去，讓我來出頭！洗洗三敗之辱，作個頂尖的大英雄，並且還得給我岳父雪恨。今天晚上，我就馬到成功！」

蔡湘妹指着他說：「你立時就吹牛！没你媳婦你也辦得了這件事？」劉泰保擺手說：「別讓旁人知道！將來我一定給你道謝！」蔡湘妹哼了一聲說：「還謝甚麼？今晚上辦漂亮一點，別洩氣就得啦！」劉泰保給媳婦作揖說：「我求你先說點吉祥話兒！」

少時，俞秀蓮自德家回來，劉泰保把那些話一字不提，並向媳婦使眼色；他坐立不安，心裏彷彿揣着彈簧。俞秀蓮也没說她今天從外面聽來甚麼事，她只說楊小姑娘報仇的事；現在是不用發愁了，大約不必遠往河南就可把仇報了，只是刻下還得斟酌。

劉泰保對這件事他倒是不怎麼關心，他只問：「李大老爺怎麼樣？莫非對玉嬌龍的事他就永遠這麼不聞不問嗎？自然這點小事，他大俠客也不放在眼裏。他現在是講究刀槍對敵，不願那麼爬房過脊，偷偷摸摸地了。可是他既在這裏麼，玉嬌龍又拿着他的九華全書、青冥劍；要真是書劍被咱們得了來送到他的手裏，他大俠客也得有點臉上無光吧？」俞秀蓮說：「我想他總有辦法吧？現在還沒到非他出頭的時候呢。」劉泰保心中笑說：「等他出頭可就晚了！」俞秀蓮又說：「第一是德五哥求他對玉嬌龍加以寬容，他本人也不願與女子爭鬥，否則玉嬌龍必不能生還京師。現在玉嬌龍是個安分守己的少奶奶，叫他去逼迫她，他自覺那非英雄所當爲！」劉泰保說：「幸虧還有我們這一夥，不是英雄的。要不然，玉嬌龍不定怎麼暗笑，魯君佩不定怎麼得意啦！」蔡湘妹申斥他，說：「你怎麼跟俞大姐頂嘴呀？」劉泰保笑着說：「我哪敢跟俞大姐頂嘴？不過我覺着那位李大俠客跟我們的脾氣不一樣！」俞秀蓮微笑着，說：「不是我們的脾氣不一樣，是他跟我們的見識不同。連我也恨不得殺死魯君佩，但他對德五哥說，殺死魯君佩也無用；玉嬌龍所怕的絕不是魯君佩，不然她能不敢跑。魯君佩的背後必定有個足智多謀的人，那人在暗中佈置下了網羅，叫玉嬌龍逃不出來，我們也都無法進去！」

劉泰保吃了一驚，瞧了瞧他媳婦，心說：「李慕白確實有點心計，他沒聽人說，竟猜出魯君佩的背後還有人，可是他絕不知道那背後的人是個花白鬍子的『諸葛亮』吧？媳婦也疏忽，剛才爲甚麼不順便向李二嫂的娘家的嫂子探詢探詢，那『諸葛亮』到底姓甚麼？住在哪兒？是個幹甚麼的？不錯！現在頂是這個人要緊。我今天得單槍匹馬，把這老傢伙的來歷，魯君佩天天晚上睡覺的地方，玉嬌龍的臥房全都得找出；還得見着玉嬌龍，問明詳情，討要九華全書、青冥劍，打一頓魯君佩，嚇嚇那『諸葛亮』……一夜之內全都得辦完了，不過媳婦又快要生養，不能幫助我，這一個人怕忙不過來……」如此，他越發待不住，向俞秀蓮說了些和氣話，待了一陣子，他就走了。

他身邊帶着一切零星雜碎，短刀之外，百寶俱全。他也不去找誰邀誰，出門時太陽還很高。

臥虎藏龍 第12回

墮計錯尋仇竟逢鴛侶 請君來入甕大快人心

魯宅今晚防守得益爲嚴密，各宿室中燈光毫無，院中卻輝煌得如白晝一般。防守的人也加了，各個都身穿短衣、頭盤辮髮，看不出哪個是官人，哪個是特僱來的打手；刀槍棍棒、釣竿繩索，一切俱全。下人們都很早的就睡了覺，少爺、少奶奶好像根本就沒在家。老爺魯侍郎本來就有病不能下床。這些事他也管不了；只有魯太太是連夜不睡覺，她是賭上氣了，說：「我倒要看看邱廣超他有甚麼能爲？難道他真能放火燒了我這宅子嗎？」

魯太太有個兄弟，本宅叫他「黑舅老爺」。這傢伙是個武舉，有些力氣和膽子。他拿着一口「青龍偃月刀」，指揮打手們說：「只要有賊人來，就格殺勿論。要是捉住活的，就施刑問口供，非得把邱廣超打趴下不可！」卻有人說：「舅老爺！這件事跟邱廣超沒多大相干，其中的原因難得很！最搗蛋的還是姓虎的那小子，他也不是專跟咱們，他是有貪圖……其中的詳情恐怕只有少奶奶一個人知道！」

黑舅老爺卻說：「若沒有邱廣超給他們仗腰，他們誰也不敢。邱廣超倚仗着世爵，以爲沒人敢奈何他。你們想，他都肯派女將出馬，來這兒搗蛋，小老媽兒動手就要打人，事先要沒有主子的教唆她能敢？乾脆邱廣超還不定跟這兒有甚麼臭事，這兒娶了個少奶奶，簡直是娶了個攪家精！君佩是執迷不悟。這要是我的家，我絕不能容留這禍害！」

在當院他們擺着兩張桌子，桌上有茶有酒，有點心；大家在前後院巡邏一回，就來這兒吃喝談論。這初夏的時令，夜風兒陣陣吹起，他們倒都感覺到「優哉遊哉」！在後庭有三間屋子，宅中都叫它「下房兒」，丫鬟僕婦都在那裏睡覺，現在那裏戒嚴得特別嚴緊。

院中兩隻風燈，一點鐘之前，黑舅老爺要帶打手來這轉三次。房上擱着個燈籠，有兩人坐在瓦上，屁股底下墊着鑼跟梆子，只要聽見前院的更聲一響，這兩人也就抬起屁股抄起梆鑼來跟着敲。他們白天都睡足了覺，此時都很有精神，大睜着眼四下張望。但，他們還是有疏忽。此時劉泰保如同個刺蝟，已由牆滾過來，偷偷溜到下房門前，手一摸屋門，門就開了——他手裏有撥門傢伙。

一溜進屋，就聞得一股臭腳味，不知有多少丫鬟、老媽兒都在各鋪板上睡覺。隔窗的燈光照得屋中一切清楚，他左邊看看四隻小腳丫子，右邊看看是幾團頭髮，呼嚕呼嚕的鼾聲像是打着小悶雷，心說：「我的艷福倒不淺！」他看見北牆有一扇板門，知道裏面必是玉嬌龍隱藏的那個套間。他腳步特別輕，走到臨近剛要拿鋼絲去撥門，忽聽見身後的屋門微響。他疾忙蹲身，鑽在鋪板底下，不留神一隻手按在尿盆裏，心說：好晦氣！只見門縫並沒怎麼大開，一陣風兒似的就飄進來一個人。這人走得很快，腳步着地極輕，正從劉泰保前面經過。劉泰保卻看出來是一隻黑絨的軟底小鞋，心中吃了一驚。這女人到套間的門前一撥即走入。

劉泰保探頭往外一看，見那一閃的背影帶有雙刀，心想：「好哇！我們兩口子費了很大的事，倒給她闢了路啦！不用說，一定是白天在家裏，自己的臉上露出了形色，叫她看出來了，所以緊緊跟着我；我先進來的，她反倒搶了先。好！我倒要聽聽她跟玉嬌龍是善說還是惡說？」於是爬出床舖來，蹲在套間的門縫前，側耳向裏偷聽。只聽屋中大概是玉嬌龍，問道：「外面還有誰？」劉泰保嚇得幾乎坐在地上，疾忙抽出短刀，卻聽屋裏的俞秀蓮說：「是劉泰保！」聲音很小，但玉嬌龍並不十分壓聲，她輕輕地說：「我已然不惹你們了！你們何苦還來逼我？非得逼得我倒行逆施嗎？」

劉泰保一個冷戰，心說：「不好！要翻臉。」俞秀蓮也像很生氣，說：「你混蛋！你不明好歹！五哥五嫂是關心你，怕你在此受委屈。我，咱們以前的事也不用提了！你有甚麼爲難的地方我可以幫助你。你玉嬌龍受這樣欺辱，自願忍氣吞聲，我還看不慣你給江湖丟人哩！你的身上沒有傷不是，手腳還利落不是？快點跟我走！」玉嬌龍嘿嘿一笑，接着又嘆氣，更聽得咕咚咚一陣腳步聲，好像俞秀蓮拉她走，她卻不肯走。

劉泰保怕她們立刻就相拉着出來，把自己撞着，就趕緊又往床底下去鑽。不防太慌張，嘣的一聲，頭撞着了舖板。有個婆子驚醒，問聲：「怎麼回事？陳姊姊！醒醒！聽聽！」套間裏全無聲息。劉泰保在舖底下學耗子叫，婆子駡着說：「這些耗子們！也瘋了！明兒非得抱個貓來不可！」此時外面梆鑼聲「梆梆梆梆！噹噹噹噹！」交了四下，各處應合。這座房上是敲得特別響，院中並有沉重的腳步聲，有人大聲的說話。屋裏的丫鬟僕婦大概全都醒了，有的嬌聲伸懶腰，有的低聲駡着：「窮吵甚麼！」有的說：「我作個夢！」有的又說：「你別壓我的胳臂呀！」板子咯吱吱的響，許多人都翻身。還有個丫鬟說：「臭蟲咬！又不許點燈！」劉泰保在舖底下趴着，心說：可千萬別點燈！

趴了一會，窗外的說話聲音沒有了，舖上又發出許多鼾聲，套間裏卻聲音毫無。劉泰保剛要挪動挪動身子，好躲開旁邊那氣味——太難聞的尿盆！忽然見有一人蹲着身向床底下拉他的胳臂，他嚇了一跳，以爲是俞秀蓮叫他快走，趕緊爬將出來。那人又向他一拉，他仰面看出來了，不是俞秀蓮，原來是玉嬌龍！玉嬌龍翩然進到套間，門留了一道縫兒。劉泰保鼓起勇氣，蹲着身走進套間，挺直了腿；就見窗上燈光很亮，俞秀蓮已無蹤影，只有一身綢緞的玉嬌龍站在自己的面前。相離着很近，像眼前栽了一棵牡丹似的，撲鼻的香。劉泰保心中從來沒有過這樣感覺，又驚又怕，外帶有點兒銷魂。就拱拱手，悄聲說：「小姐！我來也是奉德五爺、五奶奶之託！」玉嬌龍推他一把，說：「快從窗户逃走！不許再來！我在此是自己願意！」劉泰保點頭說：「是！遵命！」又回過頭來說：「可是！羅小虎那位大爺我可攔不住他呀！」玉嬌龍喘了一口氣，說：「隨他便！剛才我已跟俞秀蓮言明白了，不叫她再管；我在此隨時可以走，誰也攔不住我。我並不怕誰，只是你們不要來攪我。早先的事全是我的錯，以後我不再與你們作對，你們可也不必來纏我了！」劉泰保說：「大家對您全是一番好意。」玉嬌龍點頭說：「無論是好意壞意，明天如再有人來，我可就要幫助這裏的人跟他作敵。那時可別說我恩將仇報！」說着將窗户一推，原來這窗户早就動了。

劉泰保剛要往外跳，院中卻有人大聲笑着說：「快天亮了！天亮了好睡覺！」劉泰保趕緊又蹲在地下仰臉向玉嬌龍擺手，說：「這兒不妥當！我還是從外屋抓空兒溜吧！」站起身來，向玉嬌龍又一拱手，悄聲說：「玉小姐！年前多次打攪，您不要我的命，就算是恩深德厚。可是我起先也不是成心跟您爲難，是因爲碧眼狐狸，又因爲敝岳父。」玉嬌龍嘆了口氣說：「我很對不住你的太太，鏢打死蔡九是我一生作的唯一錯事，將來我再設法彌補罪愆吧！」劉泰保說：「其實也不要緊！兩家既然交手，就難免死傷。再說我知道小姐決不是存心要他的命，只是我劉泰保爲這些事荒時廢業丟了名聲，到現在簡直無法在街面混了。」玉嬌龍說：「你可以向人說，我在你的手下服了輸！」劉泰保笑說：「那誰信呀？我來的打算，就是……小姐可別生氣，我還是爲那口寶劍。小姐如今已成命婦，要那也無用，不如賞給我；我送還鐵府，藉此謀個差事。」玉嬌龍搖頭說：「那可不行！李慕白來了我也不能夠給他，將來還要用它。你快些走！我也沒有許多話對你說，剛才我把話都對俞秀蓮說盡了，就是求你們走！求你們以後別再來攪我們兩家！」

劉泰保卻嘻嘻一笑，把腰挺起來了，說：「小姐的話說到這裏，我可倒要拿點搪啦！現在天快亮啦！我也懶得動啦！吃官司挨打丟腦袋，我早已置之度外。小姐早先寫給鐵貝勒的那半封信，早託給我一個朋友拿着啦，只要我一死，他立刻就去告衙狀替我鳴寃，不是我要無賴，就是賊來不能空手走，請您快把青冥劍給我！」玉嬌龍冷笑說：「你別錯打了主意，以爲我不敢聲張嗎？我真怕你們來攪嗎？」劉泰保退了一步，兩隻胳臂往前胸一抱，說：「我想大概有點怕！反正一句話吧！我的命，跟玉魯兩家的臉面，玉大人、玉大知府、二知府跟這兒魯府丞的官兒，都拴繫在一起了！我完，他們誰也不能不完！」

此時窗外又有許多人巡邏，眼看已將到了五更。玉嬌龍半天也沒有說話，劉泰保已看出來她很是着急。忽然玉嬌龍一回身，從床下抽出來寶劍，交給劉泰保，說聲：「快走！快走！」劉泰保倒吃了一驚，接過劍來手有些發顫；還恐怕是假，從身邊掏出個小鐵鈎兒來，往劍鋒上試了試，果然應手而折。他不禁笑了，向玉嬌龍請了個安，說：「招小姐生了半天氣，可是我也實在沒有法子！」玉嬌龍悄聲說：「快走吧！小心一些！」劉泰保點頭說：「我知道，我怎麼來的？」說着喜孜孜，輕悄悄，又走到了外屋。因爲院中還有人，他不敢即時出去，所以又蹲下，心中想：大功告成，回家去先誇示於媳婦，明天再誇示於李慕白、俞秀蓮……連禿頭鷹都得叫他看看，然後用紅緞包裹獻還鐵貝勒，別教他就以爲李慕白的本領大。

此時，院中的聲音已沉寂了，各床上的女人也都睡得很酣。劉泰保先伸手由一張舖上拉下來一件粉紅的大人衣裳，大概是丫鬟穿的，就披在自己的身上；雙手抱着寶劍，先蹲着身去啓開屋門，然後直起身往外就走。不防對面的房上就有人看見他了，詢問了一聲：「要幹嗎去？」他擦着窗户扭扭捏捏學着丫鬟的樣子走路，並作出嬌聲來，說：「我要上茅房去呀！肚子不好呀！」不料房上喊聲「有賊」鑼聲梆聲齊起，前院後院都湧進來拿着刀棍的人。

劉泰保拋了丫鬟衣服，疾忙上房。不料房上有二人齊掄刀向他砍來，劉泰保用劍相迎。「嗖」的一聲，劉泰保心說：「好劍！」他抖起來威風又要斬斷那個兵刃，卻不料下面伸來了鈎竿子兩三根，齊都鈎住了他的腿，立時「咕咚！嘩啦」他的身子連幾片瓦全都摔下房去；頭上又捱了一木棍，打得他眼睛發昏。一個前失，對面有刀砍，他疾忙將身一滾；性命逃開了，青冥劍可也撒了手。想要上房逃走，房上卻又有人，四圍的刀棍齊向他遞。他手無寸鐵，命在頃刻之間，大喊一聲：「一朵蓮花把命交給你們，你們可也……」

忽見房上摔下來幾個人，兩旁的人也紛紛喊叫着倒地，一枝弩箭幾乎誤射在劉泰保的屁股。忽然一條莽漢從房上跳下來，一手掄刀，兵刃碰着它就折；一手射弩箭，中了箭的人就慘叫，來的正是羅小虎！他一面亂砍亂射，一面大喊：「劉泰保快走！」劉泰保趁此機會就上房逃命，並喊說：「小虎也逃吧！」羅小虎卻大聲如洪鐘一般的喊道：「我不走！我要見見魯君佩！」此時劉泰保逃了命，俞秀蓮是早被玉嬌龍給氣走了，對這些事她灰心不管了。只有羅小虎斬斷許多隻刀棍，射傷十幾個人。但無奈人是越來越多了，黑壓壓地圍滿了這院子，將他困在核心。他一手擎弓裝箭大喊着說：「誰敢進前一步，就小心老爺的刀和箭。老爺決不逃，快叫魯君佩出來見我。快，揪他出來！」

四圍的人都站在四五步之外，持槍拿刀的比着他，可是無人敢近前。那黑舅老爺站在屏門口高聲問說：「你小子叫甚麼名字？」羅小虎橫刀說：「老爺名叫羅小虎，外號半天雲。」黑舅老爺說：「那天在玉宅門前射轎子的是你不是？」羅小虎點頭說：「在街上射車的也是我！」黑舅老爺暴怒地說：「你好大膽！你對官眷施行無禮，攔街傷人，是强盜就該殺！你實說！你怎麼認識的玉小姐？」羅小虎搖頭說：「没甚交情，不過在新疆時，她是小姐我是强盜。有一次我打劫了她，她勸我不可爲盜，應當去求功名；我就恭恭敬敬地將她送歸，從此我就洗手了，再没別的事了。此次我到京師來，聽説她嫁了人。她嫁別人我不管，她嫁魯君佩我可真生氣。大概你就是魯君佩，看你那黑烏樣？着箭！」黑舅老爺應箭而倒，衆人刀槍齊上。羅小虎猛獸似的跳縱着舞寶刀迎敵，這時忽聽前院梆鑼聲又起，並有人大聲嚷嚷着：「又有賊來了！賣燒鷄的胖子！賣花兒的小子！啊！原來也都是賊！拿……」

人聲愈亂，這裏的許多人也跑往前去助戰。羅小虎越發抖起來威風，就一面舞刀，一面大喊說：「嬌龍！爲甚麼在這裏受這鳥氣？快些遠走高飛！」鏘鏘刀刃響，呀呀的受傷人叫，劈啪的摔瓦摔燈之聲，又聽有人嚷：「猴兒要放火！快潑水！」「小心！胖子往後院去了！」更聽到一陣緊緊的呼哨聲，屋瓦亂響，群聲喊叫：「拿！跑了……」漸漸的雜亂聲又稍降下來。卻聞得受傷人的呻吟更悽慘，屋裏的僕婦丫鬟都趴到舖板地下，動也不敢動。套間裏的玉嬌龍卻芳心如絞，臥在床上不住地痛哭。

過了些時天色亮了，魯宅的更夫大多半都中了箭傷，所以連五更也沒打。賊人已全都逃走，地下留着斷刀折棍，還有那口青冥劍。有人愁眉苦臉，正在打掃院子。忽見少奶奶滿面淚痕，自屋中走出，到院當中拾起寶劍又進屋裏去了。魯太太在上房氣得直罵，僕婦丫鬟們走出屋來都面如土色，作事也都沒有精神，彼此說話聲音很小。

直到太陽高高的昇起，朝煙已散，門外才來了許多車輛。是魯君佩從別處回來了，有幾個人跨着刀保護他。還有個花白鬍子，瘦得跟狼似的一個老頭兒，穿着醬紫色鞋子、青緞坎肩，鈕扣上戴着一串十八子的香串，腰間繫着綢帶，還掛着眼鏡盒跟懷錶；穿着皂鞋，青紗小帽，手裏拿着一柄摺扇，扇面寫的是「陰騭文」。這人彎着腰，背後掛着一條豬尾巴似的小辮，被魯君佩恭恭敬敬地請到裏院。就有人在背後唠嘴，悄聲說：「看諸葛亮還有甚麼主意？」這瘦老頭兒站在院中，叫人把昨夜之事尋根究底的問；他並不暴躁，也不驚慌，聽了人的話他只微微點頭。

上房的魯太太知道兒子回來了，就把魯君佩叫到屋裏罵了一頓。所罵的話決不像是一品夫人說的，並且聲音很高，窗外都聽得見。是說：「這樣的媳婦你還要她幹嘛呀？她不定交了多少個强盜漢子啦！休了另娶就是了！丟臉也是他玉家的姑娘，礙不着咱們魯家的事！這樣，天天晚上鬧，誰也受不了。殺人放火的，咱們這宅裏成了戰場啦！弄的這是甚麼事呀？我看再鬧幾天，就是不出人命，咱們這點家當也就快抖露完了！你的差事也就不用幹了！我也得死！」

半天，魯君佩才愁眉不展的走了出來，走到那瘦老頭的面前，悄聲說：「我想先叫她回娘家去住幾天吧？」瘦老頭兒連連搖頭，拉着魯君佩外院去走；一面走，一面悄聲對他說：「你以爲把尊夫人送回娘家去住，就萬事皆休了嗎？你還要防備呀！他們所恨的還是你呀！你既然與他們結下深仇，非你死，就得他們傷，不然解不開呀！當先我也曾預言過將來的後患，叫你斟酌，你全都不在意。那麼已然如此了，中途若再隱忍姑息，遷延躲避，可是更糟更糟！何況我已擬得辦法！你到書房來！」

魯君佩緊鎖着兩道眉，垂着一張冬瓜臉，又隨着這「諸葛亮」到書房去秘密商議辦法去了。少時南城的蕭御史也到，三個人在一起低聲談話，忽然聽人報道：「玉大少老爺來了！」三個人才立時將話止住。玉大少老爺即是寶恩，聞訊來到。急，急得他滿頭是汗，一句話也說不出來；到裏院去看了看胞妹嬌龍，見倒是無恙，可是容顏慘暗，對哥哥也沒有甚麼話說。魯君佩對大舅子毫不客氣，說話時撇着嘴，旁邊的蕭御史說話倒是很謙恭，話語之中卻帶着許多嘲笑和威脅。玉寶恩臉色一陣變白，一陣變紫，但卻不敢發作。此時那「諸葛亮」已然迴避了，玉寶恩在此等了半天，方才告辭走去。

時已偏午，這時京城中鐵騎遍走，情勢十分嚴重。茶館酒肆之中還有許多人圍在一起，悄悄地談論昨晚魯宅發生的驚人奇聞。這幾天常常在玉宅門前抽竿賣燒鷄的那個胖子跟那賣茉莉花的小子，今天忽然全不來了；有人傳言他們是賊，昨夜鬧魯宅的就是他們，可沒人曉得他們在哪兒住。劉泰保又沒回家，有許多跟劉泰保素識的，此時都避免嫌疑不敢出門了。午後有人看見邱廣超坐着騾車往鐵府去了。

當日晚間，神秘恐怖的暮色又冉冉昇起來。鐵府內書房聚集了幾個人；當中坐的是鐵小貝勒，眼前放着一蓋碗釅茶；旁邊是邱廣超，面帶義憤；德嘯峰坐在邱廣超的右邊，手托着水煙袋，捻着鬍子，樣兒有點憂煩。玉寶恩是坐在斜對着鐵小貝勒的一個小櫈上，面容極爲慘暗，連頭也不抬。先由鐵小貝勒說：「事情鬧成這樣，真不能不想辦法了。今天有兩個御史遞摺參奏世襲靖平侯邱廣超收容匪人、縱庇江湖大盜，屢次乘夜往順天府丞魯宅中行兇……」邱廣超在旁微微冷笑，德嘯峰在旁說：「其實他真冤枉！不過因爲他的夫人到魯家吵一個架罷了。正經倒是我，這幾天在魯宅攪鬧的人，我都認識他們！」鐵小貝勒向玉寶恩說：「你聽，嘯峰他都說實話了！他已在我跟前自認結交江湖人，你還有甚麼不可對我說的呢？」寶恩立起身來說：「卑職在外多年，幼年時又未隨家父在新疆；十幾年來，舍妹的爲人如何，卑職實在不能深知！」鐵小貝勒面有怒色，說：「你若不肯說實話，這件事可就難辦了！」

德嘯峰在旁都十分着急，直向寶恩使眼色，並悄聲說：「你實說了不要緊！」寶恩這才落下淚來，說：「舍妹的爲人如何，卑職實不知道。人說她會武藝，曾竊去鈞府寶劍；連家嚴家慈都不知道，或許因管束不嚴，她又韜晦過深之故。不過有一件事，卑職至今仍有些疑惑。」他就把那次入京省親，中途爲大雨所阻，宿於紫微廟中雨夜遇盜，爲俠客所救；半夜女兒蕙子驚呼，說親眼看見了她龍姑姑立於床旁之事，詳細地說了一遍。鐵小貝勒與德邱二人面面相覷，齊現出一種驚佩和惋惜之態。然後鐵小貝勒又問到玉嬌龍此次是怎麼回來的？玉寶恩更爲恐慌，又說：「卑職實在不知，只知舍妹病好了，就出來見人了！」鐵小貝勒擺擺手令他走去；寶恩如同一條被人捉住的魚又得放生似的，恭謹地向室中所有的人請安行禮，他就急忙着走了。

這裏鐵小貝勒叫來得祿換了茶，他就嘆息着說：「寶恩是個老實人，膽子又小，要教他當着我的面承認他的妹妹是飛賊，他死了也不敢。這其中必有隱情！」於是又命得祿到前院請來李慕白，共同猜測此事。李慕白就說：「昨夜俞秀蓮在魯宅私自見了玉嬌龍，玉嬌龍卻說不教大家管這件事，否則她就要和大家翻臉了。看她那樣子是很懺悔過去，願從此作個規矩的婦女。不過又聽說她時常哭，而且對魯君佩的種種侮辱她都甘受，未免又有些可疑。或者她是自有打算，只是時期未到？」鐵小貝勒默默不語，李慕白又說：「俞秀蓮已發誓不再管這件事；劉泰保昨夜幾乎被擒，今天在積水潭他的下處睡了一天，也沒吃飯，想是他懊煩已極。只是羅小虎，這幾天沒人曉得他住在哪裏。」鐵小貝勒震怒說：「把此人除去，就沒有事了！你們見了他叫他快走開京師，否則我要辦他！本來大家管這件事只是爲使玉嬌龍不再恃仗武藝，橫行不法。再看半個月，她果然真是定心在魯家作媳婦，你們就不用再管她了，寶劍我都可以不要。只是羅小虎，因他與你們相識，我才暫時可以網開一面，放他趕緊走，叫他斷了想頭。他早先是個大盜，如今是個流氓，無論如何也跟個小姐配不上，他那樣屢次攔街胡鬧，我實在不能容護！」大家都默默不語，少時一同告辭；出了書房，又一同到李慕白的宿室去密談。一進屋，德嘯峰就笑着說：「這間屋子才款式呀！可見貝勒爺待你的優厚。」李慕白搖頭說：「我決不願在此多住！雖然鐵貝勒叫人不要再管玉嬌龍之事，但我遲早還是非見她一面不可。只是，她在深閨中，使我見不到。俞秀蓮昨日向她詢問啞俠的生死，和那兩卷書的下落，她都不肯實說，可是我相信遲早必定能跟她在外遇面。她爲人刁毒險惡，魯君佩縱有手段也決限制不住她，她決不能甘心作媳婦！」邱廣超仍忿忿地說：「事情完了之後，我要單獨對付魯君佩！」德嘯峰卻從中解勸，主張暫且息事，看看光景再說。又談到他兒媳復仇之事，他說務留俞秀蓮在京多住些日，這件事完了。再慢慢商量那件事。談了一會，天已二更，德嘯峰與邱廣超就各自回宅去了。

次日沒聽說魯宅昨夜再出事，但有人從那裏過，看見戒備得仍是很嚴。又過了兩天，除了聽說有官人在西城看見了半天雲羅小虎帶着兩個嘍囉似的傢伙，官人追拿沒有拿住，就再沒甚麼事了。俞秀蓮在蔡湘妹家中住着，心灰意懶，很少出門。劉泰保是氣得病了！史胖子、猴兒手又全無下落，李慕白同着孫正禮倒時常在街上走。魯宅的少爺仍然是晚出早歸，他住的那地方極爲嚴密。

玉宅玉大人的辭官呈子已然邀准，提督正堂換了一位姓包的，聽說是鐵面無私；接任以來，宣佈要嚴辦城內流氓屑小，因此嚇得禿頭鷹等人都不敢上茶館了。玉太太因驚恐、憂慮，病勢益重，宅中的人都在預備後事了。姑奶奶玉嬌龍每天回來望母，聽說她憂思焦慮已損了芳顏；由婆家至娘家車輛往來時，都有許多人保護着。

天氣是日益炎熱，但轟轟烈烈的一件事情、一件奇聞，至此反倒漸漸冷淡。一般好談新聞，好看熱鬧的人，現在只有希望玉宅快搭白棚大辦喪事；並且看看玉嬌龍穿上孝服是怎麼個玉？怎麼樣子的嬌？不過卻都又擔心着那隻虎到時又亂放冷箭。

一日深夜，玉宅內玉太太的病房中，有大少爺寶恩帶女兒蕙子，衣不解帶的隨時服侍。大少爺天性至孝，蕙小姐又是祖母所最寵愛的孫女。半夜，玉太太呻吟着說了許多話，說：「可憐龍兒！事情卻不怪她，是怪在新疆時我對她看顧不到！」又說死後如何發葬務須節儉，將來你們兄弟必須留下一人在京以侍奉父親、照顧妹妹。玉寶恩抹淚答應，蕙小姐拉着她祖母的手痛哭。

窗外雨聲瀟瀟，室中銀燈淒暗。不料這時就有一女賊啓門而入，全身青衣手持雙刀，左臉上貼着一塊小膏藥。進屋來，玉寶恩驚慌央求她，這女賊就一刀殺傷了可憐的蕙小姐；並將燈枱向老夫人的病床上打去，幾乎失火。女賊臨走之時自稱爲俞秀蓮，係奉李慕白、邱廣超之命來作此事。蕙小姐刀傷在背，雖傷勢輕微，不至於死，可那痛苦也非一個小女孩所能忍受。玉太太因此驚嚇急痛，只剩下一線氣息。

當夜派人往魯宅去接請姑奶奶，令人很奇怪，姑爺魯君佩正在家裏；聞了信，夫妻在急雨之中、戒備之下，乘車趕到了玉宅。魯君佩一進屋見着丈母娘，就流淚大哭；又看看內侄女的傷勢，他頓腳憤恨，立時要拿他跟玉大人的名片去通知南北衙門和順天府，請即刻捉拿俞秀蓮、李慕白、邱廣超到案。玉嬌龍卻將他攔住，說：「俞秀蓮跟李慕白都是江湖豪傑，他們現在必不至於膽怯逃走，可是你們是派一兩千官人，也決不能把他們捉住。現在，沒有別的法子，只求你們今天晚上放我出去一趟吧！」

玉寶恩在旁把臉色嚇得慘白，緊緊皺着眉說：「依我就把這件事隱忍下去吧！那女賊還能再來嗎？」魯君佩卻望着他的夫人，不說話也不再表示着急。他是態度很冷酷的，意思是說：傷的是你的侄女，快要死的是你的母親；你愛怎麼辦就怎麼辦，我不管！

當下玉嬌龍神色嚴厲，一洗她近幾日的憂鬱悲傷之態。她一方面囑咐家中的僕人不要把這事傳出去，以免外面再有人造謠；一方面派人去打聽俞秀蓮那些人的住址和情形。她急急開了刀創藥的藥名，命人去搜羅了來，就親自給侄女蕙子敷藥醫治。這侄女是幾個侄女之中她最喜愛的，如今小小的孩子受了這樣的重傷，就如同傷了她的肺腑一般，慘痛而急憤。看完了侄女的傷勢，又去看母親的病。

玉太太呻吟着說：「這是怎麼回事呢？龍兒，你說這是怎麼回事呢？莫非是你爸爸作官的時候殺的强盜太多了？才跟强盜結下了仇，才這樣屢次三番的來害咱們嗎？」玉嬌龍只流着淚安慰母親了幾句，並不多說話。玉二少爺寶澤是永遠呆如木鷄，大少爺寶恩是愁眉不展。

魯君佩這些日來到丈母家中，總是沉着臉，板着「嬌客」的架子；而今天卻是極爲謙恭，對待他的夫人玉嬌龍也不像往日那般冷酷無情了。看完了岳母的病，就天亮了，雨也住了，他又去看岳父。玉大人自辭官蒙准以來，就在書房一呆，連屋門也不出。姑爺來見他，他只是嘆息，說：「家裏有女賊，怎能不從外邊招來女賊呢？這回傷了蕙子，還算便宜，將來我這條老命都許送掉。你提防着好了！咳！咳！」

魯君佩打了冷戰，勉强笑說：「岳父大人不要錯猜，也不要憂慮。這件事小婿自有辦法，三五日內將城中潛伏着的大盜俞秀蓮、羅小虎、劉泰保等人拿來就是，把他們治了罪，也就不至再發生甚麼事了！」玉大人卻連連搖頭，嘆息說：「與人家何干？」拍拍胸又說：「我心裏全都明白！」把腳又狠狠頓了一下：「頭一個賊人就是高雲雁！小人有才，適足以助其作惡，他害得我家非淺啊！」

魯君佩對於他岳父發的這些牢騷，他的心裏也全明白，只是不便答言，同時心中也亂得很；緊皺着眉坐在岳父的對面發了半天呆，忽然又站起，恭敬地退出屋去。

此時派去打聽消息的人已然回來了，報告說：「咱宅裏昨夜的事，外邊還沒人知道。我們聽說俞秀蓮就住在花園大院劉泰保的家，白天常到德家去；李慕白是住在鐵府內。那羅甚麼虎卻跟他們分開着，好像他們不是一夥似的，不知他住在哪裏。只聽說他們都有鐵小貝勒在暗中護庇着，若是把他們拿到衙門裏，恐怕就傷了鐵小貝勒的面子！」報告完了退出去，魯君佩心裏倒是一驚，倒背着手兒進了玉嬌龍休息的屋子，這就是玉嬌龍早日的閨閣。只見玉嬌龍把丫鬟僕婦都摒出屋去，她就面上敷着一層霜似的，那麼冷冷地說：「從今以後，你放心！也不必再用手段挾制着我了！我傾心願意作你的妻子！」魯君佩受寵若驚，連連笑着說：「不是我願意這樣，也不是甚麼挾制你，是……我真真不得已，我所求的是你能跟我有……有閨房之樂！」

玉嬌龍緊閉着嘴唇喘了兩口氣，瞪着眼睛說：「可是你得容我在娘家暫住十天，把青冥劍也趕緊給我送來！十天之內我作出甚麼事你們都不要管；十天後我回家去，我一定死心踏地地作你的妻子！」魯君佩喜歡得全身的肥肉都直顫，就連連笑着說：「好！好！我都依你！」玉嬌龍把瞪着的眼睛徐徐收縮，又喘了口氣，轉過身去，輕輕說：「你走吧！」

魯君佩遵命走出，他這時是高興極了，辭別了岳父岳母和兩位大舅，出門上車放下車簾，就趕回自己的宅裏。然後派了四名妥當的人，並叫他最近請來的一個會武藝的人，名叫五通神尤勇，五個人共乘着三輛騾車，才把青冥劍送到玉宅。玉嬌龍親自到外院，叫僕婦將劍接過來，拿回了她的閨閣內。

如今，玉嬌龍的身上就像才解開繩索，悲傷而且憤恨；決定今夜去大戰俞秀蓮以為侄女雪恨，並決定非殺死俞秀蓮不可！倘若殺死了俞秀蓮之後，自己仍然不死，那——只好甘心作自己所嫌惡憤恨的魯君佩之妻，看他們有甚麼方法再對付我，我願意！……雖然在這極度的氣憤之下，她是自己說自己願意，但一種悲痛仍不住自心底生出。她極為焦躁向窗外發着恨說：「為甚麼還不趕緊天黑？人面獸心的俞秀蓮，今晚到底要讓你知道我！」

當日，日光移動得彷彿特別的慢，京城中也格外地顯着寧靜，誰也不知道玉宅裏是這樣的緊張。劉泰保近幾日心灰意懶，羞見朋友，也懶得再打聽這些事。他連又傷風感冒，連飯都吃不去，在積水潭破房子裏躺着，永不出屋。花牛兒李成、歪頭彭九、禿頭鷹等人要在他這賭錢，他都給拿拳頭打走，大罵着說了許多絕交的話。

這天蔡湘妹來找他說：「你不回去是怎麼回事呀？難道就永遠在這兒窮熬？跟頭也不是栽了一回了，越栽越結實，那才是硬骨頭小子！」劉泰保唉聲嘆氣的說：「這回跟頭可一下把我栽得洩了氣了！我再也挺不起腰來了！費盡千方百計出死入生，好容易由玉嬌龍的手中把劍要來，眼看就要大出風頭。他媽的一轉眼間，丟人拋劍，不是虎爺救我，我連命都完了！現在我沒別的說的，但怪我學藝不高，人頭兒太差。沒辦法，我不回家是因爲沒臉見你！」蔡湘妹說：「你早就沒有臉了！可是你沒臉見你的媳婦，還沒臉見你的孩子嗎？」

劉泰保沒詞兒了，蔡湘妹一把將他揪起來，說：「快走！回家去另打主意，北京混不住了。等我分娩了，咱們到外省去賣藝。」劉泰保說：「咱們這個藝還賣啦？誰買呀？」蔡湘妹就說：「那麼，咱們就甚麼事也不幹，就等着餓死！」又悄聲說：「你知道嗎？我手裏現在的錢連十兩也不到了！過幾個月，連請收生婆的錢也沒有，那難道你就永遠在這兒躺着永不回家？漢子在一邊，老婆在一邊，拖着兩份房錢，你就裝死鬼？……我真苦命，爹媽都死了，跟了你滿想着你是個大英雄，誰知道你是這麼一塊料。你看看人家李慕白、羅小虎多好，連猴兒手都比你强！」蔡湘妹掩面哭了。

劉泰保霍地跳起來說：「甚麼？你先別長他人的志氣，滅自己的威風！羅小虎那怔勁兒，猴兒手那個賊樣兒，那我許比不了，李慕白我還自覺得真不在他以下。我雖然屢次丟人，可到底叫玉嬌龍怕了我！總比他李慕白來京城甚麼事都不幹，還覥着臉稱英雄强得多！」蔡湘妹說：「人家倒是有臉覥呀？你自己早就把臉摘下來擦屁股了！」劉泰保擦拳摩掌，說：「好！你先瞧不起我！衝你的話，我非得作出點甚麼事給你看看！我不回家，非得掙回臉才回家呢！可是我要闖了禍、出了名，死在他們魯宅玉宅的大門口，你千萬別去領屍，李慕白、羅小虎、猴兒手都是光棍兒，你隨便去改嫁！」

蔡湘妹「吧」的一聲很脆的打了她丈夫個嘴巴，然後她哭泣着把丈夫抱住，說：「你別出去闖禍！我是故意激你了！其實你比他們都好得多！」

劉泰保經他媳婦這樣一勸，他覺得臉面也有點掙回來了，遂就跟蔡湘妹回家。走到半路，正遇見禿頭鷹。禿頭鷹慌慌張張彷彿有甚麼事，把劉泰保拉到一條小胡同裏，趴在他的耳朵悄聲說：「昨天玉宅裏又發生了事，聽說是有女賊進去把家裏甚麼人傷了！」禿頭鷹走了，劉泰保跟着蔡湘妹回家。

這時候俞秀蓮在他家中，俞秀蓮因爲那天夜裏見着了玉嬌龍，玉嬌龍毫無俠女氣概，自稱願嫁魯君佩，因爲她没法子；但是爲甚麼她没法子，她卻不肯實說。她不但不感謝俞秀蓮不記舊嫌，反來關懷探慰之意，反而幾乎變了臉；囑俞秀蓮轉告衆人，不要再來打攪她。因此俞秀蓮一怒，決定不再理她。原想即日就回巨鹿縣，但因德嘯峰留住她，說是半月之後，請她着手偵查楊麗芳的仇人之事，俞秀蓮又只好留此。雖有蔡湘妹為伴，可是倆人的話根本談不到一塊，所以也很是無聊。今天她也没找德大奶奶去，只在屋裏弄弄針黹，忽見劉泰保同着蔡湘妹回來了，劉泰保見了俞秀蓮，他不禁滿臉通紅，可又驚訝着把剛才禿頭鷹所說的那話重述了一遍。

俞秀蓮不由得一怔，細想了想，就納悶地說：「這是哪裏來的女賊？近來江湖上没有甚麼女的，早先有個紅蜂子柳夢香已被李慕白誤傷身死；還有個張玉瑾之妻女魔王何劍娥，她是在開封府因為施毒計要害我，被我殺傷了。除了這兩個人之外，近年江湖上並没有甚麼女的呀！」劉泰保說：「這可也說不定！玉嬌龍還不是去年才出世的嗎？」又指蔡湘妹說：「您妹妹她要是乘着玉嬌龍没在家，她的肚子再不這麼大，她也辦得來。我想這一定是除了我們之外，另有江湖英雄俠女潛來京師。」俞秀蓮忿忿地說：「不敢去直找玉嬌龍，卻往人家的娘家枉殺無辜，這還稱得起是俠女？」拋下了針線就說：「我出去打聽打聽！」蔡湘妹疾忙攔住說：「禿頭鷹已經去打聽了，他比咱們有本事，他認識的人多、街面熟，並能不叫人留心他。您要是親自出馬可就不行了，那女賊要是瞧見了您，一定早就嚇跑了！」

俞秀蓮又叫劉泰保去找史胖子跟猴兒手，劉泰保說：「他們不定飛到甚麼地方去了，我到哪兒去找他們呀？連那虎爺這幾天都不知鑽到哪座洞裏去了。現在我劉泰保真是成了一朵蓮花，光桿沒葉兒，連個陪襯都沒有了！」蔡湘妹笑着按着俞秀蓮坐下，說：「你等等！秃頭鷹待會兒就來！」她的心是想把俞秀蓮攔住，留着這個風頭給她的丈夫劉泰保，好叫她的丈夫掙回左臉與右臉。

當日，直到晚飯後，秃頭鷹才來，說：「打聽不出來詳細的，不過事情是真的不是假的；受傷的是玉宅的誰，也無法知道，大概決不能是玉嬌龍吧！」又吐舌頭說：「羅小虎好大膽，今天我在玉宅東邊看到一輛新騾車，綠呢的車圍子，我想裏面坐的一定是官；可是那趕車的我卻瞧着他眼熟，是臉上有塊刀疤，拿緯帽遮着。車簾有一道縫兒，我走在對面往裏溜了一眼，原來正是虎爺；頭戴青紗小帽，身穿青綢長衫，手拿着摺扇！真像那麼回事兒似的！鬍子也刮了個淨光，臉比鏡子還亮，不知他又打的是甚麼主意！」

劉泰保也驚訝了會兒，又笑着說：「那傢伙倒真是有膽有爲，這一定是找着他的那兩個嘍囉了。他還是不死心，還是要搶回他的老婆來。可是那傢伙辦事，起初總是很精細、有耐性，像細細地切肉絲兒似的；等到炒起肉絲來，他一定就要亂炒一氣，結果又弄得一塌糊塗！」蔡湘妹臉上有點害怕的樣子，擺手說：「這幾天你別出門吧，暫時別辦這件事了！小心羅小虎一人闖出禍來又牽連咱們！」扭頭向俞秀蓮說：「大姊！您說我這話對不對？」俞秀蓮沉默着不語，良久才忿忿地說：「有關玉嬌龍的事，我也真不願意聽人再提了！」

少時秃頭鷹走去，天色已黑，因爲今天劉泰保回家來了，所以俞秀蓮叫蔡湘妹把她的鋪蓋（她原有自己的鋪蓋存在德家，這是前幾天由那裏取來的）及她的雙刀，全都拿到南屋。點上了燈，蔡湘妹又跟她在一起談了一會閒話，給她泡上了茶，就笑着說聲：「大姊歇着吧！」她住北屋去了。

俞秀蓮獨自在這屋裏，屋中的燈很亮；玻璃上没擋着甚麼東西，可以看見外面很陰慘，月被雲遮得天色欲雨。一到了這時候，她的精神不由得就一陣興奮；因爲自幼練習功夫總在夜深，歷年行走江湖，仗義任俠，與强樑撞鬥，防人暗算，也總是在夜深的時候居多。所以這時别人都要安眠了，她反倒難以入睡。今夜又没有甚麼事可作，悶悶地在屋裏，手拍着案上放的雙刀，（這刀是今年新打的一對，比以前的刀份量較重）她心中不禁擾起一陣愁緒。燈光一跳一跳，她的心波是一撩一撩，不免長嘆了兩聲。

夜已深，地臨城牆，門前是一遍曠場，敲更鑼聲像離這裏很遠，不大能聽得清楚。她坐在這裏，漸漸就覺得困倦了，就要睡着了；但突然有一聲音將她驚醒，她睜開眼一看，見屋門已然開了，由外面進來一個青衣青褲、用青布包頭的細高身材的女子，正是玉嬌龍。她連動也不動，就沉着臉兒問說：「你幹甚麼又找我來了？」

不料玉嬌龍的手拿着青冥劍藏在背後，她突然把手舉起，白光閃閃向俞秀蓮就砍。俞秀蓮疾忙向旁一閃，同時一口刀已抄在手中，向上一掠；玉嬌龍一扭身，寶劍如惡蛇一般的向她胸前紮去。俞秀蓮趕緊向後退，跳到炕上，橫刀厲聲問說：「爲甚麼，你瘋了嗎？」

玉嬌龍瞪得眼睛很圓，恨恨地說：「爲甚麼？我正來問你呢！你別裝傻，我一向以爲你是一個真正的俠女。別瞧咱們打過架，我還很佩服你呢！誰知道你是人面獸心！」俞秀蓮憤怒說：「你才人面獸心！你敢來罵我？」舉刀就砍，玉嬌龍舉劍相迎。俞秀蓮往旁去躲，向下一跳，反跳到玉嬌龍的背後，一腳踢去，玉嬌龍疾忙翻身退步，舉劍連砍。俞秀蓮退出屋去，玉嬌龍步步緊追。

這時那北屋的劉泰保也驚醒了，聽出對面房裏跟俞秀蓮相罵的是玉嬌龍的聲音，他就說聲：「不好！這要糟！俞秀蓮還許鬥不過她呢！我得找李慕白去！」他拿着衣裳，一面披一面出屋，上房跑出去，奔往鐵府。

此時蔡湘妹趕緊從被褥邊底下摸鏢，看見俞秀蓮從屋中退出來了，玉嬌龍兇神似的舉劍自屋中追出。蔡湘妹就開了屋門，一鏢向玉嬌龍打去，不料没有打着玉嬌龍，俞秀蓮卻越牆而出。玉嬌龍也跳了出去，不料俞秀蓮反自她背後掄刀襲來，她疾忙又翻身將劍回舞。俞秀蓮單刀如鷹翅似的，跳起來向她去砍，她以寶劍迎刀。

俞秀蓮不使自己的刀觸她的劍，一面巧妙迎敵，一面說：「玉嬌龍你瘋了？我給你顧了多少臉面？我對你多大的恩？如今你倒要來害我？你簡直是狗！」玉嬌龍說：「你是狗！你還自命爲俠義？昨天把我的侄女殺傷、母親嚇病，狗也不能作出你作的這事！你以爲我不願你們攪亂就是怕了你們嗎？」雙足騰躍，寶劍連劈，俞秀蓮卻非常驚訝，一面以刀迎敵，毫不讓步，一面急急地說：「你先住手！」

玉嬌龍哪聽她的話？劍劈來得愈兇。在朦朧月光之下俞秀蓮把對方的劍法看得清清楚楚，她從容抵擋，又說：「你混蛋！事情你也得說明白了！到底是誰傷你的侄女？」玉嬌龍又一劍削來，說：「是你！」俞秀蓮說：「呸！」兩人又戰起來，越戰越緊。

此時劉泰保已將李慕白找來了。李慕白手中並無兵刃，身穿長衣，走近來就擺手說：「先不要鬥，爲甚麼事？玉小姐你可把話說明！」玉嬌龍退後一步，喘喘氣說：「這回的事與你姓李無干，你趁早不要上前，我找的是俞秀蓮。她昨夜帶着雙刀到我家裏殺傷了我的侄女……」說到這裏她哭了，擰劍向俞秀蓮又刺。

俞秀蓮也氣極了，單刀緊緊地砍，說：「你眼睛瞎了！你認識我是誰？」劉泰保在旁大喊，說：「魯少奶奶您可別受了別人騙呀！俞姑娘是當代女俠，能會幹那事？」蔡湘妹也跑出來了，高嚷着說：「玉三小姐您這話可真冤枉人！俞大姊昨晚跟我在一舖炕上睡的覺，連屋門都沒出，她會？……」李慕白就撲上來徒手要奪玉嬌龍的劍，並憤怒地說：「是假是真，你得容人分辯。你自己也得想想……」玉嬌龍掄劍說：「我想甚麼？我就知道你們都是一夥，彼此相護……」躲開了李慕白又去戰俞秀蓮。

這時遠處有打更的人來了，劉泰保就大喊說：「打更的哥兒們！快來看看吧！魯少奶奶可在這跟人拚命了！」玉嬌龍卻提劍向北走去，並點手向俞秀蓮說：「你是俠女，你跟我來！」俞秀蓮說：「我怕你嗎？你今天想走也不行，我得跟你把話說明白了！」提刀去追。

玉嬌龍在前，俞秀蓮在後，二人且戰且走，眼看將要走到城牆，忽然李慕白趕來，徒手衝向玉嬌龍，玉嬌龍的寶劍直削，向李慕白連擊三下，李慕白盡皆躲開，只是要乘機奪她的劍。玉嬌龍也巧妙應付，不料李慕白的手腳極快，進逼三四步，他即用手一黏，青冥寶劍即入手中，返身就走。玉嬌龍向前一撲，卻被俞秀蓮拿刀截住了她的胸。

玉嬌龍大哭說：「你們倚仗人多來欺負我！」李慕白回身說：「不是欺負你，是你這人太不可理喻。你家昨夜發生的事情我也聽人說了，據我想那不定是哪一路的女賊假冒俞秀蓮之名。」玉嬌龍跳起來說：「女賊還有別人？我也知道你們的厲害，你們在這兒別人誰敢出名？江湖上的女賊除了俞秀蓮還有哪個？」

俞秀蓮氣極，然以刀向玉嬌龍頭上去砍，玉嬌龍咕咚一聲倒地，一聲也不語了。劉泰保嚇的哎喲一聲：「這可怎麼好？別殺了她呀！」李慕白也一陣驚愕，俞秀蓮徐徐收刀，氣得還直喘，搖頭說：「不用管她，咱們走！」李慕白很是作難，說：「她要沒死，我們應當問問她家裏昨晚的詳情，想想那冒名的女盜到底是誰？」俞秀蓮跺腳說：「還不一定有那一件事沒有呢？她是成心來誣蔑我。」

忽然玉嬌龍如同詐了屍，由地上躍身而起撲住俞秀蓮，俞秀蓮舉刀，她卻揪住俞秀蓮的腕子。二人相持着，俞秀蓮總是手不放刀，她的手總不放腕子；地下又不平，兩人相扭相跌。忽然把刀抛在一邊，兩人又改爲拳鬥。月光微茫之下，只見兩個女子拳往腳來打得十分緊。

劉泰保是不能過去幫忙，蔡湘妹那大肚子更不敢上前。李慕白是覺得很作難，他不願意上前去拉開兩女子，尤其一個是他的義妹，一個是富家的少奶奶，他只是大聲說：「俞姑娘！不必跟她打了，可以向她講清道理！」但俞秀蓮此時是氣極了，她認爲玉嬌龍太侮辱她了，而且過去自己對玉嬌龍是那樣的寬容幫助，如今玉嬌龍竟然翻面無情，所以她決不能罷手。

俞秀蓮武藝實在在玉嬌龍之上，同時又因玉嬌龍這些日憂傷氣惱，體力不濟。二人拳鬥三十餘合，玉嬌龍曾被俞秀蓮打躺下兩回，可是俞秀蓮也按不住她，她便爬起來，往北去跑，一霎時她就跑上了城牆。

俞秀蓮還要往城上去追，李慕白卻將她攔住說：「放她走去吧！今天她也實在是氣急了，我們跟她辯解爭鬥都無用。一二日內將那冒名的女賊捉住，讓她看看，殺傷她家裏的人到底是誰。她如若知曉自己錯了，向我們道歉，那我們可以再容她一次，她如仍是這樣兇悍，那時我們就不客氣了。」俞秀蓮由地下拾起刀來，氣得不住氣喘，蔡湘妹拉住她說：「嬌龍大概是順着城跑了，我們先回家去吧！李大哥也到我們那兒去歇會？」李慕白搖頭說：「今天太晚了，我還要回府裏去，明天得把這口劍還給鐵貝勒。」

劉泰保藉月色看見李慕白手中閃閃的青冥劍，也不禁眼饞，心說：「人家怎麼很容易就把寶劍奪回來了，我卻……媽的我真飯桶！」幾個人剛要轉身，忽聽有騾車的響聲，一輛連燈都沒有的騾車，就停在劉泰保門前那曠場上了！劉泰保不禁說：「怪呀！哪兒來的這輛車？莫非是魯宅接他家的少奶奶來了？」俞秀蓮手提着刀說：「我過去看看！」蔡湘妹把俞秀蓮的衣裳拉住，說：「您手裏拿着刀，過去不大好，萬一車裏要坐着衙門的人，又得費唇舌。」向她的丈夫說：「你走過去瞧瞧去吧！也許是找你的……」

正說到這句話，忽聽咕咚一聲，嚇得蔡湘妹哎喲一聲倒下，幸虧俞秀蓮緊把她抱住。原來是城上拋下來一大塊磚，大約差不到半尺，就能打在身懷六甲的蔡湘妹身上。此時李慕白氣怒極了，提劍往城上去躥，頃刻之間他就上去了。玉嬌龍隱在暗處，一見有人來，她就又一磚塊飛去，被李慕白閃開。

此時城下的劉泰保拉着他的媳婦趕緊跑開了幾步，俞秀蓮也往城上去爬，劉泰保高聲嚷嚷說：「俞大姊小心！咱在明處她在暗處哩！」忽然背後有人揪住他的肩膀，問說：「你們在這幹甚麼呢？」劉泰保跟蔡湘妹都嚇了一跳，一齊回頭去看。原來背後站着的是身軀雄偉，一身發光的黑衣裳，雲中的月色模糊地照着這人的側臉，原來正是羅小虎。他剛驚訝說：「虎爺你……」忽然蔡湘妹又叫了一聲，見有一人自那高高的城牆之上摔下，劉泰保也說：「啊！玉嬌龍完了！」羅小虎急忙往前去跑。

那由城上被李慕白打下來的玉嬌龍剛要挺身再跑，但腿卻摔傷了，她才起來就又趴下，哎喲了一聲，羅小虎卻上前把她抱住。李慕白、俞秀蓮也都自城上下來，俞秀蓮提刀逼近，玉嬌龍在羅小虎的胳膊裏還掙扎着，要去跟俞秀蓮拚鬥。羅小虎卻護住了玉嬌龍，大聲說：「爲甚麼？全是自己人！你們要殺先殺掉我羅小虎吧！」他挾起玉嬌龍來就走。俞秀蓮橫刀把他攔住，忿忿地說：「我也不是想害她的性命，只是得說明白了，我昨天就没到玉家去。玉家傷了誰？死了誰，我全不知道，她不能賴我！」

玉嬌龍兩手揪住羅小虎的肩膀，冷笑着說：「賴定你了！女賊！」俞秀蓮刀舉起，李慕白卻跳過來把她攔住，羅小虎也挾着玉嬌龍退了一步，大聲說：「俞姑娘你生甚麼氣？昨夜到玉家殺人的那娘兒們自稱俞秀蓮，誰也不能相信，早晚能分得出黑白來。你先別着急，我把她帶走，我會勸她！」李慕白說聲：「好！」又和緩地說：「我早曉得玉嬌龍的武藝必是自啞俠門中學出來的，所以一向我對她都不肯下毒手。但她太爲兇悍，難以理喻。」

玉嬌龍哼哼地笑，表示還不服氣。李慕白也帶着些氣，直接向玉嬌龍說：「你若是個男子，雖是同門中人，我也必叫你活不到現在。現在，那假冒俞秀蓮之名的女賊，我們一定要查明。你，我盼你從此改過自新，或在魯家作官眷，或跟小虎去走，我們不管。啞俠和《九華全書》的下落，你一定不肯實說，但我將來必能設法知道。」

玉嬌龍急急地說：「這些話我告訴你也不要緊，我本來就没見過啞俠的面，見了他，我想我不能像見你這樣的瞧不起。我的武藝是跟雲南人高朗秋學出來的，據他說倒是有書，可是書早已因爲失火被燒燬了！」又忿忿地說：「李慕白、俞秀蓮你們不用威嚇我，現在再鬥鬥，我還不怕！」羅小虎卻揹着她急急走去，玉嬌龍又大喊說：「李慕白你小心！早晚我還得把寶劍拿回來！」羅小虎卻說：「別說了！你一個人哪敵得過他們？」玉嬌龍被羅小虎揹着，她並不掙扎，她只是回着頭向那邊高聲發着怒話。那邊李慕白、俞秀蓮都不再理她，只有劉泰保高聲嚷嚷說：「虎爺！過兩天我給你賀喜去呀！」

羅小虎揹着玉嬌龍緊緊地走，原來這裏停着的一輛騾車就是他的，趕車的是花臉獾，車後轅上還跟着沙漠鼠。沙漠鼠迎過來叫着說：「老爺！怎麼樣了？」他看見他們「老爺」揹着個人，他也發怔。羅小虎把玉嬌龍輕輕放在車上，玉嬌龍哎喲了一聲，羅小虎驚問說：「怎樣？你是被他們傷得很重嗎？」玉嬌龍没有作聲，她自己爬到車裏。趕車的花臉獾也發聲問說：「老爺！你揹來的這位是咱太太嗎？」羅小虎喝聲：「少問！快走！」

當下鞭子一響，騾車咕嚕地走去。沙漠鼠在車尾巴上坐着，羅小虎也一跳，坐在車轅上。這時就覺得有兩隻柔臂環住了他的脖頸，有鬢髮觸到他的臉旁，耳邊吹來一種又香又熱的氣，說：「你到車裏來！」羅小虎將身向車裏挪了一挪，玉嬌龍卻驀然伏在他的懷裏哭了。花臉獾把車趕得很快，天上一片一片很厚的灰色的雲，嫵媚的月亮就趴在雲的身上，彷彿在啜泣。夜深無人，急快的車子繞着胡同走，忽然顛起來，忽然又掉下去，如同情人那緊張的心。

走了些時，天上的雲越聚越濃，月光完全没有了。雷聲徐徐響動如私語，聲音並不大，雨也像淚一般的零零落下。霎時已來到一個地方，花臉獾喊着：「吁！吁！吁！」騾子懂得這個口令，就站住了。羅小虎將玉嬌龍抱下車來，原來這卻是一條荒涼的胡同裏的一座破廟。沙漠鼠爬進了廟牆，將廟門開了，羅小虎就抱着玉嬌龍進去。這廟裏的院子原來很大，松柏樹很多，雨聲簌簌地響，玉嬌龍的臉上都淋濕了，雨點和上了她的淚痕。她由着羅小虎把她抱進了屋內，屋中很黑，她又被放在一鋪炕上，炕上是又硬又涼。

過了許多時，窗上晃晃搖搖的光亮，很微弱，不像是强烈的閃電光。沙漠鼠在窗外叫了一聲：「老爺！」然後他拿進來一隻油紙燈籠，因爲屋裏是四壁蕭條，連張桌子也沒有，他就把燈籠擺在地下，他的兩隻眼睛不往旁處去看，轉身就出屋去了。屋外，雷聲催着雨，風吹着樹，樹攪亂了閃光，屋内卻發着斷續的聲音。

沙漠鼠蹲在窗外，把頭上的一頂破草帽摘下來擋着臉，側耳往窗裏偷聽。頭一聲是他們「老爺」羅小虎，那唱慣了歌的大嗓門說：「你要是想回家，我當時就派車送你回去。你忘了舊情，不嫁我了，我不能强你走，可是他娘的！早晚我得殺了魯君佩……」第二句話就是他們「太太」回答。

沙漠鼠曉得他們「太太」的大名，今天「老爺」能夠把她揹到這兒來，確實是一件不容易的事。就聽玉嬌龍說：「我自然必得回去，我母親病得多麼重？不過剛才俞秀蓮擊了我一刀背，當時我就昏過去了，半天我才能甦醒過來。現在你看看我腦門子上的這血，我這隻腿也不能邁步兒了。只要你們這地方嚴密，至少我想在這兒住一兩天，養好了傷，我可還得回家。魯君佩雖是我的仇人，但我還算是他家的人，我自然是不服氣。今天，我也明明知道我是弄錯了，我知道傷我侄女的是假俞秀蓮，可是我還得跟俞秀蓮、李慕白逞强。我故意不講理，我不是真不明白，我就是不能服氣。你想，我這脾氣魯君佩他就能制服得了我嗎？我隨時可以殺死他，但我卻不能，我一點兒辦法也沒有！」

玉嬌龍哭了，嗚嗚地哭，像草原上有牧人吹笛。沙漠鼠聽着，心裏都有點不大好受，再聽，是羅小虎哼哼冷笑，說：「甚麼没辦法？就是官没辦法。我羅小虎是好漢子，可就是作不了官，你又是非官不嫁，魯君佩那狗東西正合你的勁兒。他是探花郎、府丞大人，你當官太太有多享福？走沙漠、跑草原，我早就知道你受不了那罪。現在我也不想了，只要我跟你見了面，說明白了，你愛嫁誰就嫁誰！可是，他娘的我非得殺死魯君佩。先告訴你，你還得叫他小心！」

玉嬌龍哭着急起來，說：「你混蛋！你都不明白，我没跟你說嗎？我也恨不得殺了他，然而不能。我雖嫁過去已將兩月，可是我在他家裏並没有多少日子，我跟他並没成夫妻。我心中所想念的還是你，你用箭射我的轎子，射我的車，我真恨你，可是我又怕你被他們捉住！那天你到魯家救走了劉泰保，在院中說的那一些話，我隔窗聽得清清楚楚。我真是直哭，我才知道你是真正的英雄好漢，你對我太多情了，我可真對不起你！所以由那天起，我就一點兒也不恨你了！並且我很想念你。不然，不然今天無論我是受了多麼重的傷，我也不能由着你把我抱走呀！小虎！你都明白了吧？」

聲兒越小越淒顫，沙漠鼠都聽得呆了，雨水都濺在他的嘴裏，他嚥下了一口覺着冰涼。又聽聲兒小得跟蚊子哼哼似的，又像蜜蜂嚶嚶似的，更像蒼蠅嗡嗡似的。沙漠鼠恨不得他變成個小老鼠，把身子塞到房間裏去聽。

過了半天，雨都漸停了，他的臉、手、脖、衣、褲，都成了濕湫湫的了。忽聽玉嬌龍又着急地說：「你想！我怎麼辦？魯君佩現在僱着個諸葛亮，是個奸狡陰狠的老頭兒。還有順天府尹、南城御史，都幫助他，他們早就安排下羅網。他們探知紅臉魏三是我的一個下處，他們就用銀錢把魏三買好了。所以那天我偷偷回京來看母親，住在魏三的家裏，我真沒想到，魏三夫婦乘我熟睡就把我綁了。他們叫來南城御史手下的官人，將我用車秘密拉到了魯宅。我那時穿着是魏老婆的衣裳，腳下連鞋都沒有，身上還有劍傷未癒，他們從頭到腳把我綁得很緊，放在四面遮着紅布的屋子裏了。他們遂即請來了我的大哥、二哥，當場要挾，開出我的罪名來：一是盜劍，二是窩藏大盜碧眼狐狸，三是打死班頭蔡九，四是與你私通。並說我父母兄嫂全都知情，有意縱庇，然後叫我的兩個哥哥在紙上畫押，把這事一一承認，他們才能放了我，可是我得從此規規矩矩地作他家的媳婦。如果我的哥哥們不肯畫押，或是放了我之後，我再出甚麼事，他們就要去把字據交官，就打官司！小虎你想，也難怪我哥哥寶恩、寶澤，他們若不答應，魯君佩當時就要把我交到衙門治罪了。那時我的命倒不要緊，連帶着我的父親、兩個哥哥，不但都得丟官，還都得問罪，家也得抄，母親一定得急死，祖上的名聲也全壞了，子孫們也永遠不能見人了。所以我哥哥寶恩、竇澤兩位知府就全都親筆立了字據，親手畫了押。我大嫂二嫂並來跪着向我哀求，求我應以家門爲重。小虎！……你想事到如今我可有甚麼辦法呢？……」

她越哭聲音越慘，又說：「我也不是好惹的！他們把我放開之後，我從他們的口中探得出那魏三男女兩個奸賊的隱藏所，我即時就去把他們殺了，出了我那口惡氣。我這才梳頭、打扮、見人，所以魯君佩很害怕。我更說那丫鬟吟絮是被我點的啞穴，我隨時能夠點人，因此他簡直不敢挨近我。可是他又用話恫嚇我，他說他那張字據已然交給一位大官代他收存了，只要是我敢對他怎樣，那大官就能倚仗那張字據翻案，那時我娘家的人還是吃不住。所以我還是沒法子，青冥劍也交給我，但我卻不敢拿劍殺他。我只盼望是他將來作出甚麼貪贓枉法之事，我也反拿住他的把憑，那時我才能夠翻身。這些日子我受盡了委屈，你跟俞秀蓮、劉泰保那樣的胡鬧，嚇得他不敢在家裏住，請來打手，招來官人給他護院。他無法捉拿你們，他可天天罵我，說你們都是我的賊夥，天天晚上把我藏在下房的套間裏，我又不敢不聽他的話。他並說你們若是再去攪鬧他的宅，他可就要把字據拿出來，把案子鬧起來。所以我還哭求過他，我跟俞秀蓮翻臉，我叫她不要管，我受劉泰保的欺負，我都得忍！現在我還得求你，我在此把傷養一養……唉！我想我還是不能在此養傷，我還得趕緊回去。不然魯君佩他以爲我是跑了，他明天就許翻案，我父兄一定被拿，我母親一定死！……」玉嬌龍悲哀地哭着，往下再也不能夠說了。羅小虎這半天沉悶得也沒再說一句話。

沙漠鼠在窗外扭了半天頭，把脖子都扭酸了。這時屋中只有哭泣，再無語聲。他目直口呆的才轉回來脖子，忽然嚇了一大跳，原來自己的身後就站着一個人。他剛要喊叫，這人的寶劍就捱住了他的脖子，他渾身顫抖，連氣也不敢喘。

待了一會兒，又聽屋裏的玉嬌龍低聲哭泣着說：「小虎！你明天也走吧！無論如何我不能忘你，我不再恨你了！可是咱們是沒有姻緣之份了！你離開北京可以到柳河村，我的丫鬟繡香是很美的一個女子，性情比我好的多，你可以見着她，跟她詳細說明了原委，她就能嫁你。可是你以後也務些正業吧！還有，告訴她，那炕洞裏藏的首飾匣，打開叫她把那東西燒了吧！千萬連一點灰也別叫它留！雪虎要是找回來，你們就養着吧！……」

此時，窗外這青衣青鬚、身材挺拔的人，突然將劍離開了沙漠鼠的脖頸。沙漠鼠這才喘了一口氣，心裏喊了一聲哎喲！但一霎眼之間，那人已然無了蹤影，四下無聲，只有雨像眼淚般的滴着。沙漠鼠輕輕趴在地下，像狗一樣的慢慢爬了幾步，就往後院去了。

原來這裏是西城隱仙觀，廟中的老道士早年是在武當山修行，羅小虎十幾歲時在武當山當過些日的小道士，因此這裏的老道士認識羅小虎，在山上時並聽他時常唱那首歌。人世相違已十餘載，最近，有一日羅小虎酒肆買醉，醉後悲歌，老道士正在街上聽見，才知他即是那天以箭射魯府丞眷屬車輛之人。因感覺他的處境太危險，膽子太大，所以才把他叫來，勸他暫往幽谷中隱仙觀的下院這老道士的師弟慎修道人那裏，勸羅小虎去捐情棄俗，修真養性。但羅小虎這時候哪能去唸經打坐？他就索性把這廟作了他的旅舍，依舊整天出去向玉、魯兩家去打主意。一天，在街上就遇見了沙漠鼠跟花臉獾。這兩個嘍囉，原來他們自從羅小虎撞轎惹禍逃走之後，他們就沒離開過北京。有那箱子金銀，他們就打了一輛新車，買了一匹騾子，在順治門租了一個小院，他們就住下了。白天花臉獾在街上趕車，用個帽子或貼塊膏藥，遮住他臉上的刀疤。沙漠鼠是花了十兩銀子買了一個鼻煙壺，假充閒散人，天天到茶館去坐，專爲訪他們「老爺」的下落。也沒有人注意到他們倆，這天便會着了羅小虎。羅小虎索性叫他們換上綠色車圍，他弄了新衣裳坐在車裏假充官員。他們這輛車很新，人也都相信不疑。

今天就是因爲沙漠鼠探來了玉宅昨晚所發生的事，並聽說：「玉宅的姑奶奶回娘家來啦！」所以白天羅小虎就坐着車，放下車簾，在玉宅門前轉了兩次。今晚先派沙漠鼠去探風，然後羅小虎坐着車也去了。沙漠鼠就看見玉嬌龍短衣攜劍而出，他招呼了他的老爺坐着車去追，可是沒有追上；走來走去，離着劉泰保的家已是不遠。沙漠鼠現在對於這地方很熟，就告訴了羅小虎。羅小虎遂命將車趕到這裏。原是想要找劉泰保打聽打聽，不想卻正趕上玉嬌龍在那邊與俞秀蓮交手爭鬥；她從城上墜下來，羅小虎便乘機把她救到這裏。

如今窗外一陣驟雨，已然落過，夜風變得很寒。玉嬌龍把身邊的遭逢及心中的衷曲，都已宛轉哭泣的對情人說盡；羅小虎卻默默不語，凝滯着一對發光的大眼睛。地下放着的那支燈籠，裏面的蠟已將燒盡了。這炕上只有一個枕頭、一張蓆，連被褥也沒有。玉嬌龍擦擦眼淚，就斜躺在炕上，腿疼得她不住的呻吟，又很關心的問說：「這就是你睡覺的地方嗎？」羅小虎點頭說：「就是！」玉嬌龍說：「咳！你也真受得了！怎麼連床被褥也沒有啊！莫非你現在很窮嗎？」

羅小虎說：「我不窮，剛才你坐的那輛車，就是我自己的。我有許多銀兩金珠，都在我的夥計家裏存着了。我在這住着，也無心預備甚麼被褥。我心裏永遠像燒着一把烈火，半夜裏吹來風，炕上又濕又涼，我都睡不着，身上永遠發燒。你也知道，我在沙漠草原裏混過多年，睡覺還挑過地方嗎？」

玉嬌龍聽說了沙漠與草原，她益發清楚地回憶起了舊事，心裏就更難受，緊緊拉住羅小虎那粗大的胳臂，哭泣着說：「你是太不幸了！你幼年時就家門不幸，長大了遇見我，你更是不幸！我很後悔，我既是個官宦之家的女兒，可怎應該結識你呢？」

羅小虎說：「我看現在你別再以爲你是千金小姐了，你在北京鬧的這些事可也夠大的了。雖說你們有勢力，瞞着人，別人不敢明說，但是外邊，誰不知道？你又跑了趟江湖，跟我也差不多啦！我想咱倆沒有甚麼不該相識，現在魯君佩雖把你挾制住了，可是你別怕。你要不願回去再受他的氣，咱們明天就一同走。」玉嬌龍又冷笑着說：「那，這兒的事可怎麼辦呀？」羅小虎忿忿地說：「這兒的事？也有我呢！只要他娘的魯君佩敢跟你家作難，我就殺了他！甚麼順天府尹、南城御史，他狗養的諸葛亮，我都把他們殺了。」說着，拍着他腰帶上插的寶刀，銅環子嘩啦嘩啦的響。

玉嬌龍急躁地說：「你這是强盜的話！在外省，作甚麼都行，但在京城卻憑你多大的本領也使不開。我勸你千萬聽我的話，千萬離開此地；不然，你被他們捉拿住，我可乾看着焦心也不能救你！並且要因爲你鬧出事，給我們家中惹出大禍，那我不但以後不能認識你，還得把你當仇人！你可聽明白了，我這人是好的，但若太教我難堪，我可是翻臉無情！」羅小虎狂笑一聲，不再說話。

此時天已微明，羅小虎出屋去了。才一出屋，一滴檐水正打在他的頭上，嚇了一跳；這雨水很涼，倒使他的腦清醒了。他站立了半晌，屋裏的玉嬌龍發急地，又嬌媚地說：「你在外面幹嘛啦？爲甚麼不進來呀？院子裏多涼啊！」羅小虎敞着胸懷，摸着胸上的傷疤，緊皺着眉隔窗說：「天亮了，你不是要回家嗎？我給你去找車！」玉嬌龍在屋裏說：「就讓你那輛車送我回去好了，別到外邊另僱去。」羅小虎說：「我的車也沒在這兒。」玉嬌龍又說：「快一點兒！」

羅小虎沒有言語，憂鬱中夾着忿怒，冒着霧氣，踏着庭中濕潤的草往後庭走去。這座廟雖然年久失修，可是很大。第一層殿供的是靈官，殿裏很黑，四個泥塑的手持鋼鞭面貌猙獰神像，都黑乎乎的看不清楚嘴臉。地下卻有個人正躺着打呼，羅小虎用腳把這人踹醒。這人是沙漠鼠，他說：「喂！喂！別踹呀！甚麼事呀！」羅小虎揪起來他，告訴他說：「你快去叫花臉獾把車套來，趁着天沒亮把玉嬌龍送回鼓樓！」沙漠鼠一邊揉眼睛，一邊說：「別送去不好嗎？送去了以後又得天天去找。」羅小虎推着他說：「快去！少說話！」沙漠鼠趕緊走了。

羅小虎拿拳頭往空中擂了一下，就又走回那屋裏。過了不多時，就聽外面有車輪響，羅小虎就說：「車來了！」又揪住玉嬌龍問說：「你現在身上受着傷，若回去，被人知曉了怎麼好？」玉嬌龍嘆氣說：「唉！我還瞞誰呢！家裏的人誰不知道？連下人們全都知道的清清楚楚，只是他們不敢說罷了。」羅小虎說：「你回去務要放心……」往下的話他不說了。玉嬌龍說：「我倒没有甚麼不放心，我怕誰呢？我不過是爲我的娘家有許多顧忌就是了。」

羅小虎一聽她說出「娘家」這兩個字，腦筋就迸起來。但因爲這屋子黑，玉嬌龍没有看出他臉上的怒色。此時沙漠鼠就在窗外說：「車來啦！」羅小虎遂又抱起來玉嬌龍，走到外邊。花臉獾把車停在這門首，羅小虎把她抱在車上，玉嬌龍還緊緊握着他的胳臂說：「你可千萬照着我說的那些話去辦！別叫我又不放心！」羅小虎並没言語，他只向花臉獾說：「趁着天還没亮，趕緊送到玉宅，把人送進去你可趕緊就走！」花臉獾點頭說：「我都知道！」玉嬌龍這才將羅小虎放開，她流下淚來，騾子把車拉走了，她幾乎哭出聲兒來。

車走得很快，路上又没有人；及至到了玉宅大門前，車就一直趕上高坡，停住了。這時天色還没大亮，花臉獾上前緊緊敲門，卻暗捏着一把汗。門環響了半天，門就開了，裏邊卻出來四五個人，問說：「你是由哪兒來的？」花臉獾答不出話來，他想趕着車再跑，車裏的玉嬌龍卻急聲說：「是我，我回來啦！快叫錢媽她們出來攙我！」

那幾個僕人一聽，這才趕緊慌忙地進去叫老媽子。一個人留在外面！悄聲向花臉獾說：「你是那兒的車？」花臉獾說：「我這是買賣車，是這位小姐僱來的。」僕人還要問是從哪兒僱來的，車裏的玉嬌龍卻喝斥說：「你們就不必多問啦！人家把我送回來了，就完啦！」

此時裏邊有僕婦跟丫鬟出來，就把玉嬌龍攙下車去，他們都驚訝着。因爲此時天光已亮，玉嬌龍的打扮很能看得出來，她是全身的又瘦又短的黑綢子衣褲，頭上包着青綢手巾；腦門子上浸出來一大片血跡，全身都是泥土，並且很濕，胳臂像教甚麼荊棘之類刺得有許多傷處。她臉色極爲悽慘，眼角掛着淚跡，怒氣卻很大；一句話也不說，被僕婦攙着她往裏走去。

這門前有個僕人驚疑稍定，又向花臉獾問說：「你在這兒歇會兒，我到裏邊去給你討幾個賞錢。」花臉獾連連擺擺手說：「不用！不用！大哥你別麻煩啦！我們老爺不叫我要賞錢。」僕人驚詫着說：「你們老爺是誰？你到底哪個宅裏的？」漸昇起的陽光照着新騾車的綠色圍子，這至少也是個道台家裏的車，花臉獾卻一聲不語拉着騾子下了坡。他跳上車轅，緊掄鞭子就趕着車走去；還恐怕有人在後跟着，他故意繞了點遠路，才回到隱仙觀。

此時羅小虎正在等着他的回話，他回來稟了，說：「玉嬌龍已安然抵家。」羅小虎才放下心，卻又像丟失了甚麼，作了件後悔的事似的，緊皺着眉頭站着發呆。沙漠鼠跟花臉獾兩個人在他的眼前站立了半天，羅小虎又側着臉尋思了一會，這才吩咐花臉獾說：「你專到魯家門首，看那魯家都有甚麼閒雜的人出入，最要緊的是打聽出來那魯君佩天天往哪兒去。」花臉獾答應。羅小虎又囑咐沙漠鼠說：「玉家那邊的事，是由你打聽。探探玉嬌龍，今天一早那樣的回去了，他們兩家是打算怎麼辦？探出來就去找我。」沙漠鼠也答應了。這兩個人就像是小卒得到了將官的命令，一齊轉身走開。

羅小虎躺在炕上歇了一會，此時他是十分的困倦，但心中又十分不寧，睡不着覺；他就摸了摸身上還有幾塊銀子，在短衣裳上套了一件綢大褂，就也走出廟去。廟外的陽光刺着他的困倦的眼睛，覺着發酸。他在西城有兩個去處，一是澡堂子裏，他常到那裏的官盆去洗澡；另一處就是個酒館，在一條小胡同裏，生意很不好。可是羅小虎一來到這就大吃大喝。花錢毫不計較，所以掌櫃的把他當作財神爺；並且也知道這位財神爺有點來頭不正，外邊有了甚麼事便也來告訴他。當下羅小虎又來到這兒喝了幾盅酒，叫掌櫃的給他叫來一些菜飯吃過了，他就躺在櫃房的一張小舖上睡覺。掌櫃的在外面應酬着買賣，一半是給他巡風，他就放心大睡。

睡了也不知有多少時候，忽然有人把他喚醒，在他的耳邊悄聲叫着：「老爺！老爺！」他睜開眼睛一看，見是花臉獾，他就趕緊悄聲問說：「外面有甚麼事沒有？」花臉獾也悄聲說：「魯宅把他家的少奶奶由玉宅接回來了！聽說下車時是有四個丫鬟攙着。看今天那樣子，魯宅上下的人，没有一個不膽戰心寒。又聽說今天五點鐘魯君佩在西四牌樓福海堂飯莊請客；請的是邱小侯爺和鐵府的兩位侍衛全都請上。據說是向邱小侯爺賠不是，我看那樣子魯君佩是怕了！」

羅小虎坐起身，忿忿地不住冷笑；忽然又摳着腦袋思索了半天，便想起一個主意來，立時喜歡着下了舖板，揪住花臉獾又悄聲說了半天。花臉獾像傻子似的不住的點頭，羅小虎對他說完了，就把他一推，說：「快去！」花臉獾出去走了。羅小虎自己嘿嘿的冷笑，又到櫃前去喝了幾盅酒，便先回到隱仙觀，這時就是下午三點多鐘了。

羅小虎在隱仙觀的院中繞着松樹，徘徊、思索、狂笑，時時摸摸自己的寶刀。少時沙漠鼠又跑回來了，也說了魯君佩今天請客的事情。羅小虎忽然派他出去買一張大桑皮紙、買一支筆、買墨、買一塊小硯台。沙漠鼠吐着舌頭，說：「老爺！你這是要幹甚麼呀？您是要作文章嗎？」羅小虎說：「你少問！你去買就是了！」又推了一下，把沙漠鼠也推出去了。他看看松樹外的陽光，心裏很急躁。過了不多時，沙漠鼠就紙筆墨硯全都買來了，羅小虎都揣在懷裏，沙漠鼠翻眼瞧着他的老爺不敢問。羅小虎又悄聲囑咐了他許多話，叫他去找花臉獾，先到那福海堂飯莊的門前去相機行事。

沙漠鼠一聽，又吐吐舌頭，接着說：「好啦，我們這就去！」他前腳走了，羅小虎也隨後又走出廟門。此時，天色已到了下午五點多鐘，天空滿鋪着燦爛的雲霞；晚風吹起，掃去了這一天的酷熱。各衙門裏的人都散了值，紛紛赴飯莊酒樓去赴宴會。

西四牌樓的福海堂，是西城最大的飯莊，向來作官的人請客都在這裏，這門前永遠是牛馬雲集。今天因爲有三四起大請客，所以門前更是加倍的熱鬧。門前的六根石頭樁子，每根樁子全繫着五六匹馬，騾車排成了兩行；總共約有五十多輛，都是簇新的大鞍車，以綠色圍子的居多。

趕車的把小板櫈都聚在一塊，許多人相聚着談天、賭錢。地下放着的茶壺壺碗共有了一百多個。這些人刨出他們自己，誰也不能分辨出哪輛車是他們誰趕着的。他們有的相識，都是同行；有的彼此是新友，到了一塊當然還免不掉談談這個御史家、那個丞宅，另一個侯爺府。他們悄着聲兒秘密地，甚至談到他們主人的閨閣之事。即使彼此不認識，只見打扮得像個趕車的，或像是個跟班的，走過來就能隨便聽談講，隨便插言說話，打聽閒事提供新聞，並且還隨便的喝茶。

這裏邊，就擠進來一個人，此人拿一個比腦袋大一半的紅纓緯帽遮着半個臉，穿着很乾淨的夏布衣裳。看這樣子可是個大府的趕車，手裏拿着個頂漂亮的鼻煙壺，另外一個珊瑚的小碟；把鼻煙放在碟裏，一把一把的捏着往鼻子裏去聞。坐在他自己的一個紅漆小板櫈上，傾耳聽別人說閒話。他的帽子永不摘，彷彿怕露出他臉上的甚麼記號似的。

這時人群裏有一名叫常子的趕車的人，他唉聲嘆氣，探着頭壓着嗓音說：「我看你們宅裏的事全都好辦。老爺有點脾氣，那都不要緊，就是我們難辦！整天得提心吊膽，一到夜裏，就像勾魂鬼已到了眼前，說不定甚麼時候就死。誰家的宅裏能夠鬧完了神鬼又鬧賊？整天刀兒、槍兒、梆兒、鑼兒的？」旁邊有個人笑着說：「這還不好？請你們天天看武戲、聽龍虎鬥！」這常子就嘆了一聲，說：「大哥您就別開我的心了！這個龍虎鬥可是誰也不願聽。龍還好辦，真的，我到現在還不相信我們那一陣風兒就能吹倒的少奶奶，她會有甚麼本事？可是虎真夠兇的！那傢伙，寶刀飛箭，全份的武功夫。……」更壓下點聲兒來說：「宅裏那天受傷的那幾個，直到現在還沒好呢！張三受的那一箭，不偏不斜正射中在尾巴骨，好了他也得蹶着屁股才能走路兒！」旁邊的人又說：「可是，這些日你們也都掙足了？」常子歪着臉問：「足甚麼？拿一兩串錢就堵住我們的嘴，嘴叫錢堵住了，可是保不定甚麼時候就餵老虎。這個差事，誰要是有一碗飯吃，誰肯幹？」

正在說着，忽見裏面走出一個人來，喊着：「常子！快套車！這就得上邱府！」常子答一聲，皺着眉，旁邊的人又問說：「是怎麼回事？邱小侯爺還沒來嗎？哪位是邱府來的？」大家彼此看着。常子卻擺手說：「乾脆！是邱府裏的小侯爺拿架子，自己的媳婦到了人家宅裏丟了面子；現在無論怎麼請，怎麼道歉，他也是不來！德五爺去了半天了，也是請不到。現在大概我們少爺要親自出馬！」

旁邊有人悄聲說：「都是你們的少爺不好，怎能得罪他呢？銀槍將軍邱廣超，他認識有多少江湖人？那天到你們那兒打架的那個小老媽，不定是誰扮的呢！還許就是劉泰保的媳婦呢！」旁邊有個玉宅的趕車的擺手說：「不是不是！劉泰保的媳婦我認識，早先她常到我們宅前踏軟繩。她不踏軟繩以後還出不了這些事呢！她現在不大愛出頭了，前幾天我在街上看見她，肚子大得跟個葫蘆似的。」

常子也搖着頭說：「不是，那天邱少奶奶帶去的那個小老媽很漂亮，可是臉上沒好氣，說不定是爲打架才去的。可也決不是劉泰保的老婆，劉泰保他還巴結不上邱府呢！」說着，他就站起身來去套車。拿緯帽皺着臉的那個人卻追過去拉了他一把，說：「喂！常爺！您帶我到邱府去一趟好不好？叫我也看看他家的那個老媽兒？」

常子斜着眼說：「喂！老哥！你怎麼真入了迷了？你是哪個宅裏的呀？我怎麼不認識你呀？你貴姓呀？」這個人說：「我姓官。」常子說：「姓獾？明兒還許有些姓刺蝟的呢？你是甚麼意思呢？」這人（花臉獾）就聳着鼻笑說：「没甚麼別的意思，就是，我聽說邱家那個老媽挺俏，我想去瞧瞧。」常子說：「我們是送魯府丞去請邱小侯爺，不是去接人家的老媽兒。人家的老媽兒又未必出院子，哪能一去就見得着？你就別色迷了！」他急匆匆地套車，氣得他直向花臉獾撇嘴。

花臉獾瞇瞇笑着，認準了他那套騾子車。這時忽然覺旁邊有人揪了他一下，也是個趕車的，也問說：「你是哪個宅裏的？」並詳細打量花臉獾的面貌，說：「我怎麼瞧着你很眼熟呢？」花臉獾吃了一驚，趕緊說：「我是李侍郎宅裏的。」

這個趕車的問說：「李侍郎今天也來了嗎？」花臉獾點頭說：「來了，已經進去了，您是哪宅裏的？」這人說：「我是玉宅的，送我二少爺來的。」花臉獾又吃了一驚，心說：「怪不得他認識我，我常在他們宅門口轉嘛！」遂就趕緊把鼻煙碟遞給這趕車的，笑着說：「您聞點！」玉宅這趕車的就捏了一把鼻煙聞着，於是兩人就談起來了。

此時常子已將車套好，魯君佩已由裏面走出來了。他上了車，有倆人騎馬在後面跟隨保護，就走了。花臉獾以目相送，同時看見他的夥伴沙漠鼠也來了；是提着個破筐子裝作撿馬糞的，在許多車輛之間來回的轉。這裏花臉獾跟玉宅的趕車的，共坐在一條板櫈兒上，談得很投緣。這人很喜歡花臉獾的鼻煙壺兒，他愛不釋手。花臉獾奉承着他，由他指點了哪輛車是魯宅的，原來今天魯宅來了轎車兩輛、馬三匹。

待一會兒，那常子就趕着車回來了；同來的還有一輛車是德宅福子趕着的，又一輛就是邱府的。魯君佩先下車，恭恭敬敬地將邱廣超請進飯莊裏，德嘯峰也隨之下車進內。外面這些人就都說：「這就好了！只要把邱廣超的大駕一請到，魯府丞再敬兩盅謝罪的酒，也就煙消霧散了！」又都衝着手裏的鞭桿還沒放下的常子說：「喂！以後你們宅裏一定沒事了！你們可以放心睡覺了！」常子搖頭說：「不是那麼容易吧？」玉宅的趕車的也說：「這些事本來没邱侯爺甚麼相干，正經我看倒是得叫魯府丞請請羅小虎跟那一朵蓮花。」

大家又亂談着，沙漠鼠還蹲在騾子的肚子底下去撿糞，花臉獾就過去驅趕，說：「喂！你還没撿夠嗎？撿那麼些個馬糞你是拿回家去吃的嗎？」追過去要抬腳踢，沙漠鼠卻央求着說：「撿完這一堆糞，我就走！」花臉獾瞪着眼睛悄聲告訴他說：「那輛，北邊第三輛，那輛剛回來的。那匹，那匹，那匹，都是！認清楚了没有？……」沙漠鼠用臉色表示出來全都知道了，花臉獾又喊了一聲：「快滾！」沙漠鼠答應一下，他溜開了。

此時飯莊裏面有一批請客的已然散了，門前一陣亂；車輛走了至少一半。可是沙漠鼠已乘着這忙亂之間，他由糞筐子裏取來個小傢伙，在騾馬叢中鑽過來，走過去，已施用畢他的伎倆。魯宅的趕車的常子和一個叫吉三的正跟大夥兒在那邊談天，没想到會發生甚麼事；花臉獾混在裏邊跟許多人熟了。此時天色已漸黑，又散了幾起客，德嘯峰與邱廣超都給魯君佩送出來，各自上車走了。

又過了些時候，主人魯君佩就又出來。原來魯君佩身邊還帶着兩個僕人，僕人共上一輛車，他自己坐一輛；車後隨着兩匹馬，馬上的人全都帶着刀，在夜色漸厚之下往西走去。常子跟吉三打起精神來趕車，可是走了不遠的路，前面吉三趕的那騾子就站住不走了，把後面的車也阻礙住了。魯君佩在車中驚詫着問說：「是怎麼回事？」常子跳下車去，到前面去問。吉三卻着急地說：「騾子出了毛病了！」用鞭子死力的抽，不料咕咚一聲，騾子竟跪下了，將車裏坐的兩個僕人險些没滾出來。

魯君佩看外面的天色太黑，他心中恐懼，就趕緊大聲叫：「常子！不要管前面的車，你快來！趕着這輛車送我回宅，快！」常子疾忙跑過來，跨上車轅，驅騾速走。車輪之聲轆轆地響，不料才跑了不遠，「吧嚓」一聲，這個騾子也倒下了，整個把魯君佩摔出車來了。兩個騎馬的人趕緊下來攙扶，攙起來問說：「大人覺得怎樣？」魯君佩跛着腿走兩步，連說：「快！快！趕緊叫一輛妥實的車來，先送我回去。快！快點！」

一個隨從的人騎上馬就去找車，但天已這麼晚，街上哪裏還有空閒的車呢？另一隨從的人是一手攙着府丞，一手已抽出刀來。兩輛殘廢的車相距着又很遠，那邊的人喊叫着說：「快來幫幫呀！再來一個人幫幫就行了！」常子趕忙又跑回去，幫助那邊的三個人，一齊用力把騾子抬起來。騾子倒是站穩了，人可還不敢坐上。

那吉三吧吧響着鞭子，嘴裏喊着：「哦！哦！」騾子倒是又走了幾步，可又跪下了。吉三依然用鞭狠抽，騾子是死也起不來。常子就把吉三攔住說：「別打了！打死它，它更不走了！這一定是有原故，前面那騾子索性躺下了！把少爺摔得不輕，不知是哪個狗子掏的壞，成心要摔咱們倆的飯鍋！」說着，急忙跑到車後邊摘下紙燈籠，到前邊去照着查看，怪不得這騾子要跪下呢，原來前腿直流血，前面的那個騾子就更不用說了。

當時把大家嚇得臉白，忽然聽得咕嚕咕嚕地一陣車輪子響，響聲非常之清脆。從後面又來了一輛騾車，趕車的人卻悠閒自在跨着車轅，拿嘴唇吹出來山西梆子。前面攙着魯君佩的那個人早就喊起來了，說：「是輛車來了嗎？」這裏的常子也急忙把這輛車截住，問說：「是空車嗎？好了！我們這輛車不知爲甚麼，都犯了毛病了！」這車上的人止住了口哨，卻笑着問說：「怎麼回事呀？我知道你們大人是誰呀？有多大呀？」

常子聽出來這趕車的聲音，並看出那特別的緯帽，就說：「你不是李侍郎家的嗎？你也才由福海堂回來，李大人没在車裏嗎？」車上的花臉獾說：「我們大人跟韓御史坐着一輛車走了，叫我到阜城裏陳宅去接我們太太，那兒今天是辦壽，唱大戲，我還想聽兩句去呢！福海堂門口兒的馬鰲多，你們的牲口一定是叫鰲給鰲住了，拿凉水拍拍就好了。」說着，他趕着車仍舊往前走。

前面的魯君佩就親自喊出來問說：「是哪兒的？」常子一邊追着車跟花臉獾商量，說：「你順便把我們大人送回去就得了！你還能得一份賞錢！」花臉獾搖頭說：「不行！我們太太囑咐過，這輛新車不許外人坐。」

魯君佩叫那隨從的人攙着自己，一跛一顛地走過來。問明了這輛車是李侍郎宅的，他就說：「李大人跟我有交情，把車停住，我一定要坐！明天我去見他跟他說。」說着，那隨從人已把車攔住，就怔攙着魯君佩上了車，吩咐：「快些走！」花臉獾還嘆氣，作出無可奈何的樣子。

魯君佩在車裏半坐半臥，急急地說：「快趕着走！趕到我宅裏，我多給你賞錢！」花臉獾就答應了一聲，搖起鞭子；這騾子就跟驚了似的，拉着車飛跑。那隨從的人上了馬跟隨，並呵斥着說：「慢着些！」花臉獾說：「不能慢！我送完了這位大人回宅還接我們太太去呢！我不能耽誤了正差事！」

車仍快走，馬仍追隨。忽然，這匹馬長嘶了一聲，不知是出了甚麼事故，把頭一揚，四足跳起；整個將那隨從的人摔下了馬去，人暈了，馬也跑了。魯君佩在車中聞聲更驚，他囑咐花臉獾說：「快走！」不想花臉獾反倒跳下來，揪住騾子不走了。此時忽有一條大漢跳上車來，將頭鑽進車裏，同時一口短刀已擱在魯君佩的脖子上。魯君佩驚得大叫一聲，花臉獾卻跳上車來，趕着騾子跑得更快。

車子顛動得十分厲害，魯君佩的肥身體被大漢用力按着，他連一句話也不敢說，只是渾身發抖。這大漢把刀一動，刀環就「嘩啦」的一聲響，可是並沒有傷着魯君佩的肉皮，只聽這大漢說：「我就是半天雲羅小虎，你們强逼玉家的大少爺寫了一張字據，挾制玉嬌龍，我不能服氣！」魯君佩戰戰兢兢地說：「我知道你是俠客！我求你別殺我！那張字據我拿出來給你就是！」羅小虎說：「到你家裏再說！反正今天你我的兩條命已繫在一塊，我死了你也必不能活！」花臉獾把車緊緊趕着，忽然他說：「後面有馬追下來了！」

羅小虎探出頭去，向車後一看，就見果然有一匹馬追來。羅小虎取出弩弓，將箭上好，嘣的一聲射去；黑霧裏的那人也從馬上滾下，羅小虎催着花臉獾快趕着走。花臉獾連連揮鞭，鞭聲像成串的爆竹，「劈啪劈啪」的亂響；車輪「咕隆咕隆」像放了繩的馬匹，又如連續不斷的春雷，魯君佩卻如一口豬似地爬在車上。羅小虎又說：「當着玉嬌龍的面，認準了那張字據把它燒成灰，我才能饒你的性命！」魯君佩喘吁着說：「都行！……」

這時已來到魯宅的門前，車停住了；羅小虎把魯君佩扯下車來，花臉獾趕着車又疾疾地走了。魯君佩一下車就坐在地下，羅小虎用胳膊把他架起來，連推帶揪地走進了大門。門旁裏出來幾個人，一見這情景齊都大驚，有的且抽出刀來。羅小虎一箭，一個人就應聲而倒，魯君佩連忙擺手說：「別打！也別射！」羅小虎吩咐說：「關上大門，無論是誰叫門也不准開！」魯君佩也依樣吩咐了。

魯宅裏的僕人、打手，還有一個新請來的鏢頭，雖都怒目瞪着羅小虎，但卻「投鼠忌器」，怕他一反手就殺死魯君佩；並且又都知道他的寶刀實在難惹，他的冷箭更是難防，就只得遵命把大門「咣噹」的一聲關上。魯君佩並且哀求的向他僱傭的人說：「你們不要聲張！羅俠客也不能殺我，只辦點事，他就放開我了！你們若一驚慌，那我的命可就不保！」

羅小虎拉着他一直進到裏院，裏院各處的風燈早已點上；打更的已爬着梯子上了房，梆鑼才敲了一下，一見這情形，全都大慌，更夫就緊緊敲鑼噹噹亂響起來。羅小虎把寶刀就挨近了魯君佩的脖頸，魯君佩大聲嚷嚷說：「別敲啊！別驚慌啊！」屋中也跑出兩個僕婦來，魯君佩幾乎跟哭是一樣了，連連擺手說：「没有甚麼事呀！別大驚小怪！來的這是羅俠客，羅君，是我請來的，你們……你們快到老太太屋裏，跟太太要過來那張字據；就是少奶奶的那張字據；快拿來！就完事了！」羅小虎說：「帶我到玉嬌龍的屋裏！」魯君佩答應着：「是！」羅小虎用力揪着他，手指把他的肥胖胳膊都摳破了。

魯君佩一跛一跛地就把羅小虎帶到了西小屋，原來今天他將受了傷的玉嬌龍由娘家接了回來，又迫她另換了一間屋子居住。一進這屋，床上的玉嬌龍推開錦被翻身坐起；她蓬鬆的鬢髮，憔悴的臉膛，現出一種莫大的驚疑。

羅小虎把羅君佩一推，令他在一張椅子上坐下，又把手向玉嬌龍一擺手說：「別怕，只要他肯聽我的話，今天決鬧不出人命來！按理說，他施用手段，買通了匪人將你捆到這裏來，令你與他成親……」魯君佩坐在那裏像個傻子似的，說：「我——我並没跟她成親呀！羅俠客你可以問她本人。」羅小虎忿忿地說：「但你也夠狠毒的了！把她捆綁着，叫她的哥哥寫下字據；憑着字據你可以隨便虐待她，她也不敢惹你。你最狠毒的是買出個女賊來假充俞秀蓮，去殺了人家的幼女，驚了人家的老娘！」

魯君佩面如土色，跪下了說：「那真不是我作的！……」羅小虎一腳踢去厲聲說：「誰能信你這狡賴？你是故意作出這事以便激怒了玉嬌龍，你並且放虎歸山給了她寶劍，叫她去與俞秀蓮拚殺。你坐山觀虎鬥，要看她們兩敗俱傷，這事還瞞得過誰？」

魯君佩趴在地下，顫慄無語。羅小虎扭頭又看了看，只見玉嬌龍的臉色發紫，雙眉騰起來殺氣。羅小虎微微冷笑，說：「這件事我不管！他傷的是你玉家的人，他該死不該死，將來你再想辦法，再定主意。我自從新疆洗手之後，從不枉傷一人。今天我只把那張字據逼索過來，毀了它，我就算對你盡了心！」

此時字據已然取來了，是個男僕拿着，可是那人不敢進屋。羅小虎推開了門把字據得到手裏，就又把門關上，先交給玉嬌龍看。玉嬌龍就着燈光，把一張束縛她身子的惡毒字據反覆地看了半天，然後就點頭說：「對！不錯！就是這張字據！」羅小虎又問說：「你認準了？」玉嬌龍點頭說：「認準了！」羅小虎又說：「再沒有了吧？」玉嬌龍搖頭說：「再沒有了！只有這一張。」羅小虎點點頭，將這字據放在燭台上點着，呼呼地起了一片火光。待了一會，整張的紙就變成了片片的飛灰，一個字跡也沒留下。

羅小虎又把魯君佩拉起來，叫他坐在椅上，從自己的懷裏掏出來筆、墨、紙、硯，都放在桌子上，說：「你該給我寫一張字據了！你們唸書的人心眼毒辣，我得學學你們！就着桌上碗裏的殘茶，泡開了筆，研了墨，把寶刀向桌上一拍，說：「來！寫！我說甚麼你寫甚麼，寫錯了一個字就不行！你別欺我認識的字有限，寫！筆拿穩些！你是翰林，寫字還費難嗎？」遂一腳蹬着櫈子，把刀在魯君佩的頭上一晃，逼着魯君佩寫道：

立字人魯君佩，我本與大盜半天雲是結義弟兄。玉嬌龍乃閨閣貞節小姐，她嫌我貌醜，不願嫁我；但我必欲得之而後甘心，因此乃唆使綠林中人碧眼狐狸混入玉宅。誘他家小姐未成，我又使人打死蔡九。我在外胡造謠言，誣賴玉宅家門不嚴，強迫着將玉小姐娶到我家；並將她凌虐成病，將她的丫鬟也毒得不能說話。我是人面獸心，雖文官而實大盜！我盟兄半天雲本是好漢子，他不慣我所為，因與我反目。最近又派女盜……」

羅小虎把寶刀向魯君佩那冷汗涔涔的頭上一拍，說：「那假俞秀蓮的名字叫甚麼？」魯君佩頭亂顫着說：「聽說……她外號叫女魔王！」羅小虎冷笑着說：「好！就寫上！」又說：

女魔王假冒俠女俞秀蓮之名，到玉宅中殺傷閨女，嚇壞老夫人，這實是真事。我實該死，如今半天雲叫我立字據，也是我自願。半天雲非羅小虎！羅小虎是眞正男兒，半天雲乃綠林豪傑也。謹此立字，交我盟兄收執，一朝犯案，俱不能脫……

照這話寫完，魯君佩的身子都癱了。

羅小虎微笑着，把這紙字據又拿給玉嬌龍看了，玉嬌龍只是落淚點頭。羅小虎又去叫魯君佩畫了押，他便將紙疊了疊收在懷裏，拿刀又輕輕拍了魯君佩一下，說：「你別怕！只要我不犯案，也決拉不上你。」又過去向玉嬌龍說：「我走了！我已心滿意足了！我也放心了！」

玉嬌龍卻不住的落淚，羅小虎又悄聲說：「我曉得你，雖然我已替你這麼辦了，你一定還不願跟我走。你是捨不得離開家，你也不能受外邊的苦，我又怎能勉强你！」嘆了口氣又說：「你記得早先在沙漠裏咱們說的話吧？也許你早忘了！」玉嬌龍瞪起眼睛說：「我憑甚麼忘？只是，現在我母親還沒死，我哪兒也不能去！」低着頭又嗚嗚痛哭。

羅小虎拍着她的柔肩，說：「不要哭！哭還是甚麼英雄？」發了一會怔又說：「我走了！昨天你住的那座廟，那老道士是我的好友；無論我往甚麼地方去，我也必把我的去處告訴他。將來，那怕在十年之後，你若想起來找我，就可以去問他，我們就可以會面了！現在這事已然算完，我再去爲我的父母報仇。那件事若再辦完，我縱不死，我可也必心灰意懶。你放心，我不能再胡爲，也不能再魯莽了。可是，我也決不能作官！我也不想作官了。好！如果有緣，咱倆再見。你記住了，你縱使變了心，我羅小虎這生這世也決不能變心！」

他一笑，望着玉嬌龍悲泣的姿態，心中又一陣猶豫；但又一頓腳，就提刀闖門而出。身後還聽得玉嬌龍焦急、悽慘的聲音，叫着：「小虎！你回來！」

羅小虎倒退了一步，一手橫刀防禦往外面的人攻擊，扭頭又向玉嬌龍望去，見玉嬌龍已下床，扶着床慢慢地走過來了。燈光斜照着她蓬鬆的雲髮，鬢下就是涕淚交流的臉兒。她扯住了羅小虎，就悲哽着說：「你放心吧！我永遠是你的，無論遲早咱們還能見面！」

羅小虎嘆息說：「好！我永遠等你！」又扭頭看看癱在桌椅之間如泥胎似的魯君佩，他就唠唠說：「那個可還要防備，想法……」作個手勢，又狠狠地說：「那才好！」

玉嬌龍擦擦眼淚，點點頭說；「我都知道！」嘆了口氣又說：「我向來是心高氣傲，一點虧也不吃的；如今要不是你替我想法子，我還隨着人欺凌擺弄呢！我只慚愧到現在我還不能跟隨了你走！」羅小虎說：「其實你現就跟我走也没甚麼，字據已經燒了，他還能將你家裏的人奈何？」玉嬌龍搖頭說：「不！你還不知道我，我卻知道我自己。我不該生於宦家。我又不該跟你……你的遭遇是太可憐了！也被我害了這許多日。可是，我望你還得自强，上進，不可以灰心！」

羅小虎臉色又變了一變，煩惱中挾着氣憤，他就擺擺手說：「別說了！這裏不是咱談話吵架的地方。今天的事已辦完，我走了。也許我走不出這座宅子就得死！」他一掄刀出屋，見院裏院外已擁滿了人，燈光照如白晝，刀槍的光芒耀眼。羅小虎大喝一聲：「你們要怎樣？難道要叫我再進屋中結果了魯君佩，再出來與你們廝殺嗎？」他大聲喊着，聲如霹靂。

這時魯君佩就急急地從屋中出來，舉着兩隻胳膊亂擺手，連嚷着說：「別打！別打！快放這位羅俠客走！」羅小虎微微冷笑，一回手又扭住了魯君佩，說：「頂好你送我出門！」當下他就一手持刀，一手扭住魯君佩往外去走，一路無阻到門前叫人開了大門。羅小虎又回身瞪了魯君佩一眼，見魯君佩渾身亂抖，也很可憐，便冷笑一聲說：「你大概也都明白了，以後你有甚麼毒計，自管再使去吧！」魯君佩連連搖頭說：「我再沒有了！明早我就叫玉小姐回家，以後我不管她！」羅小虎把魯君佩一鬆手，魯君佩隨之癱坐在地上。羅小虎於夜幕之下，就獨自昂然走去。

這時魯宅裏雖然鬧出了一件驚人之事，但距此不算太遠的隱仙觀內卻十分淒涼。那前院的松柏被風吹得發出嘯嘯之聲，那空屋子裏地上又放着個紙燈籠。沙漠鼠是早就回來了，他雖然疲倦，但是躺在炕蓆上睡不着覺。心裏想着剛才把那兩頭騾子的腿弄傷了，不知有效沒有？「老爺」也不知怎樣了？今天能夠得手不能？並且回想起來昨夜，下着雨的時候，「老爺」把「太太」玉嬌龍揹到這炕上來，那股得意勁兒，真叫人看着眼饞。可是又想起那時自己在窗外偷聽，突然有個人把一口寶劍貼住了自己的冰涼脖頸，卻又不禁打了個冷戰。心想那人的武藝恐怕比玉嬌龍還要高，不然怎麼一轉眼他就沒有了蹤影，而且一點聲音都沒有？……害怕得他簡直躺不住了。

待了一會，花臉獾又來了。他是把騾車趕回了宣武門內他的家，又趕緊跑到這裏來了；手裏也提着個燈籠，還有一包酒菜，腰裏揣着一把砂酒壺。倆人湊在一塊兒，沙漠鼠的膽子就大了；同時兩隻燈籠湊在一塊兒，屋子也顯着亮了。倆人就喝着酒兒談着閒話，又不多時，他們的「老爺」就回來了。

羅小虎一進屋，他們齊都下了炕，只見羅小虎身上並無傷，頭上並無汗，像是沒經過爭鬥的樣子，氣憤也似是消了；可是精神卻顯出來十分倦怠，兩隻眼仍帶着憂愁之態。腰帶上插着雪亮的銅環子的寶刀，衣內懷裏卻露出來一角紙，就是白天買的那張紙，這時上面可有字跡了。羅小虎把剩下的半壺酒兩口喝盡，就命花臉獾、沙漠鼠二人回去。他也不多說話，倒在床上便睡，一夜慢慢地過去了。

第二天，花臉獾與沙漠鼠又來到廟裏，卻見羅小虎正同着老道士談話，聲音很低，他們都不敢在旁聽。可是待了一會，羅小虎叫花臉獾回去收束行李、套車，並囑咐務必摘下那綠色的車圍，說是：「咱們即日就走！離開北京，事情現在都辦完了！」沙漠鼠卻暗自吐舌頭，心說：「來了一趟北京，鬧了多少日子，到現在老爺還是個光棍兒呀？怎麼，事情就算完了呢？」花臉獾卻欣跳起來，拉了他的夥伴一下，說：「老爺一定是帶着咱們回新疆！不是還去販馬，就是再上紅雲嶺。」當下他跑走了，收拾了他們的箱子、金銀、行李，套了車，就又來到；沙漠鼠且由廟後院將馬牽了出來。

臥虎藏龍 第13回

冰心熱淚少婦思讎仇
詭計陰謀老猾設陷阱

羅小虎又換了一身很闊綽的衣裳，就出了廟上了車，放下了車簾。花臉獾趕着車，沙漠鼠的兩隻紅眼胡亂張望；他是騎着馬，當下就一齊走了。他們混出了城去，往西。但是使花臉獾大失所望，原來羅小虎不是要回新疆，卻是聽廟中老道士之勸，往西陵五回嶺去了。

事情是這樣：隱仙觀的老道本來是專心清修的人，雖然也會武藝，但來到京城十餘年從不顯露。他把羅小虎招到廟裏頭，原是怕羅小虎在京城鬧事出禍；並且常勸羅小虎應當恢復道家原來的面目，或回武當山，或至五回嶺隱仙觀下院去。

老道士本來曉得羅小虎這樣鬧，第一是爲玉嬌龍的私情，第二就是他要報父母的仇恨。因此老道士就對他說：「你到五回嶺去，我師弟慎修他能幫助你報仇。因爲他原名徐繼俠，是四川人，他入道不過十餘年；早年曾雲遊江湖，尤以在中川一帶行俠作義的時期最多。想他能曉得你父母早先被害之事，乃賀某等人的下落。但無論如何，你總在武當山上受過三清的戒條，爲父母雪恨雖可，只是不要殺戮過慘。至於你與玉家之女的私情，更應視之如鏡花水月，雲煙夢影。既然不能再相結合了，只好割絶。在清靜中自有真樂趣，那比俗世中的功名爵祿、兒女私情，還要勝强萬分。」

這些話羅小虎雖都覺着不大入耳，可是他此時確實已有些心灰意懶、精疲力盡了，願意找個清靜的用不着擔心的地方去歇一歇。所以他便帶着他手下的兩個夥計走了。他這一走，京城裏頓然少了一個行跡詭異的人。魯宅玉宅省卻了許多擔驚。但，卻又有另外的一件事發生，竟惹起了幾場刀槍拚殺，千里風塵飛揚。

原來自羅小虎當着玉嬌龍之面，强迫魯君佩燒了舊契，重立新契之後，在魯宅防夜的這些個人，就全都明白了。大家都知道人多不濟事，賊是無法防禦；即或賊來了，眼看就可以捉住了，但結果也是得開了大門給送走，這其中的原因没有一個人能夠摸測得出。可是魯君佩自一跌之後被人攙送到院裏，就再也起不來了。

次日，魯宅的人齊都無精打采，魯太太急得眼睛都紅了，又拿出一些銀兩分賞給下人們，算是又把昨夜宅裏所出的事情掩蓋住了。到上午十點來鐘的時候，就派了一輛騾車，把少奶奶玉嬌龍送到娘家去了。同時有蕭御史等人又來看魯君佩，魯君佩就從此不上衙門，外面傳説他是無意之中跌了一跌，起不來了，恐怕要成中風之症。

魯君佩的父親魯侍郎，本來就是雙腿不能行動；羅小虎等人第一次在他家大鬧之後，他就遷到一座大禪林中去躲避煩擾，宅中這些日都由魯太太主持。魯太太是讀過《三國誌》的，平日智謀多端、剛愎自用，甚麼飛賊大盜，她都沒有放在眼裏；可是如今她也消極了，她也躲避到娘家去。魯宅裏只留下光桿的一位大少爺，臨時募集的打手、新請的護院把師，都已給資遣散；大門終日緊閉，景況頓然蕭條，可倒是從此平靜無事了。

這時候，街上也沒有人再看見羅小虎，劉泰保也不露面，彷彿是暴雨將過，狂風已停，倒加倍地顯出一種淒清。此時只有俞秀蓮的胸頭還膨脹着一股怒氣，因爲她誓要尋找着那冒充自己之名，至玉宅殺傷幼女的女賊。可是德嘯峰夫婦又婉勸她，說：「你騎着馬帶着刀在街上走，未免太招人注意。你還是別自己出頭了，叫楊健堂替你訪查去好了！」

俞秀蓮雖然應允了，自己仍然心中急躁，自己還要出頭去尋訪。她就叫蔡湘妹給她挽了個頭髻，少微擦了些脂粉，可並不戴花，身上仍穿着樸素的青衣褲，她就時在街上行走。南城北城她都去過，有時且故意買一點水果、點心之類在手中提着，悠閒地走着，專注意街上往來的有甚麼行跡可疑的婦女。她的打扮和態度，很像個普通人家的少婦，所以沒有甚麼人注意她。

第一日由北城走到南城，由南城僱了車回來，是一無所得。第二日，她到了東城，由四牌樓走到崇文門裏，也是渺茫地彷彿是白走了這一趟。手絹裏兜着攤子上買的兩個甜瓜、一掛葡萄，心說：只好拿到德家，送給她們那裏的老媽子吃去吧，順便再打聽打聽楊健堂，探出來了甚麼沒有?她姍姍地走着，這時才下午三四點鐘，天氣很熱，街上的人又不太多。走得將要到了東四牌樓，忽見道旁站着一人，牽着一匹黃顏色的馬。這人年約三十五六，身軀不太健壯；但兩隻眼睛很有精神，一身黃色繭綢的褲褂，青的鞋已變了土黃顏色。

俞秀蓮的眼睛一看，就知道這是一個慣走江湖的人，並且還有點眼熟，她不由就把腳頓了一頓；只見這人也正直着眼在看她，並且嘴唇動了動，可沒有發出聲音來，似乎是想要招呼她，可又不敢冒然招呼。俞秀蓮也想不起來這人是誰，她就走過去了。才走了幾步，就聽背後有人叫道：「是俞姑娘吧？」俞秀蓮不由得一回頭，就見那牽馬的人一拱手，往前走了兩步說：「我真不敢認姑娘了！」

俞秀蓮見此人的態度不惡，便回身和平地問說：「你貴姓？我彷彿見過你，但一時想不起來！」這人笑了笑，說：「姑娘真是貴人多忘事！三年前我在邯鄲縣城與您相遇，曾叫過您一回，後來……」他把聲音壓得極小，走近兩步說：「在彭德府郁天傑鏢頭的家中，我曾受楊豹之託，給您送去過四顆珍珠……」（事見《劍氣珠光》）俞秀蓮驀然想起來了，說：「啊！你姓雷？」

這人點頭說：「不錯！我叫雷敬春，我是河南拳師陳百超的師侄女。楊豹是陳師傅的徒弟，所以他生前與我交情最厚，他家中的那些事都託我辦！」說到這裏，面上顯出一種悽慘之色。俞秀蓮說：「很好！我現在正要找一位與楊家熟識的人，我有許多話要問你。」停了一停，又說：「你能跟我到德五爺的家裏去談談嗎？不過……我很佩服你跟楊豹的交情篤厚。我知道你是一位俠義之人，不過我們都是長走江湖，在江湖上都難免有些粗心大意，德家卻都是本分人。你先想想你到他家裏没有甚麼妨礙嗎?」

雷敬春顯出有點猶疑的樣子,向兩邊看了看,才說:「我爲甚麼來到這兒呢?我就是想去拜訪德五爺,可是没個人引見,我又怕人家不見我。我倒是個正經人,除了前幾年隨着楊豹奔走之外,就是保鏢、護院,没做過別的。我的武藝不高,名頭又不大,去到德府,準保於德五爺無礙。只是,我倒怕人家知道我巴結上了德五爺,那倒——倒許有人不能饒我!」俞秀蓮憤然說:「你不用說了!我明白啦!你現在就上馬到德家門口等着我去吧!我隨後就到!」雷敬春答應了一聲,遂即上馬向北走去。

俞秀蓮也腳步加快了一些,不多時到了三條胡同;就見雷敬春牽馬在這巷中站着,可是離着德家的大門很遠。俞秀蓮就說:「你在這裏等等!我先進去對德五爺說明。」雷敬春答應一聲,俞秀蓮就推門進去。她一直走向裏院,到屋中見了德大奶奶和楊麗芳,就急急地說:「我在街上無意之中遇見了一個人,這人是很要緊的一個,就是——」拍着楊麗芳的肩膀說:「就是早先你哥哥楊豹常託他給你家捎信的,那個姓雷的雷敬春。」

楊麗芳一聽這話,立時流淚了。俞秀蓮安慰她說:「不要難過,他在門外啦。問問五哥,可以不可以把他請進來?」德大奶奶說:「你五哥上邱家去了,還没回來。可以先把他請進來,叫文雄跟楊麗芳見見他;他跟楊豹既是好朋友,我想她見見他,也没有甚麼不可以!」楊麗芳哭着說:「當初我叫他雷大哥,他給我們家送信,叫我爺爺給罵走了;他一點怨言也没有,他是一個好人！」德大奶奶趕緊叫僕婦說：「把外面那人請進來，讓到客廳裏好了！」

俞秀蓮把手巾包兒放在桌上，又從書房把文雄找來。文雄所受之傷本在左臂，並不要緊，這時除了左臂還不能動轉之外，其餘都與好人無異。他穿着長衫，他的妻子楊麗芳穿着旗袍，隨從着一個僕婦；由俞秀蓮帶着，他們就到了前院客廳裏，見了雷敬春。

楊麗芳蹲下腿行她的旗禮，雷敬春慌忙着打躬。然後由俞秀蓮讓坐，雷敬春跟文雄坐於對面，俞秀蓮帶着楊麗芳坐在一旁，楊麗芳還忍不住的揩拭眼淚。俞秀蓮就問說：「楊家的事你總知道的很多了？」雷敬春點頭說：「從早先到現在我全都知道，因爲我跟楊豹相交七八載。再說，我就是汝南府的人。」

俞秀蓮很歡喜地說：「那好極了！你別忙！從頭到尾你詳細說一番吧！我這侄女家遭幾番慘變，她傷心極了！可是她家庭中過去的事情，她都不曉得，我們也無法去訪問。真不容易今天遇見你！」

雷敬春也擦擦眼淚，又嘆氣說：「其實我也很不願重述舊事，因爲楊豹他真如我的親胞弟一般。我先說：我小的時候住在汝南府，我家是開槓房的。有一天我父親承辦了一件喪事，出喪的那家就是本城紳士楊笑齋家。記得那時的景況真慘，是兩口棺材同時由門裏抬出來。那時楊豹才五六歲，追着棺材痛哭；楊大姑娘不過兩三歲，頭戴孝箍，叫乳娘抱着，還吃着手指頭，不懂得哭，這位少奶奶那時大概還不到一週歲！」他指指楊麗芳，又忿忿地說：「最可恨的是兇手賀頌，他還送了兩對紙紮、一方大匾；幫兇的費伯紳穿着孝還嚎啕大哭，他們真裝得像！還有呢，羅家的小虎打着儀仗還歡蹦躍跳地跟那群抬槓的賭錢打架，他卻不知那兩口棺材裏的，就是他的生身父母。」

楊麗芳收住淚說：「羅小虎真是我的哥哥嗎？」

雷敬春點點頭說：「一點不假！現在可以到汝南府去問問那些老年紀的人還都知道。本來……我大了！楊笑齋大爺因爲大太太無出，這才娶了羅家酒館的倩姑娘爲妾。可是在沒娶到家裏時，就早已生了一個孩子，那就是羅小虎。因爲羅家姑娘雖說是給人做妾吧，可是也拿轎娶的，若是連個孩子都抱過去，那太招人笑話啦！因此才寄養在娘家一個嫂子之處，可是後來楊二太太時時回娘家，也總看顧小虎。她若不這麼常出門，也招不了殺身大禍。本來知府賀頌早就看上了她，她嫁楊家之後，又被賀頌常常看見。賀頌見二太太嫁了人之後越發長得美貌，他就害了相思病；又加上有個壞種費伯紳，這才商就了步步的陰謀！」

說到這裏，雷敬春喘了口氣，接着他又說賀頌如何是個好色之徒：「他在汝南任上十幾年，所害婦女無數，其中多半是費伯紳給獻的計策。費伯紳爲人狡猾陰險，口蜜腹劍；面上談文作詩，暗地卻貪贓枉法，結交綠林。他把賀頌巴結得甚好，賀頌的兒女都是他的兒女。把楊笑齋下獄、屈死，都是他一手作成，乾脆說是他給害死的！只是楊二太太仰藥殉夫，他卻沒有想到。他白作了惡，可是沒給賀知府弄到了人。他們雖不知懺悔，可也真受了一回驚。因爲楊大爺、楊二太太下葬没有多少日，有名的汝州俠就來了！

「楊老英雄那時的腿雖然受了傷，可是人還英勇，手下又有幾個精壯的夥計。他老人家是與楊大爺同姓、同受過深恩；所以那時他一回到汝南城，汝南城中知道此事的人没有一個不高興，都説賀頌、費伯紳快要『惡貫滿盈』了。果然，府衙中就連夜出事，因爲防禦得嚴密，才未使俠客得手。可是那楊大太太本來就把二太太留下的三個孩子看成眼中釘，簡直恨不得孩子們也都死了才好，她好獨承家產，愛嫁誰就去嫁誰；没想到有一天，楊老英雄率領徒衆，就夜入楊宅，救走了楊豹、大姑娘跟二姑娘，並捲去了許多財物，從此就全無下落！」

雷敬春説的這些事是非常的詳細，他説話時不住的拳握擊腿，楊麗芳收住眼淚，轉爲憤恨。德文雄是點頭讚佩，俞秀蓮卻奮然起來幾次。全室瀰漫緊張悲壯的空氣。

雷敬春喝了一口茶，擦擦眼淚，又將聲音改爲低緩，説：「我那時不過十四五歲，雖聽父母跟鄰人們常在背地裏談説這些新聞，自己也感到興奮、不平。有時在街上看見費伯紳邁着方步走過去，就從背後衝着他抛磚頭，抛完了就跑。我也跟羅小虎打過架，駡他没爹没娘，他是糊裏糊塗的。可是那時我也不知詳細情形。及至後來，羅小虎失蹤，聽説是被小賊給拐走了，他也去當賊去了。我就很看不起他，自己願作楊公久那樣的一個俠客。

「我父親見我不是讀書的材料，就把我送到林百傑師傅之處，學藝三年。後來在師叔陳百超之處，無意中與楊豹相見結交；我佩服他不忘父母大仇，我並知道楊公久帶着大姑娘二姑娘隱居在北京開花廠。楊豹跟我說，他現在管楊公久叫爺爺，楊公久可不像早先那樣英雄了。因爲腿，因爲老，因爲多年的事故，變成了一個很不願惹事的老頭子。他只把這些仇人、慘事，告訴了楊豹，卻又叫他不必報仇，並且不讓兩位姑娘知道。若不是陳百超仗義硬把楊豹帶走，楊老頭還不叫他學武藝呢！

「我跟楊豹見面之後，天天談這件事，並一同回汝南，向羅家的親友去打聽，並爲此事一同拜訪過高茂春。高茂春見了我們他卻不肯詳說，他說只有他兄弟高朗秋才能知道。但我們可往哪裏找高朗秋去呢？後來楊豹藝成，盜珠充作路費，直往江西去尋仇人賀頌。不想他叫那幾顆珠子給累住了，白殺了些綠林人，結了許多無謂的仇人；正經的冤仇没報成，倒在保定府賠上了一條性命！」

說到這裏，他感嘆不置，俞秀蓮又問說：「羅小虎現在此地，你曉得嗎？」

雷敬春點頭說：「我曉得，他這些日鬧得事情很大，他的本領必然不錯。可是白鬧！正經的仇不去報，我真看不起他！楊豹活着的時候也知道他有個胞兄羅小虎，可是羅小虎流落在外，生死不知。而且也没想到他也學會了武藝，所以楊豹就没把他往心裏放，我們二人談話也輕易提不到他。但是，羅小虎跟我的年歲差不多，小的時候，他天天在我家舖子門前賭錢，有時我的錢都被他怔搶了去賭。那時他比我的個子小，可是我打不過他；現在我們若見了面，我還許認得他。只是我没地方去找他，又因……」

說到這裏他忽然笑了，興奮地立起身來，向楊麗芳說：「二姑娘不要哭，現在若想報仇，是易如反掌！」

俞秀蓮說：「我們現也探出來，賀頌住京師，他的兒子是在刑部當差。」雷敬春也說：「原來他在江西卸任之後，就在京師買房住家，到如今也十幾年了。他是住在崇文門外，他現在老了，家裏有幾房姨太太，他輕易不常出門，也沒人跟他多來往；他也不知道羅小虎就是楊小虎，連楊豹尋他多年之事，他都不知。他更沒想到這裏的少奶奶就是他仇家之女！還有……」跳起來，拿手指着說：「不但是賀頌在此，那費伯紳也正在此地！」

楊麗芳聽到這裏，突然起身來，蛾眉倒豎；又急又憤，悲淚全無。俞秀蓮急忙把她攔住，說：「聽他說！」

雷敬春又說：「原來賀頌不過是僥倖，才至今未死。費伯紳卻比他聰明，早就想到將來必定有人尋他報仇；所以連姓都改了，改名爲諸葛高，可是究竟還有不少人認識。他雖無兒女，在幾個地方卻都有家，有姘頭。他生平所得是一些不義之財，大概也快花盡了。可是他收了不少乾兒義女，都是各路的鏢頭和强盜；他是想利用那些乾兒女，給他抵擋仇人。

「他有個乾兒名叫五通神尤勇，也是河南人，保過鏢、闖過綠林。不瞞俞姑娘說，我就是跟着尤勇來的。因爲楊豹死後，這兩年我没辦法，家中的買賣早就倒了，我不得不跟着他混飯。他有個婆娘其實是姘頭，跟他姘了才一年多。這婆娘是已故金槍張玉瑾之妻，寶刀何飛龍之女，名叫女魔王何劍娥！」

俞秀蓮握拳大怒說：「啊！原來是她？」雷敬春點頭說：「不錯！冒充您的大名到玉宅殺傷幼女的就是此人，您再聽我細說！」

當下六隻眼睛全都瞪着他，雷敬春卻不慌不忙，說：「我怎麼今天找來到這兒有點猶疑呢？現在我吃的是他們的飯，諸葛高倒是已然不認識我了，可是我還認得他就是費伯紳。他是聞聽京城中鬧着碧眼狐狸，想來看看。他與碧眼狐狸原是同鄉，大概還有一腿；至於大膽來此會大盜，是懷着甚麼打算，我可就不知道了。他總是想要跟碧眼狐狸敘敘舊情分點贓吧？可是他從河南來到了此地，碧眼狐狸就已然死了，他就住在賀頌的家中。

「賀頌的兒子名叫賀小頌，號叫詔神，在刑部掛着一份差事；整天的花天酒地，也就是他最早收的乾兒子。費伯紳來到這兒撲了個空，本來無事可幹，可是不料那時候又出了魯宅的新媳婦失蹤之事。魯君佩又氣又急，並且捨不得那麼美貌的媳婦，就要設計將玉嬌龍找回來。恰巧南城御史與他同年，又與玉宅有隙，並且跟賀家有來往；由費伯紳拉的牽，就把諸葛高給請了去，大概是酬銀五百兩叫他把玉嬌龍找回來。

「諸葛高費伯紳果然本事不小，他居然買通了紅臉魏三，將神出鬼沒的蓋世女俠玉嬌龍拴住，送到魯宅；要挾玉家人立下字據，使玉嬌龍天大的本領無法施展。並且一揭新房的帳幕，說是少奶奶的病好了，出來見客了。彌縫的掩蓋的，真叫作精密、漂亮！」

文雄在旁不禁笑着說：「這人的本事可真好！」

雷敬春說：「他可沒想到來了羅小虎，他也不知羅小虎是他的仇家；他更沒想到還有李慕白、俞秀蓮、劉泰保這些位英雄把魯家鬧了個亂七八糟。」喘了口氣又說：「你們不知！費伯紳在西直門城根租了一所房子，有尤勇、何劍娥跟我，我們三個人夜夜保護着他。魯君佩也天天到那兒去睡覺。其實我恨不得殺死費伯紳，獻出魯君佩；可是有何劍娥他們監視着我，我真連撇一撇嘴也不敢。這幾天因爲魯家裏叫人鬧得是太兇了，所以費伯紳又出了毒計：故意派何劍娥深夜到玉宅冒充俞秀蓮之名，殺傷了玉嬌龍的侄女，爲是激怒了玉嬌龍，想以毒攻毒，想利用她的本事、她的青冥劍，把攪鬧魯宅的人全都殺死！」

俞秀蓮頓足狠狠地說：「好可恨！」

雷敬春說：「可恨固然可恨，不過他們也是連番失着。玉嬌龍不但沒替他們出力，反倒丟了寶劍負了傷。因此把魯君佩嚇破了膽，他是認爲俞姑娘等人都是聽邱廣超的指使。他就求出這裏的五爺給解和。那天在福海堂飯莊給邱廣超賠的罪，以爲他服了輸就完了。不料就是那天羅小虎粗中有細，安排下妙計，並行了個怔辦法，竟……

他喘了一口氣，又把羅小虎劫持魯君佩、焚燬了束縛玉嬌龍的字據、玉嬌龍歸寧一去不返、魯君佩憂急成病之事說了，然後又說：「費伯紳現在也覺得周圍情況不好，他叫尤勇、何劍蛾天天保護着他。我本是給他看守門户的，今天我是偷空出來的。我提心吊膽，因爲若叫他們曉得了我與你這邊溝通，尤勇雖不至於殺死我，可是何劍蛾必不能叫我活！」

此時楊麗芳俊容上現出一種煞氣，她向雷敬春拜了一拜，說：「雷大哥！今天多虧您來，告訴了我這多年來所不知道的事情。我哥哥楊豹是已死了，羅小虎雖也是我的胞兄，可是我們並沒在一起長大；我也不能去找他，逼着他叫給父母報仇。現在只有我了！請雷大哥把費、賀兩個賊的詳細住處告訴我吧！」

雷敬春怔了一怔，就說：「賀頌的家我沒有去過，可是知道他住在崇文門外廣渠門內，地點極僻。費伯紳的房子倒容易找，就在西直門裏北城根；旁邊靠着一個官廳，門前有一棵大柳樹。」

楊麗芳才聽罷，轉身向外就走，俞秀蓮疾忙追出；並回身告訴雷敬春暫時別走，她就追着楊麗芳回到了院裏。楊麗芳是見了她的婆母，她就跪下哭求，求允許叫她去報仇。德大奶奶把兒媳攙扶起來，自己倒怔忡忡地不知說甚麼才好。

俞秀蓮卻把楊麗芳拉在一邊，勸她說：「仇是一定要報的，有我，有這些人，你想報仇還能難嗎？只是有兩種顧忌，第一，京城內不能殺人；玉嬌龍她能夠不遵王法，但咱們卻不能不遵王法，把賀頌、費伯紳誘出再下手倒可以，可得慢慢地辦。第二，你是德少奶奶；你是有身份的，上有公婆，有丈夫，德家是京城中有名的人家，你怎麼能夠親自出頭呢？不瞞你說，這些日，我們早就知道賀頌的住處了，只是想着這件事並不難辦，所以並沒急急的。」

正說着，文雄進來，向俞秀蓮說：「我父親已然回來了，現正在跟雷敬春說話，他老人家也說是報仇的事情不能太急！」俞秀蓮說：「好，你攔住你的媳婦吧！我還得到前面跟雷敬春說幾句話去。」又向楊麗芳說：「你暫時先忍一忍，你還不信任我嗎？我此番到北京來，最主要的還是爲辦你這件事。你看吧！我一定有辦法就是了。」德大奶奶急得皺着眉，坐都坐不安，直嘆息，說：「咳！無論是仇吧！恨吧！可是咱們的兒媳婦哪能出去殺人呢？要因此打起官司來可怎麼好呀？」

俞秀蓮急匆匆又到外院去找雷敬春，待了一會就又回來，悄聲告訴楊麗芳說：「好了！已經有了辦法了。我已叫雷敬春回去，讓他索性去告知賀頌、費伯紳；說說當年被他們所害的楊家的後代，現在京師，正想要找他們索命。他們一定要害怕，一定要逃出京城。那時雷敬春再來告訴咱們，他們是走哪一條路，咱們就追了去。等他們離開京城遠了一點，地方再僻靜，我就幫助你下手！你就預備着一點好了。你別的功夫都有富餘，只是你不會騎馬，到時還得坐車，這一件事可有點麻煩！」

楊麗芳卻擦着眼睛說：「我想，馬沒有甚麼難騎的！」俞秀蓮說：「到時再說吧！反正我時時跟着你幫助你，決保你毫無舛錯！」楊麗芳說：「這件事還是不要跟別人去說。」俞秀蓮擺手說：「不能！李慕白這幾日也不知往哪裏去了，鐵府的人還向外打聽他。劉泰保是除了與玉嬌龍有關的事，他都不願意管。孫正禮、楊健堂他們本來就知道賀頌在京，他們若願幫助咱們，那更好！」楊麗芳點了點頭。

少時德嘯峰走進屋來，也是十分着急的樣子說：「雷敬春已然走了，我看他是個忠厚誠實的人，他說的那些話必不虛假。只是賀頌、費伯紳可殺，我要是個飛檐走壁像史胖子那樣的人，今晚就能去把他們都殺死。但咱們不是那樣的人，連俞姑娘跟李慕白都已不是那樣的人了！」

俞秀蓮說：「這多年來，我都講的是明槍明刀；而且除非江湖惡霸、綠林兇賊，我決不傷害。可是現在我為麗芳的事，說不得就許破一回戒；但也不能像玉嬌龍似的在這京城重地就胡為！」

德嘯峰頓足說：「這要是玉嬌龍倒好辦了。咱們不行！同時我又想，舊仇固然很深，費伯紳的毒心辣手也實在留不得；可是那賀頌已經那麼老了，這些年他匿居在京城，也沒聽說他再做甚麼惡事。他對過去的罪惡，也未必不懺悔，咱們何妨就把他那條老命饒了吧！」楊麗芳聽了這話，也不能怎樣勸解，德嘯峰只好託付了俞秀蓮一番，他就往前院去了。

這裏俞秀蓮跟德大奶奶，又向楊麗芳勸解。直到天晚，俞秀蓮見楊麗芳哭得眼睛都腫了，見了燈光，眼睛很難睜開；而且悲痛得她精神十分疲憊，就想她不至於做出甚麼不加考慮的事情來，自己的鋪蓋又都在蔡湘妹那裏；所以又安慰了楊麗芳一番，與德大奶奶又悄悄說了一些話，她就走了。她走的時候就已有九點鐘，待了一會，德大奶奶也就命楊麗芳回屋去睡覺了。

德家本來還有老太太，但在跨院裏吃齋唸佛，有兩個僕婦侍候着，一切事都不聞不問。德嘯峰是一個人住在書房，德大奶奶帶着小兒子文傑居住裏院。文雄、麗芳小夫婦二人就住在母親的對屋，他們小夫婦倆是非常的恩愛。

文雄多病，今年又受了一次傷，一切多虧溫柔的妻子殷勤扶持。他是個年輕的少爺，好玩，有點任性，但没經受過困苦。這些日爲妻子志欲復仇之事，他就煩惱的不得了；妻子一皺眉，一流眼淚，他的心頭就一陣發緊，真比臂上的傷還要痛。今天在客廳裏雷敬春説的那一遍話，就把他聽得頭都暈了。他想不到世間還有那樣陰毒狠辣的人，他認爲費伯紳的毒計是比甚麽刀呀劍呀更爲厲害；所以現在他回到房中，關上了門，坐在床上，還不住地發呆。

楊麗芳打開了箱子，取出來她的一件黑綢子衣裳、黑布褲子，這是她練武藝時才穿的衣裳；又剪了兩條黑布蒙在白襪子上，用線縫上。旁邊文雄就急急地問：「你這是要做甚麽？」楊麗芳垂淚説：「這件事你别管我！我知道，爲我娘家的事，使這裏全都不安。尤其是那次，羅小虎傷了你，我真真的難受！因爲俞姑娘救了我，我在這兒作兒媳婦。三年來我一點委屈没有受過，原應該聽話，聽勸。可是……仇人就在眼前，我真一點也忍耐不住。我這時就去殺他們，事情辦成之後，我……反正我不能連累别人。萬一也不成，出了舛錯，那時你千萬也不要去認我。……」哭着又説：「反正我死了，決忘不了公婆跟你待我的好處，容我來生再報答！」文雄卻疾忙將她拉住，十分着急地説：「你不能這麽性子急！你一個人去，就是你的武藝好我也不能放心！俞姑娘又在這裏，她又是爲這件事來的；把她拋開，不叫她幫一點忙，不聽她一點話，她豈不要惱了嗎？」

楊麗芳哭泣得更是厲害，說：「人家本來姓俞，爲楊家的事給德家惹禍，人家才犯不着，所以人家只有解勸我。但我現在既然知道了兩個仇人的住處，我哪能一時一刻忍耐得下？你放心，憑我一個人，憑俞姑娘跟我義父這幾年傳授給我的武藝，去辦這件事還不能吃虧。要把事辦完了，我的心裏也就痛快了；省得我永遠愁眉不展，叫你也看着難受！」

文雄嘆息說：「可恨我的胳膊還不利便，不然，我應當同你一塊去！」楊麗芳搖頭說：「不用！你只要別聲張就是了。我去了一會就回來，你放心吧！你躺下睡一會我就回來了！」文雄又嘆了口氣，只得將他的妻子放了手。楊麗芳就疾忙將黑衣黑褲和鞋襪全都換上。文雄又說：「賀頌他們都住得很遠，你怎麼走了去呢？」

楊麗芳站起來，由床下抽出她的一口刀，用一塊包袱裹上說：「聽說賀頌是住在崇文門外，隔着一道城牆，今夜我不能去。現在我要往西直門裏，去年咱們到萬壽寺去燒香，不就出的是西直門嗎？那地方我還認識，今夜我想先殺死費伯紳，因爲他比賀頌更惡。聽雷敬春說，害死我父母全是出於他的陰謀，他至今還是不做好事。我想如果把他結果了，那賀頌倒好辦！」

文雄的身子有些顫抖，連連擺手說：「你不要說了！也別再難過，鼓起勇氣來把這事辦了。如若不成，又就趕緊回來再想法子，千萬小心！謹慎！」楊麗芳在身上披了一件長衣，就出屋；撩起衣裳飛身上房，踏牆越脊，走到房後的一條小巷之內，她才跳了下來。

此時天黑月暗，四下無人。她出了小巷，跑過了大街，走進了一條小巷。她疾疾地走，緊快的腳步隨着遲遲的更鼓，走了許多時，穿過了無數的大街和胡同；雖然遇着幾個夜歸的人和巡街的官人，但都被她躲避過去了。她來到了西直門，順着城根一直往北，走得更快，心頭更緊張。此地十分空曠，只有東邊的稀稀幾家住户，西邊卻是很高的城垣；暗月隱在坐闕之後，把城垣的影子投下來，地上愈顯得黑暗。

走了不遠，便見在路東有三間房子，並没有牆垣，窗紙上並有幢幢的人影。楊麗芳曉得這必是一所官廳，在官廳的右鄰不遠，果然有一棵黑黝黝的大樹；看那樣子飄飄拂拂的，大概還就是柳樹。在柳樹之後隱着個不大的門兒，一定就是費伯紳的家了。

楊麗芳一看這情形，不由止了腳步。她想費伯紳既是這樣的機警，住屋子都要住在官廳的附近，院裏還能没有防備嗎？因此極力捺住自己的心跳，壓制下全身熱血的湧流。她伏着身輕輕地走，就跑過了泥土很鬆軟的車轍，來到那門前。她先隱藏在樹後，黑線的柳絲觸到她的臉上；她又去看那個門，見門關閉得很嚴，門前倒没有人防守。

楊麗芳抛去了長衣搭在樹幹上，走到那門前，亮出刀來；一聳身上了牆頭，由牆爬上了瓦房，往下看。見這是一個外院，下面的兩間屋裏都黑乎乎地没有燈光，後面卻有更深的院落，也是靜寂無人，也没有光亮。此時就聽「梆梆梆梆」更聲響了四下，聲音很真切，似就是由裏院發出來的。楊麗芳將身蹲在屋瓦上，心裏很疑惑。暗想：莫非是錯了？這不是費伯紳的家？若是他的家，他這裏又有何劍蛾、尤勇等人，爲甚麼不見得防範很緊呢？

正在想着，見更聲越來越近，原來只是一個舉動很遲緩的人，從裏院走到外院來，手中的梆子都似敲得沒有力氣。楊麗芳就如一隻鷹似的，嗖的一聲由房上跳下，一把手就抓住了這個打更的人。這打更的剛要喊叫，楊麗芳的刀已橫在他的咽喉，悄聲卻嚴厲地說：「不准嚷！」打更的便咕咚一聲跪下了。

楊麗芳低頭悄聲問說：「你這裏是姓費嗎？」打更的哆哆嗦嗦地說：「不是！我的老爺叫諸葛高！」楊麗芳又問：「他住在哪間屋裏？」打更的說：「他是住在裏院北屋！」楊麗芳又問：「你們這裏還有誰？」打更的說：「没有誰！有一位尤大爺、尤太太、雷大爺，今晚都有事出去了，現在還没有回來！」楊麗芳倒不禁吃了一驚，趕緊把這打更的揪起來，又悄聲說：「你帶着我去，慢慢地走！你若敢喊叫一聲，我立時就殺死你！」

打更的答應着，楊麗芳在他身後，揪住他的領子，並在他耳邊厲聲說：「更你照舊打，把我帶到諸葛高的房子之前，我倒能饒你的性命！」打更的害怕着，悄悄地答應了一聲，就在前挪着腳步走去；楊麗芳在後面還逼着他敲梆子，爲是免得被那費伯紳查覺出更聲忽斷，起了疑惑。打更人又發顫似地把梆子敲了四下，他就不敲了。

連走了三層院落，院落都是很深又很靜。走到第四重院內，只見兩邊廂房都很黑暗。可是只有北房裏間窗上浮着淡淡的燈光。這打更的就打了一個冷戰，說：「我們老爺還没睡呢！」楊麗芳手上刀一揚，打更的又跪在地下。楊麗芳就悄聲威嚇說：「你就在這裏，不許動！也不許你嚷嚷！否則回來就殺死你！」打更的點頭。

楊麗芳直奔那有燈的屋子，先劃破窗紙往裏一看。見屋內燈光黯淡之下，有一張方桌，一張木榻，榻上有被褥，被裏似有人臥着，但是蒙着頭，只在枕邊露出一團白髮。楊麗芳心說：這人原來都已這麼老了！突然發生了不忍之心，但又轉想：「當年我父母若不被害死，這時一定還在世；我父親還是一位老員外，我母親也不過五十來歲，我們兄妹哪能受這些年的痛苦，遭那些慘遇！」由此又胸頭湧起了怒火，由鬢邊摘下一枝金簪去啓門，不費力便將門啓開了。推開了一道門縫，楊麗芳就進了屋；卻見桌有桌帷，床有床帷，地下拋着一雙雲履，枕畔放着一本書。可見這賊必是看了半天書，方才身疲睡去的，所以也忘了吹燈。

楊麗芳悲憤難忍，本擬一刀將床上的人殺死，卻又一仔細，就想：「萬一在這睡覺的不是費伯紳呢？我也得先問明白了！」她遂就一手高舉起刀來，向前一跳，另一隻手按住了床上蒙被睡覺的人。可是她突然嚇了一大跳，只覺得手按之處是空空，不像有人在睡覺。她用手一掀，原來被裏只有倆枕頭，枕邊是一大團白馬尾，明明這是一種埋伏，一個詭計！她將要撤腿走開，不料床下早伸來一對護手鈎，將她的兩隻腿鈎住了。桌帷也一撩，也鑽出一個人來。

這人是個婦人，三十來歲，臉上有塊紅痣，手持雙刀逼過來。楊麗芳扭身掄刀去砍，婦人用刀架住，床下的人卻怒聲喊道：「快拋下刀！不然我的雙鈎一收，你的兩條腿可就都斷了！」楊麗芳的兩條腿跳不開，身軀也不敢動，臉色嚇得煞白，她只得把自己手中的刀拋下。

那臉上有痣的婦人冷笑着說：「我早認得你是誰，早就曉得你要來了。你的膽子倒真不小，可惜還缺少點閱歷。站住了！乖乖地聽話，叫我們捆上你，明天叫車輛拉你到大街上叫人家看看，德嘯峰有個多麼漂亮的兒媳婦！」說時，用雙刀夾住了楊麗芳的粉頸，下面的兩雙護手銅鈎方才離開了她的腿。

由床下鑽出一個人來，是個身材不高，很精悍的漢子。那婦人便向這人努嘴，說：「快去吧！叫官廳裏的人帶着鎖來！」這拿雙鈎的人說：「你可看住了她！」婦人說：「你放心吧！她若跑了找我問！」使雙鈎的人就出屋去了。

這個婦人向楊麗芳笑了笑，說：「你多半還不認識我，我姓何叫劍娥。女魔王的名字提起來，準是你們老前輩。這裏諸葛老爺他早就認識你是誰，只是你不來侵犯他，他也犯不上去理你，今日白天雷敬春到你們家裏去，跟俞秀蓮在一塊；你們商量甚麼，別當我們不知道。現在只要你乖乖不還手，我就不能傷你；只把你送到衙門去過兩堂，大概也問不了死罪！」

楊麗芳此時心中像被烈火焚着一般，心想，與其叫你們捉住我，羞辱我的婆家，還不如叫你殺死我。於是她把心一橫，色一變，勇氣一振而起。……

這時忽然聽得前院鏘鏘的一陣刀劍之聲，何劍娥一驚；一轉臉，楊麗芳卻趁勢就揪住了她的左腕。何劍娥右手的刀疾向楊麗芳來砍，楊麗芳卻雙手抬起了她的左臂，將身子向她的背後去躲。何劍娥趕緊翻身，楊麗芳卻已將她左手的刀奪搶過來。何劍娥罵道：「小賤人！」又一刀砍下，楊麗芳卻用刀迎住，奪門向外就跑。何劍娥又一刀，只聽「喀嚓」一聲，正砍在門框上。楊麗芳跳到院中，何劍娥追了出來，寒光對舞，二人就拚殺起來。

此時那才走到前院便遇見敵人，鬥了幾回，又敗回到院裏的男子，手拿雙鈎，大聲罵喊着說：「要小心，俞秀蓮可來了！」楊麗芳也吃了一驚，更振起勇氣，與何劍娥廝殺。只見由前院飛虎一般的追來一人，手舞兩口白刃。楊麗芳就大驚說：「俞姑娘！我在這兒啦！」俞秀蓮說：「你快躲開！」說時掄雙刀來到臨近，使雙鈎的男子趕緊迎去廝殺。又三五合，忽然此人向何劍娥說了一句黑話，似乎是：「快走！」何劍娥就捨了楊麗芳，飛身上屋。這男子也要走，不料被俞秀蓮一刀砍倒，他就發出一聲慘叫，雙鈎抛在地下「噹啷」作響。楊麗芳跳過一旁，屋上卻有瓦片子飛下來，她疾忙低頭避開。

此時梆鑼齊響，似有一片人潮向前院湧進來了。俞秀蓮說：「走吧！從後面走！」於是她在前引路，楊麗芳緊緊地跟隨她，又進了一重院落，才一進屏風，就見三四個人自屋上跳下，一齊掄刀向她們來砍，俞秀蓮雙刀相迎。又二三合，又一人受傷倒地，楊麗芳也敵住了一個人。這人卻不敢近前，他只退到一個屋門前；彷彿屋裏是藏着甚麼重要的人，他非得拚死保護住似的。因此楊麗芳就生了疑，以爲費伯紳必是在這屋子裏了；她就越是挺刀逼近，刀法極緊，那人勉强招架。

此時外院的人已將擁來了，鑼聲震耳，燈光輝煌。俞秀蓮把兩個敵手全部驅往外院，她過來幫助楊麗芳，一刀將這以身擋住門的人砍倒。她是以刀背砍的。這人爬起來，就往外院狂奔。外院的衆官人已來到這個門前，俞秀蓮飛身上屋，可是楊麗芳反推門進到屋裏。她神情緊張，以刀護身，原想這屋中必定藏着那奸狡的老賊費伯紳，可是屋中昏黑看不見人；她倒站住了，不敢向前走一步，恐怕又藏着甚麼埋伏。

這時前院的許多人都已來到這個院裏，燈光把窗紙照得通明。許多人在窗外大聲說：「全都跑了嗎？都是上屋跑了嗎？誰上屋去查查？可小心點暗器！」又聽是那何劍娥的聲音，急喳喳地說：「你們放開點膽！不要緊！那使雙刀的是俞秀蓮，拿單刀的就是德嘯峰的兒媳婦。只要拿住她們一個娼婦就行！」

楊麗芳輕輕地將門插上，此時她顧不得窗外的那些人，也不知自己是處在險境；就藉着由窗紙的細孔透進來的燈光，把屋中的一切看得很是清楚。原來這裏並沒有費伯紳，只是地下躺着一個人，周身用繩子綁得很緊。楊麗芳倒不禁往旁邊躲了一躲，低頭細看。原來這正是雷敬春，正在睜着兩隻驚慌的大眼睛看着她；嘴也一張一閉地，彷彿是要說話似的。

楊麗芳急忙蹲下身，悄聲說：「雷大哥！爲甚麼他們把你捆在這裏？」就立時用刀割斷了雷敬春身上的綁繩。雷敬春坐起身來，驚慌慌指指外邊，又悄聲說：「少奶奶您怎麼進這屋來了？這……咳！還怎麼出去呀？今天我出門的時候，原來他們就有人跟着我了。我到您那兒去，俞秀蓮也到您那兒去，他們全都知道。並且費伯紳他原來早就知道德家的少奶奶，就是楊公久撫養大了的，就是楊笑齋的女兒。他尤其知道我跟楊豹有交情，所以他都猜破了。我一回來尤勇、何劍娥就跟我翻了臉，把我綁起放在這，派個人看着。」

忽聽屋上的瓦亂響，窗外的都聚在那裏都不走了；拿着刀敲地，七言八語的說話。還有人大聲罵道：「俞秀蓮！德家的小老婆，你們跑到哪兒去啦？有膽子的滾出來呀？」並且村言惡語的大罵。卻有官人的聲音，拿着勢派說：「搜就得啦！你們可罵甚麼呀？」並有人「吧吧」的拿木棍敲這屋子的門。楊麗芳急站起來，挺刀預備拚命。雷敬春也站起趕緊將她攔住，擺手說：「別！」外頭已用刀割破了窗紙。雷敬春疾忙叫楊麗芳蹲下身，隱在窗下牆旁，他爬伏在地下。

就聽屋外的人說：「没藏在這屋裏嗎？進去搜搜吧！」又聽是何劍娥急急地說：「這屋不必搜！這屋没人住！賊哪能那麼癡呢？」她彷彿深恐官人進這屋裏來搜似的。官人卻不住的打門，又說：「既然没人住，爲甚麼從裏邊關上了！」又有人說：「怪呀？屋裏本來没人呀？」咚咚的又有人用腳連踹門，眼看着就要被踹開了。楊麗芳跟雷敬春在此真如甕中之鱉、袋中之鼠，無路可逃，無處可避，全都驚驚慌慌；楊麗芳竟想要迎門拚鬥。

忽然「嘩啦」一聲，門被踹落了一大塊板子，雷敬春索性挺身而起，把門開開，迎門一站說：「諸位別打門！是我在這裏了！」外面原來有十多個人，五六隻燈籠，除了四名官人，其餘都是這裏的打手。

何劍娥和剛才在這監守他的那個人，也都正在提刀站着；一見他忽然脫了綁繩，自己開門出來了，也齊都不禁面現驚訝之色。何劍娥就用刀指着說：「賊一定是在這屋裏！德家小娘們一定在這屋裏！快進去搜！」雷敬春把門把得很牢，瞪着眼睛說：「你別發威，也不用進屋去搜，你就是賊，我也是賊！」遂向官人們道：「請你們幾位把我跟她，連那姓尤的，一塊兒交衙門好了！我們能招出許多案子來。」

何劍娥又急又怒，驀然掄刀撲過來，向雷敬春就砍。雷敬春向旁閃避，卻沒有閃開，何劍娥的鋼刀已將砍在他的頭上；官人齊都向旁去躲，齊都厲聲斥道：「不准！」但在這一刹那之間，不料「吧」的一聲，來了一片瓦，正打在何劍娥的頭上；何劍娥一陣昏暈，身子坐在地下了。衆人齊聲驚叫：「屋上有人！」大家都仰面，燈籠都高舉，向屋上去照；看不出下面的屋中，楊麗芳已然跑出來，飛身上了屋。衆人大聲喊道：「跑了！拿！」又一陣亂，雷敬春也趁勢跑往前院，上屋去逃走了。

這時楊麗芳才過了屋脊，俞秀蓮就已然在那裏等着她，拉着她就走，身後還有一片雜亂的吵嚷聲。二人踏着住房的屋瓦，走出很遠，才跳到平地上。這地方極爲僻靜，原來已到了西北城角；天色已過四更，這裏更是寂靜無人。

二人順着城牆往東走去，俞秀蓮就抱怨楊麗芳，說：「今天你真不應當來！那費伯紳是多麼狡猾！你又多麼缺少經驗！你來了不是自投羅網嗎？再說你的身份多麼貴重！剛才我都已上了屋，叫你趕緊跟我走，你卻不聽說，非要進到那屋裏去幹嗎？那時官人們已追到那院裏去了，我藏在屋上往下看着，乾着急！因爲那時我若跳下屋去，就得多傷人；只要誤傷了一個官人，這件事情可就鬧大了。我若不下去，眼看着就要被人捉獲。你太不行！以後千萬別再出來了！」又嘆息說：「今天我本來都要睡了，但心中總有點放不下似的；我才到了家，你丈夫說你已然走了。我聽了就嚇了一跳，這才趕來。你那丈夫也是，他竟攔不住你，真叫人着急！」

楊麗芳彷彿有點不服氣似的，她就述說她剛才進那屋裏救了雷敬春之事。俞秀蓮就說：「你看怎麼樣？我們的事情費伯紳全都知覺。他雖無拳無勇，可是他有智謀；有許多人給他保鏢，他並不懼怕我們。我看這個人比那些有大力氣、有好武藝的還要難鬥。」楊麗芳默默不語，俞秀蓮就給她一件黑衣裳，原來正是她剛掛在樹上的那件。楊麗芳不由臉上一陣發熱，把衣披上，就於夜色裏，她緊隨俞秀蓮走去。

少時回到劉泰保家裏；劉泰保這兩天沒在家，是前天猴兒手忽然來找他，不知他們到甚麼地方，又鬼鬼祟祟地商量事情去了。只有蔡湘妹，這時還沒睡覺。她們進了屋，俞秀蓮給楊麗芳向蔡湘妹引見。蔡湘妹藉燈光，看這位俞秀蓮的打扮，還有一個差不多的小媳婦。她給燃柴燒水，然後三個人在一塊悄悄地談說，楊麗芳始終是臉上有恨色，有淚痕。

俞透蓮對目前這些事倒很發愁，因爲費伯紳是在京城中，他又跟官方有來往，很難以下手；而楊麗芳的意思又是認定了死扣兒，非得她親自下手復仇才甘心。如今李慕白又不知往哪裏去了，羅小虎也忽然失蹤。劉泰保、猴兒手、史胖子他們是行蹤詭密，當時有事要找他一定找不着；可是没有事、不用他們的時候，他們倒又溜了出來。所以俞秀蓮很是煩惱。

蔡湘妹卻出了一個主意，說：「不如去找玉嬌龍，激她，請她，叫她出馬。她不像咱們有許多顧忌，要叫她在京城中殺完了賀頌再殺費伯紳，她也敢。」俞秀蓮說：「你這是甚麼主意？這幾天她母親病得厲害，她在娘家服侍她的母親，好容易咱們才得了些安靜，你又想招她出來；事情未必辦得成，倒許又攪亂了！」又向楊麗芳說：「這些年我待你怎麼樣？」楊麗芳揉着眼睛說：「您待我有恩！」

俞秀蓮說：「恩不恩倒不必說，不過我敢說待你不錯。現在你就應當聽我的話，報仇之事，固然要緊，但我可不許你像今天似的，這樣輕舉妄動。本來你跟玉嬌龍一樣，你們都是尊貴的人；江湖上的事兒，報仇尋殺的事兒，都没有你的份兒，因爲你們一人能夠連累全家。玉嬌龍跟我還没多大關係，但萬一你，就像今天似的幾乎被人捉住；倘若叫人把你送到衙門，連累了你公公你丈夫，我實在對不起德家，因爲你的武藝是我給打下的根底。現在就是你千萬耐下心等着，等個十天半月，我無論如何要替你報了大仇；只要仇報了就是，何必非要你親自動手？」楊麗芳點頭，默默地答應。

待了一會，天色就亮了。蔡湘妹捧着個大肚子出來僱來一輛騾車，俞秀蓮就帶着楊麗芳一同上車，往德家去了。到了德家，俞秀蓮就跟德大奶奶齊又向楊麗芳勸解，並派人出去打聽消息。

俞秀蓮就來德大奶奶的房中歇了一個覺，醒來在這裏用了午飯。飯後，孫正禮極爲憤怒，他願殺死賀、費二人，然後他棄了鏢店走江湖。德嘯峰跟楊健堂又勸他，俞秀蓮卻在旁沉默不語，面帶怒色。

正在商談未決之時，忽然劉泰保又匆慌慌地來到。他這一來到，可又帶來了許多外面消息：第一是玉正堂夫人病危；第二魯君佩已成中風之疾，性命怕也不保；第三是今日又有許多人曉得德少奶奶於昨夜大鬧費伯紳家；第四是史胖子與猴兒手，這些日他們本都沒離開京師，他們在一起是作了一些偷富濟貧的勾當。但今日上午，史胖子在彰義門忽然看見四輛騾車幾匹馬出了城，其中就有何劍娥。史胖子認得她，說她今天是頭上蒙着手巾；還有一輛車上坐着兩個老頭子，大概就是費伯紳跟賀頌。

孫正禮一聽，立時就站起身來說：「我這就去！追上他們，殺了！」俞秀蓮也說：「我取刀去也！」劉泰保說：「史胖子已派猴兒手跟着他們的車走去了，大概不能把他們放走。只是史胖子說那話的時候，是在上午十點來鐘，現在快到兩點了！」俞秀蓮向孫正禮說：「我們趕快追去！」又囑咐德嘯峰千萬別把這件事告訴楊麗芳，請楊健堂也暫時在這兒不要走。她就叫這裏圈上的人給她備馬，她到裏邊悄聲又叫德大奶奶看守住兒媳。

少時外邊馬已備好，她就急急地出走；騎着馬回到蔡湘妹那裏，取了雙刀，出安定門，順着護城河向西往南。馬很快，繞過了半邊京城，認準了彰義門外的大道，徑往西去。才走不遠，就見道旁有個小茶館，孫正禮正在這兒光着脊背喝茶，他像是已然來到了一會兒了，俞秀蓮只向他遞了個暗號，並沒駐馬，就急遽地馳走過去。孫正禮疾忙拋下茶錢，披上小褂抄起單刀，解馬騎上，向着俞秀蓮馬走過的塵影追去。

此時俞秀蓮將馬按住，緩緩地走，容孫正禮的馬趕上，她就說：「追着了那幾輛車，師兄千萬要看我的眼色行事，不可白晝就冒然殺人！不然師兄的鏢頭就不能再作了！」孫正禮說：「我也幹膩了鏢頭了！京師中甚麼都有，龍、虎、狐狸、猴子甚麼都有，如今又出了一個老狼狽，真叫氣人！我倒願意闖出個禍來到別處混去。」俞秀蓮也不同他多說話，只是鞭馬緊行，孫正禮在後追着走。

一個是金釵女俠，一個是鐵頭銅背的大鏢頭，這條路又是他們時常走的，很熟很快；不到三點鐘便走出數十里，早已過了永定河。這條大道上的行人車馬本來不少，二人尤其注意車輛，可是總沒看見哪輛車上有甚麼老頭兒。一直走到良鄉縣地面，掠過了道旁的幾株有人乘涼的白楊樹，忽聽馬後有人叫道：「俞師姑！俞師姑！」俞秀蓮回頭一看，原來是猴兒手；他道士打扮，揹着藥匣，騎着一匹騾子追下來了。

俞秀蓮疾忙收住馬，猴兒手緊緊催着騾子；他的身後卻又有那棵白楊樹下的賣果子的人，張着手追他，說：「道爺！您剛才吃果子還沒有給錢呢？」猴兒手又停住騾子，掏了半天，才由道袍裏摸出幾個錢來拋給那賣果子的。俞秀蓮喊着說：「快一些！」猴兒手才遲遲地走過來，他問說：「師姑要往哪兒去？」俞秀蓮說：「你是幹甚麼來了？」猴兒手說：「我是奉史大叔之命，他給我找的騾子，叫我跟着那幾輛車。」俞秀蓮問說：「車往哪裏去了？你莫非沒有跟上嗎？」

猴兒手向東努了努嘴，就說：「我騎的是騾，他們坐的是騾車，哪能追不上呀？師姑把我看得太没用了！他們是……」他的嘴又努着，俞秀蓮的眼睛就往東邊去瞧，只見東邊也有一片白楊樹，樹後隱有一片房舍，是一個村莊。

俞秀蓮就驚詫地問說：「他們的車是趕往那邊去嗎？」猴兒手點頭說：「準進了那個村子了，連那頭上包着手巾，臉上有塊紅疙瘩的娘兒們也去了。我不知村子裏是甚麼情形，我不敢進去，我就走到那棵樹下歇歇。我打聽了打聽，聽說那邊叫張家村，那裏有家姑娘嫁給了北京城裏作官的，常有闊親戚坐着車到那兒看他們去。俞秀蓮尋思了一下，就說：「我們且回到那邊樹下歇一歇去！」遂就一同下了坐騎，回到幾棵白楊樹下。

這樹下有賣果子的，賣瓜的，還有個坐在地下算「六爻神課」的。七八個過往行路的人，都在這兒乘涼；有的枕着自己的包袱躺着地下熟睡，還有個婦人坐在樹根下奶孩子；旁邊就放着她的驢，她男人坐在地下吃瓜；另外還有一個大一點的孩子，正看地下的螞蟻玩。所以俞秀蓮來到這兒，並不怎樣招人注意，她只像是江湖賣藝的女子；猴兒手道衣和藥匣子，那便是他的隱身草；只有五爪鷹孫正禮，這樣高大强壯的漢子叫人都得仰着臉瞧他。

猴兒手將馬匹跟騾子全都繫在樹上，他去找那算卦的閒談，孫正禮坐在地下拿衣裳擦汗，大口吃瓜。俞秀蓮是過去跟那奶孩子的婦人說話，她對婦人很和氣，婦人也對她很誠懇。原來這婦人就是本地人，是往東邊十八里外的娘家去；因爲天氣熱，孩子又餓了，所以在這歇一會兒就走。因爲她已是近四十歲的人了，生長在此地；此地二十里地內外的村子、鎮店、人家，她幾乎没有不知道的。

因爲俞秀蓮向她問到東邊那個張家村，爲甚麼今天突然來了車馬，這婦人就很羨慕地說：「俺還有個老姊姊，嫁在那村裏呢！那村裏的張寡婦現在闊哩！她家的喚丫頭，幾年前還是兩串鼻涕，成年的不洗臉。後來她娘帶她到北京城裏，說是跟作官的結了親啦；去年回來時就通身綢緞，滿頭金首飾，出落得也漂亮了。可是聽說她是給人作小，老爺作過知府，鬍子都白了；比她爺的年紀還大，可是闊，現在不理老親友了。這年頭，就得有錢！別管王八鴇子鱉，有錢的就有人恭敬。這回，聽說她又回來了，那裏的人都又瘋了，都又搶着去看她、巴結她。也難怪！這兩年她家成了暴發户，她娘，一個寡婦，在北邊鎮上出錢開了一個小押。」

俞秀蓮一聽，已大致明白了，就想那村裏一定住着賀頌姨太太的娘家。今天必又是費伯紳的妙計，他把賀頌邀來，由何劍娥等人保鏢，來到這不爲人所知的鄉村間避難。她不禁冷笑着，恨不得立時闖入那村裏，與何劍娥爭鬥一場，把何劍娥殺死，再殺死了賀頌、費伯紳，以爲楊家報仇。但是這樣一辦就無異於盜賊，自己和孫正禮非得遠避緝捕不可了；所以她還須審慎着，又覺在這裏易爲何劍娥瞥見，那又足以使他們逃走。因此俞秀蓮心中盤算了一番，就過去跟孫正禮商量；打算先到北邊的鎮上歇一歇，索性先穩住了那些人，到晚間再來下手。

孫正禮搖搖頭說：「師妹你在江南住了幾年，別的沒跟李慕白學會，怎麼倒學會了這些謹小心？師妹你不用管了，你就在這歇着不要出頭。等我吃完了這口瓜，我就跟猴兒手我們進那村子，抓那幾個可惡的東西去！」俞秀蓮悄聲說：「那樣辦，只有打草驚蛇！村裏的人家也只有幾十户，他們隨處可藏，你難道去亂殺亂砍？」孫正禮站起身來，不耐煩地說：「師妹你就別管啦？」俞秀蓮也立了起來，皺着眉。

猴兒手跳過來，用手向北邊指着說：「看！又來了咱們的幫手了！」俞秀蓮向北一看，她倒不由得一陣愕然。只見北邊來了三匹馬，最前的一匹馬上是史胖子，後面是楊健堂跟楊麗芳。俞秀蓮着急說：「她怎麼也來了？」猴兒手就要跑到道中去截、去招呼，俞秀蓮斥住了他。就見北邊的三匹馬越來越近，尤其是楊麗芳，一身的青衣褲，花手絹蒙着頭，馬竟騎得很穩；她跟楊健堂的鞍旁都懸掛着長槍。史胖子是頭戴大草帽，敞露着胸懷；他先看見這邊的俞秀蓮諸人，他就張着嘴大笑。滾滾的煙塵，嘚嘚的蹄響，少時就來到了臨近。俞秀蓮迎過去兩步，問楊健堂說：「怎麼叫她也出來了？」

楊健堂就微笑着說：「是你走後，我跟嘯峰說好，嘯峰點頭答應叫她隨我出來。一出城我們又會着老史，雷敬春他也來了；因爲他沒有馬匹，這時大概才走過蘆溝橋。我的主張，這本是楊家的事，二十年的血海冤仇，如何不叫麗芳她自己去報復？這些年我傳授她槍法爲的甚麼？所以我跟嘯峰，文雄的父子都説明了，叫她出來幾日不要緊。我擔保，如使她有甚麽舛錯，可以割下我的頭！」

俞秀蓮也忿然説：「既然這樣，我們立時就可以下手。只是我們得先斟酌斟酌，這可是在光天化日之下！……」楊健堂詫異着問説：「怎麽立時就可以下手？那費伯紳、賀頌兩個老賊的車輛是往那邊去了？」孫正禮往東指着説：「就是那個村子，那村子有個張寡婦，是賀頌的丈母娘！」他大聲嚷嚷着。

話才説到此處，就見楊麗芳已撥馬往東邊去了。俞秀蓮也趕緊去解馬，楊健堂、孫正禮都追去了。俞秀蓮趕緊上馬追上了他們，猴兒手是揹着藥匣拉着騾子，也往那邊去跑。史胖子卻拴上馬坐在地下，買了一個甜瓜吃着，他並向這裏的一般扭頭驚望的人擺擺手説：「没有甚麽可看的！他們都是到那村裏看親戚去的！」雖然這麽説着，他可也直向那邊轉臉。

那邊田塍之間，由楊麗芳在前，一共是四匹馬，最後有一匹騾子，都走得很快。尤其是楊麗芳與孫正禮，一個心急一個性急，他們最先闖進了東邊的張家村。一進村就有七八隻狗圍着亂吠，楊麗芳鞍畔摘槍刺狗，村中有許多住户聽見狗這樣急急亂吠，就都出門來看。楊麗芳就問説：「勞你們的駕，哪個門是張寡婦的家？請告訴我。」

村裏的人全都驚呆呆地，那個人就向南指着説：「那邊，一拐牆角第一個門就是。」楊麗芳提槍催馬，如同赴敵的女將。一轉牆角，果見第二户人家的門前停着兩輛騾車，可没有一匹馬。

門户本來很小，關閉得又甚緊，門前兩個趕車的和幾個閒人，都蹲在地下擲錢賭博，一見着提槍騎馬的女將來了，他們齊都嚇得翻着眼，仰着臉。

這時猴兒手也隨着進村來，他就驚訝着說：「啊呀！剛才我明明看見是四輛車三匹馬進到村子，現在怎麼就剩下兩輛車？」楊麗芳下了馬提槍去敲門，楊健堂自後卻趕過把她攔住說：「別奔撞！我們照着規矩叫門。」楊麗芳遂緊緊用手叫門，楊健堂就向蹲在地下的車伕問說：「你們是隨賀知府來的不是？」

一個趕車的就回答說：「我們是僱來的車，今天一早僱了我們，講好是由北京城到房山縣。來到這兒可又順便看看親友，共是四輛車；兩輛是人家自己宅裏的。一位費爺，還有兩位太太，這兒大概就是那位賀太太的娘家。可是費老爺、賀老爺才坐了不大工夫，就又坐着自己的車往南走了，有一位太太騎着馬也跟了去啦！」說着用手向南指着。南邊連着一行白楊樹，就有一股小徑，徑下果然有車轍。

楊健堂急忙問說：「走了多少時候了？」趕車的人說：「走了多半天啦！一來到這兒就走啦！我們是在這兒等着的，待會裏邊還有人出來，要上房山縣呢！」楊健堂急向孫正禮說：「快往南去追！」猴兒手驚詫着說：「我可只瞧見車馬進來，没瞧見有車馬往外走呀！」孫正禮打了他一個大嘴巴，說：「你這小子的兩隻眼哪管事？」上了馬往南，出了村口飛奔。

此時俞秀蓮也甚急躁，幫着楊麗芳上前打門；兩扇門都快被她推倒了，裏邊才有婦人的聲音說道：「甚麼事？這麼亂捶門？」兩扇門開了，露出一個四十來歲的婦人，一身乾淨的青布衣服，頭上戴着銀簪子；雖然老了，可還是風流俊俏。猴兒手猜出一定是張寡婦，是賀頌的小丈母。楊麗芳忿忿地說：「我找賀頌、找費伯紳！」說着邁步向門裏就走。

張寡婦伸着兩隻胳膊擋着門，嚷嚷着說：「哎喲！你別怔往裏闖呀！你一個婦道人家，拿着槍，我們又不認得你！你闖進來，到底有甚麼事呀？」俞秀蓮揪起來張寡婦的一隻胳臂，說：「你別害怕！我們只找費伯紳、賀頌說幾句話，你容我們進去，決不驚擾你們！」此時楊麗芳已進去了，俞秀蓮也隨之進內。張寡婦還張着兩隻手，跳着腳嚷着說：「哪兒來的兩個賊老婆？這麼不講理！怔闖進人家的家門。快給我滾出去！趕車的快進來！幫助我把這兩個婆娘打出去！」

門前的趕車的跟幾個賭博的閒漢，知道這件事不妙，都跑到一邊去了。張寡婦在後邊跺着腳兒追俞秀蓮，大聲嚷着，卻被猴兒手從她後腰一抱，抱了起來。張寡婦的手腳亂掙扎，猴兒手卻把她抱到大門口，放在車前的騾子上；張寡婦下也不敢下，只管大聲喊叫着：「來了強盜啦！街坊鄰舍快來人吧！」猴兒手反把門擋住，楊健堂卻說：「猴兒手，規矩一點！」

這時俞秀蓮和楊麗芳已進到院裏屋中去查看，俞秀蓮的言語倒很和藹，楊麗芳卻心急，態度不免暴躁。這院子非常之小，只有六間土房。屋中的陳設倒不貧寒，卻是一個男人也沒有；只有三位親戚鄰舍的婦人，還有一個丫鬟、一個僕婦；此外就是那剛才坐着車來的張寡婦之女，賀頌的姨太太。

這婦人年紀不過二十上下，長得不太美，可是極爲風騷，紅羅衫子，綠綢褲，滿頭的金首飾。膽子倒是很大，見了楊麗芳她一點也不害怕，就拿着太太的架子說：「你們可也真能幹，我們躲出來這麼遠，你們到底還追來。究竟你們跟我家老爺是有甚麼仇呀？你們要打算怎樣呀！難道你們拿着刀槍來，還真是非得把他六七十歲的老頭子殺死嗎？」

俞秀蓮說：「你別廢話！賀頌跟費伯紳在哪兒啦？光天化日之下，我們也不能動手就傷人！」婦人撇着嘴說：「他們藏在哪兒啦？可是連我也不知道！依着我這回連跑也不跑，我也知道你們這裏有甚麼德五爺的少奶奶，你們殺了人，官方不至於拿不着兇手！」

楊麗芳掄槍桿向這婦人就打，嚇得旁邊的婆子、丫鬟全都亂跑。婦人的身上只挨了一槍桿，她就躺在地下撒潑打滾，漂亮的衣服都滾髒了，簪環首飾也都掉下來。頭髮蓬亂，滿面是淚，大聲哭罵說：「你們找得着我嗎？我又沒害死過誰的娘？我嫁了賀頌那老頭子還不到二年，早先他作知府，享福、造孽，我全都不知道！他家裏也不只是我這一個老婆，我跟了他就夠倒霉的啦！我憑甚麼還替他挨殺受打？嗚嗚嗚……」放聲大哭。

張寡婦不知怎麼下的騾子，又跑進院來；低着頭，向着俞秀蓮的刀上去撞，說：「你們不是兇嗎？你們就拿刀拿槍把我們娘兒倆殺了吧！」俞秀蓮趕緊把雙刀藏在背後，就說：「我們與你們並無冤仇，是找你們來好好說話。你們別這樣撒潑！只要能把賀頌、費伯紳的地方告訴我們，我們立時就走！」楊麗芳也瞪眼逼嚇着說：「快說！」

那賀頌的姨太太喘着氣站起身來，說：「我告訴你們他去的地方，你們可就准殺死費伯紳，不准傷我們的老爺？」俞秀蓮說：「我們本來無意殺人，只是得捉住他們審問審問。」

婦人點頭說：「得！那我就告訴你們吧！這許多日費伯紳就天天拿話嚇唬我們老爺，說：『早先的甚麼姓楊的女兒現在嫁給德家當兒媳婦了，會使刀槍，只要她一知道了咱們的住處，她就許能來要咱們的命！』我們老爺賀頌就嚇得不得了。費伯紳又時常跟我們老爺逼銀子，說甚麼今天請來鏢頭，用銀五十兩；明天又得聯絡衙門，又得拿出多少錢。他並說俞甚麼蓮哩，玉嬌龍哩，都是那德家的親戚，都打算幫德家的媳婦報仇呢！」

「我們老爺又心疼錢又害怕，早就想離開北京，可是他年紀太老了，腿腳都不便利了，再說又沒處去逃，所以嚇得他天天夜裏睡不着覺，怕你們去割他的腦袋。今天一清早，忽然費伯紳就到我們家裏，驚驚慌慌地逼着我們老爺立時就跟他逃跑，說是他家裏昨夜出了事，德家的媳婦找他報仇去啦！幸虧他防得嚴，才沒叫人抓住，可是這事情不能算完。『今天晚上一定殺你來，官人、保鏢的，也都沒法保護咱們了。只有快走！才能逃命。』我們老爺這才馬上跟着他，帶着我，帶着包裹行李跑到這兒來。

「本來打算連費伯紳都在我娘家這住些日子，可是才一停住車，進來還沒喝一碗茶，費伯紳又說這兒不妥，這兒靠着大道容易叫人找着，他就立刻又要走，我們老爺也不敢離開他，就也跟着他又走了……」

楊麗芳急急地問說：「他們逃往哪兒去了？」婦人說：「費伯紳說他在房山縣有朋友，那兒最穩妥，他們先去了。女魔王保着他們，把我的幾隻包裹也給拐走啦！他們叫我在這兒住幾天，說是你們找來了也不要緊。可是我不能離開我們老爺，我的包裹裏的金銀首飾、值錢的東西，還都在李大的車上呢！要叫那女魔王拐跑了可怎麼好呀？值好幾千呢？我得去找去，歇會兒我也去追他們上房山縣！」

俞秀蓮聽這婦女說話諒不是假，她就向楊麗芳說：「咱們走吧！」楊麗芳還是死心眼，各處又看了看，果然没藏着甚麼人，她就向張寡婦母女道歉，說：「打擾了你們半天，你們放心吧！這事與你們並無相干。」她提着槍依舊忿忿的出門，上了馬往南就走。俞秀蓮又怕賀頌跟費伯紳是藏在這村裏別的人家，她就請楊健堂帶着猴兒手不必離開這裏，她收了雙刀，跨上馬，跟上楊麗芳走了。

順着村南小徑，地下的車轍，斜着去走不一會就認着了大道。只見史胖子催馬從北邊趕來，高聲問說：「要往哪裏去呀？」俞秀蓮說：「賀頌跟費伯紳早就又逃走了，他們逃往房山縣去了。他們坐的是車，一定走不快，咱們還能追趕得上！」史胖子大笑說：「好狡猾的費伯紳，我看他許是會土遁吧！真能氣死諸葛亮！這老傢伙，我倒要會會他。來！姑娘跟少奶奶隨着我走，房山縣是咱們熟悉的地方，那兒還有我兩個朋友呢！」

說着，他把馬緊催，趕到前面領路，楊麗芳、俞秀蓮跟在他後面走。三匹馬都極快，由南轉西，不過三五十里路就來到了房山縣，沿途卻沒見着費、賀二人所乘的騾車。此時天色已是下午五時左右，俞秀蓮跟楊麗芳還連午飯都沒吃，進了城，她們就先找了一家飯舖，打算休息休息，並吃飯。三匹馬也都叫門前的閒漢給牽到附近的店房去餵。史胖子卻連坐也不坐，他就往街上訪查去了。這裏俞秀蓮倒是飢不擇食，可是楊麗芳連一點東西也吃不下去。

待了一會，史胖子就回來，還同來他的一個朋友，也是個山西人，是本地一個小錢莊的夥計。這人是此處的地理鬼，他就說：「姓賀的跟甚麼諸葛高我也不認得。不過剛才有人從西邊來，說是在路上看見了一個女保鏢的，保着兩輛車。」

俞秀蓮立時站起身來說：「那一定就是何劍娥，往西甚麼地方？」這山西人說：「往西過了拒馬河，可就是淶水、易州，再往西就是西陵了。過了西陵就是紫荊關，再往西就是五回嶺。那一遍地方盡是山，山上的歹人很是不少。」俞秀蓮一陣驚愕。史胖子卻有點膽小，搖了搖頭說：「天也不早了！我想不如姑娘跟少奶奶就在這兒歇一夜吧！我再到街上看看孫大哥他來了沒有？咱們聚齊了，有甚麼話明天再說。西邊山嶺上，既然是有强盜，那說不定女魔王是帶着那兩個老傢伙上山入夥去了。咱們人單勢孤，天又晚，不必冒這個險！」

楊麗芳卻掏出錢來給了飯錢，她一聲也不語，向外就走。俞秀蓮只得追出來，史胖子仍有些猶豫；他那個朋友，也搖頭低聲說：「不妥呀！」但此刻楊麗芳的報仇心急，無論是誰也攔不住她，史胖子就也一横心說：「走吧！人家兩位堂客都不發怯，難道我倒是個尿泡？」一同上了馬，史胖子向他的朋友拱手說聲：「再會！」依然是他在前頭領路，離了房山縣城又往西。

越走天上的雲光越紅，遠處的山越發紫，樹林越發黑，天上的群鴉飛得越多，噪得越亂，路上的行人越少，他們的三匹馬仍然很快。又走了多時，紅雲已變黑，墜向山角。晚風斜吹向面上來，兩旁禾黍蕭蕭，路前没有一個行人。再走，卻見前面有兩輛騾車，楊麗芳就急忙將馬趕向前去。史胖子卻說：「少奶奶別急！這兩輛騾車是迎着咱們的面往東來的，諸葛高不會打回頭的路！」他雖然這樣説，可是楊麗芳、俞秀蓮雙馬不停地向前趕。

對面的車是走得很慢，這裏馬卻極快，少時就走到碰頭。楊麗芳喊一聲：「停住！」其實這兩輛車的車伕，早驚慌地把車停住了。兩個趕車的人態度極爲狼狽，臉上都有鞭痕；一個且順着鼻子向下流血，頭被人打破了。車，前面的這輛是連車簾子都被人扯去了，車裏没有人也没有車墊褥。後面那輛車簾子放着，裏面有微微的淒涼的呻吟之聲。俞秀蓮就問說：「你們是從哪兒來的？是遇着强盜被人劫了嗎？」兩個車伕卻都呆呆地望着俞秀蓮，不敢説話。俞秀蓮卻說：「你實說吧！放心！我們不是歹人。」

此時楊麗芳已將馬靠到後面那輛車旁，她手挺花槍挑起了車簾，一看，車裏原來卧着一個白鬍子的老頭子，渾身的綢緞衣裳已沾了許多血和泥土，趴在車上不住呻吟顫慄。楊麗芳就怒問道：「這人是賀頌不是？」兩個趕車的都點頭說：「不錯！這是賀老爺……」

楊麗芳忿然持槍猛向車内去紮，卻被俞秀蓮一推她的胳臂，槍尖兒刺到車窗上。俞秀蓮瞪着楊麗芳說：「住手！把量放寬一點！你要報仇也先得把話問明白了。」遂向趕車的問：「到底是怎麼回事？這人是被誰傷的？」

一個趕車的嚇得身上打哆嗦，另一個頭上流血的倒是忿忿地說：「我們老爺是自己找死！他作過好幾任知府，有萬貫的家財，十七八歲的小婆娘有好幾個。可是他交了個朋友叫諸葛高，又叫費伯紳，那老東西天天嚇唬他，說是有甚麼女俠，要來要他的命！他就嚇得糊塗了！請了一個女魔王——是個保鏢的娘們兒——保護着，還帶着三姨太太。今天由北京出來，整整走了一天，先到三姨太太的娘家，其實住下就得啦！可是姓費的又說還得往西走，我們老爺上了他的當。走到西邊山裏，那女魔王忽就變了臉；原來她是强盜，把我們老爺砍了一刀，車上的包袱也全都搶去了。」

俞秀蓮問說：「那費伯紳呢？」趕車的說：「那老賊也假裝求饒，可是女魔王一點也沒傷他，逼着我們的車往回來走。可是我回頭瞧了瞧，那費老賊跟女魔王一邊走一邊笑着說話。分明這就是那老賊設下的圈套，騙我們老爺跑出來，叫我們老爺多帶銀錢財物，先把我們三姨太太拋開。走到這兒，他再遞個暗令叫女魔王一打劫，然後他們找個地方一分贓。咳！聽說我們老爺跟他還是幾十年的交情呢！」史胖子在旁也忿然的說：「這真不是人！」

此時楊麗芳在後車以槍尖點住了賀頌的胸，令他供招當年害死她父母的詳細情形。她一邊忿忿的追問，一邊不住落淚。那賀頌此時傷勢極重，呻吟着，抖慄着，就說：「冤孽！我一生罪過就是好色，就是貪財，至於楊笑齋、倩姑，咳！那更是冤孽！那都是費伯紳替我辦的，我也沒有想到他把事情辦得那麼慘！哎呀！饒命吧！」

楊麗芳的槍尖本要往下紮，但不知爲甚麼竟覺得雙腕無力，下不了手。她的眼淚流得更多，牙關緊咬着，但卻不能下手殺人。俞秀蓮又過來攔住她說：「不必！他已然這麼老了，已然受了這麼重的傷，就放他去吧！」楊麗芳收了槍，不住悲痛地哭泣。俞秀蓮又拉她一把說：「我們去找費伯紳，見了那賊可決不能饒他！」於是催馬在前，楊麗芳、史胖子隨後又往西走。此時楊麗芳雖然未得手刃仇人賀頌，但哭泣過了一陣之後，心裏卻寬展了很多。她想無論如何，今天自己已看見了賀頌那狼狽乞命的樣子，總算是給自己的父母出了一點氣。真正的仇人、奸人、壞人，還是那費伯紳！大概那賊隱藏的地方亦離此不遠，他的性命也必在旦夕之間了。三匹馬此時行得更快，可是暮色漸漸的低垂，路上一個人也看不見；兩旁田禾如同一片大海黑濤滾滾，並發出蕭蕭之聲。

山更多，村舍更少，天空已現出了星光。史胖子就勒住了馬說：「咱們別往下走了！走到哪裏才算到了呢？費伯紳藏在哪座山上咱們也不知道，就是知道，我瞧黑天半夜地也不容易去搜。不如先找個人家借宿一宵？」俞秀蓮也覺得對，就向楊麗芳說：「你覺得怎麼樣？我們找個地方歇一夜，明天一早再上山去搜。已然把賀頌的性命都饒了，這件事還急甚麼？我擔保，決不能叫費伯紳那老賊漏網就是了！」

楊麗芳在馬上悲哀的聲音答應着，於是三匹馬就轉路緩行。

史胖子在前，他的兩隻眼東瞧西望。在暮色之下，俞秀蓮跟楊麗芳只覺得四面全是一樣的陰沉，但他卻能由霧的深淺程度分別出來，哪邊是樹林，哪邊是山，哪邊是道路，哪邊是廬舍。當下他就在前面帶路；果然他帶的路不錯，若隨着他走，便不容易踏着道旁的田禾。

走了半天，前面忽聽得狗吠聲，俞秀蓮就向她前面的楊麗芳說：「到人家裏，可要小心一點，少說話！因爲這地方太僻，誰知道住的都是甚麼人！」於是又往前走着，狗就撲上來了。史胖子大聲斥着狗，爲是叫村裏的人聽見。但是他才喊了一聲，就見有一個晃晃悠悠的紙燈籠出現，史胖子急忙勒住馬。

這個燈籠是很神秘，就像是曠地裏夜間時常發現的「鬼火」一般，少時來到了臨近。史胖子低頭一看，燈光照着個黑乎乎的短短的，不過二尺來高的東西；猛一看像是個鬼，細一看原來是個小孩。史胖子不由倒笑了，就問說：「小孩！你們這是甚麼地方呀？」小孩說：「我們這叫狗堡。」史胖子笑着說：「好名稱！你是幹甚麼的？你是這裏的店小二嗎？」

小孩搖頭說：「不是，我們這兒沒有店房，我是這村裏打更的。」史胖子說：「你們這村子會叫你這個小孩子打更？」小孩說：「我爸爸是這村的鄉約，我打更有一年多了。這村子平靜，多年也沒鬧過一次賊。我就管打頭更，二更三更打不打都不要緊。」

俞秀蓮聽這孩子說話伶俐，似是早就由人教給好了的，她就又把楊麗芳的胳臂拉了一下。此時史胖子就說：「你爸爸是鄉約，這就好啦！我姓劉，我是太原府的差官，現在是保護兩位官眷到任去。走過了宿處，天黑了，我們都没地方住，快叫你爸爸給我找房子吧！」孩子說：「我爸爸在屋裏了，他鬧脚氣不能出來，你們去找他吧！」史胖子說：「我哪知道你的爸爸在哪兒住？來，你看着狗，帶路！」他遂下了馬，跟着小孩進了村子，俞秀蓮、楊麗芳騎着馬隨之走入。

這村子裏的樹很多，所以四周更顯得黑，統其不過十來户人家，家家閉着門。俞秀蓮在馬上隔着人家的短牆向裏去望，就見屋子裏没有一間有燈光的，彷彿此地除了這鬼一般的小孩、狼一樣的惡狗之外，就没有甚麼活的東西了。

村外有「嘩啦嘩啦」連續不斷的可怖的響聲，不知是楊樹葉子響，還是山泉響。走幾步就來到一座土屋子前。這土屋子極低，黑兀兀地像一座墳頭，裏面没有一點燈光。可是前面那小孩一推門，提着燈籠向裏面說：「爸爸！來了人啦！一個漢子，二個婆娘，你出來吧！他們要找你呢！」屋裏哼了一聲，像是牛喘氣；待了半天，才從屋裏出來一個人。

楊麗芳借着燈籠低暗的光一看，她就不由嚇了一跳。只見這人的身材足有六七尺，尤其是才由小屋裏鑽出來，有那小孩子陪襯着，愈顯得他的身材高而且大。鬚髮蓬亂的一個大頭，凸起來的胸脯敞露着，上面有一堆黑毛；披着一件襤褸的短褂、短褲子，也得破；光着兩隻脚，像是個泥塑金剛。此人直挺挺地站着不說話，並直着兩隻發光的眼睛瞪瞪楊麗芳，又瞪瞪俞秀蓮。史胖子就向俞秀蓮說：「怎麼樣？咱們就在這裏住下，還是離開這兒往下走！」

俞秀蓮也不免有點猶豫，但那小孩子又說：「別處可沒村子啦！你們就在這兒住下吧！你們別胡猜疑，我們全村裏全都是好人！」史胖子笑着說：「好孩子！你真會說話。你要說你在這村裏長大了的，没在外面跑過，没有山下爬過，我才不信呢！」又向孩子的爸爸說：「鄉約！我們既然來到這裏見着了你，咱們就是有緣，你得多照顧。我先問你，這村裏有閒房没有？有一間就行，我可以在你這小屋裏跟你在一塊擠着。」

這鄉約指着說：「那邊梁家有間屋子，我給你們說說就成。」

史胖子點頭說：「好！你就給説去吧！可是……」説話之間抽出了一口短刀，向大漢的毛胸間一比，大漢將身子疾忙向後一退。史胖子又奪過那孩子手中的燈籠，照照楊麗芳的長槍和俞秀蓮的雙刀，指着說：「你看見了没有？你也不必問我們是幹甚麼的，你就給我房子好了。一夜平安過去無事，明天早晨我們必送你銀兩。倘若有點甚麼事，你知道不知道？你是鄉約，那可說不定咱要翻臉無情！」

小孩子嚇得臉黃，躲進屋裏去了。這鄉約就嚷嚷說：「你說這話我不能管！四十里外有市鎮，你們又有馬匹，趕幾步那邊去吧！在我們這村，我敢擔保你没事，可是萬一……那我也不能擔保，我不能賠上命！」史胖子笑着，拍拍這鄉約的脖子，說：「話不能不那樣先說了，因爲我們是初次見面才來到這兒，誰知道你們是怎麼回事？好！別怕！快給我們找房子！」他把燈籠交給這鄉約，這鄉約就帶着他們往西；來到一家柴扉前，鄉約就向裏大聲喊着：「梁二！梁二！」

喊了兩聲，裏面就有個人應聲。

由黑屋子裏出來一人，身材也不矮，口中罵罵咧咧，把柴扉開了。他一仰臉，臉上現在驚訝之狀，鄉約就說：「這是過路的一共三位，找不着鎮店了，想在你們家裏尋一夜的休。」梁二發着怔，看着鄉約的臉，他才點點頭說：「進來吧！我這可只有一間閒房，房子又窄，住男的可就住不了女的！」史胖子說：「不要緊！我在外面打更。」

此時俞秀蓮跟楊麗芳都下了馬，史胖子將三匹馬都放在院中，好在這院子裏有草垛，史胖子就抱了一堆草來餵馬。梁二到西邊的一間小土屋裏，進去了半天，方才點上一盞光線低暗的油燈。俞秀蓮從外往屋裏去看，就見屋裏十分破舊，後牆裂了一道大縫子，外面的星光在屋裏都能夠看得見。靠牆原有一鋪土炕，可是當中塌了一個大坑，像是個井似的。

梁二臨時搬了兩塊破板子，放在炕上，他就走出了屋子，向俞秀蓮說：「進去睡吧！別瞧房子破，可不漏。板子上也没有臭蟲，你們要到西邊鎮上花銀子去住店，也没有這麼好的房子。」說話是一點也不和氣。楊麗芳望着屋裏就皺眉，向俞秀蓮說：「住這房子還不如在露天睡呢！」

俞秀蓮卻向她使了個眼色，即由馬上解刀，並把楊麗芳的槍也拿着；她就先進到屋裏，楊麗芳隨之進去。梁二還在屋外說：「要水不要？水可倒是現成，想喝熱的，我給拿草燒一燒。」俞秀蓮卻說：「不用了！」史胖子又站在屋外往裏說：「姑娘跟少奶奶自管放心睡！反正有我在院裏，我一夜不睡覺。」俞秀蓮使了個眼色，叫他注意外面的人；史胖子卻撇嘴笑了笑，表示並不要緊。

當下史胖子就把屋門推得閉上，楊麗芳看見屋門裏連個插關都沒有，她就要用一條手絹把門繫上。俞秀蓮卻擺手說：「何必！你的一條手絹，就能拴得住門嗎？你且看看這邊。」說時一指後牆那條透風的大裂縫；楊麗芳也恨不得找甚麼東西來，把這縫子堵上才好。

俞秀蓮就趴在她的耳邊說：「你還沒看出來嗎？這地方那兩個人連那小孩子都靠不住。咱們住在這兒，就爲的是……你明白？此地山這麼多，地這麼廣，上哪兒才能夠找着何劍娥跟費伯紳？今夜，要叫他們自投羅網。你自管睡你的！到時有事我再招呼你，只要你睡得驚醒一點就是了。」楊麗芳一聽，頓覺皮膚上生了許多寒栗子。就聽外面那鄉約、那梁二，正在跟史胖子說話；史胖子對着他們哈哈大笑，彷彿是一見如故了。

楊麗芳坐在炕板子上，脱去了鞋，她的兩隻眼睛卻不住瞪着那牆上的裂縫，槍就放在她的身旁。俞秀蓮是解開了鞋，抖一抖又穿上繫緊；並且把手帕緊了緊，腰間的綢帶也勒了一勒。楊麗芳也趕緊又穿上了鞋，俞秀蓮卻望着她笑了笑。

這時屋外沒人說話了，可還有馬吃草的聲音。史胖子高聲唱着山西梆子腔，越唱聲音越遠，彷彿他已走出這院裏去了；並且唱了幾句就不唱了，也聽不見更聲。野外的風吹進牆縫子，一連把門吹開了兩三次，俞秀蓮站起來，關了幾次門。楊麗芳是不住打呵欠，俞秀蓮叫她先睡下；她躺在板子上卻覺得很不舒服，眼睛閉一會睜一會，總是不敢安心去睡。俞秀蓮卻把雙刀的鐵鞘當作枕頭，她才躺下，便閉上了眼，緊接着就發出細微的鼾聲。

她這樣一睡，楊麗芳就更不敢睡了。雖然這時正當夏夜，可是風吹來卻很寒冷。室中的蚊蟲極多，在人的臉上飛繞着。地下放着一隻黑砂碗，碗裏有一點油；油是浸着個紙捻，突突地飛着黯淡的光燄。有無數的綠色飛蟲，都圍着那點光燄亂繞，還多一半是墮在燈裏燒死了。

忽聽見窗外「咚」的一聲，楊麗芳一驚，趕緊立起身來，手摸到槍桿。卻聽窗外又是「咚咚」的一連幾下，原來是馬用蹄子敲地；接着又聽見馬嘶起來，遠處的狗也亂叫，楊麗芳越發不能睡了。她只得坐着，想起北京的家庭，想起丈夫文雄，她心中很難受；急盼着快些把費伯紳殺死，把仇報了，好回家去，此後自己一定永遠是喜歡、高興，要作個本分的、賢良的媳婦，作個溫柔的妻子。她坐着思想了一會，外面便一點聲音也沒有了，也不知史胖子回來了沒有。那梁二？……她想：難道這家裏就是他一個人嗎？更鼓永遠也聽不見敲，又是很可疑。後牆縫子外風還不住地吹，星光還不住地向屋裏眨眼。

地下燈碗的油已垂乾，光小如豆，忽然見俞秀蓮坐起身來，她說：「把那盞燈吹滅了吧！幹嗎叫它招蚊子呢？你看蚊子有多少？可得我都睡不着覺！」睏眼矇矓地，說話都像沒有力氣。

楊麗芳答應了一聲，下了炕，走過去蹲下身，才要將燈吹滅；驀然見俞秀蓮只用一隻手，就抄起了自己的那桿花槍向後牆縫子去紮。紮得真是準確，槍如惡蟒一般鑽出牆縫到了外面。卻聽外面有人號叫：「哎喲！哎喲！痛死我了！」楊麗芳急忙站起身，精神緊張。俞秀蓮卻急急地吩咐說：「快吹滅了燈！」楊麗芳趕緊用腳將燈碗踢翻，將火燄踏滅；俞秀蓮就將槍自外抽回，外面「咕咚」地一聲，像是一個死人倒下了。

俞秀蓮將槍遞給了楊麗芳，她自己鏘然抽出了雙刀，兩個人都在屋中靜靜地站着。這時就聽史胖子在窗外很緊急地向屋裏說：「來的人很不少，幾十個，都是山上來的，已把村子圍上了。快出來騎上馬走吧！是那小子給送的信，高大個的鄉約，也是賊黨，快快快！」他說話時都有些氣喘。

俞秀蓮在前出屋，楊麗芳提槍從後出來。史胖子很着急地，就要開門，要一同騎馬殺出村去，俞秀蓮卻說：「不要！現在騎馬闖出去，一定要中他們的計，他們必然埋伏着絆馬索！」史胖子說：「那他們扔進火種把這草垛要燒着了可怎麼好？」俞秀蓮說：「不要緊！」她令史胖子楊麗芳仔細防備，她獨自隱身在柴扉之後。

隱了一會，就聽外面有喳喳地腳步聲和私語聲。俞秀蓮等到外面的人快到了臨近，她驀然將柴扉一推，跳到門外；雙刀右左一分，立時就有兩人慘叫着倒地，其餘四五人一齊掄刀向她進逼。她的雙刀如鳳翅疾展，展了三四下就又傷倒了兩人。此時有兩個都跳進了短牆裏，一個被史胖子一腳踢翻，一個被楊麗芳一槍紮死。

楊麗芳這時也精神奮發，她想着費伯紳一定就在這些賊人之中，她忿不由己，就一手牽馬，一手提槍，闖出了柴扉。此時賊人進村來的愈多，俞秀蓮一人敵住了十幾個，被她的雙刀殺得東歪西倒，狼哭鬼叫。賊人並有舉着火把的，都手舉着火把向後退。

火光之中的俞秀蓮真似個勇武的女神，而前赴後繼的一些賊人，只像是一群小鬼。有人高喊，有人吹哨，楊麗芳也挺槍刺倒了兩個人。忽覺身後有一陣風響，她急回身横槍架住了一口刀。握刀的人卻是一個女賊，騎在一匹馬上，狠狠地向她說：「你不是要找費伯紳啦？隨我走！」說着點手撥馬往村外跑去。楊麗芳說：「誰怕你！」也趕緊上了馬，一邊揮槍紮人開路，一邊往村外去趕。

俞秀蓮跟史胖子每人都敵住了十幾個賊，正在那裏酣鬥，也顧不得來攔她，楊麗芳就衝馬出村。不料道旁早藏着賊人，早埋伏着絆馬的繩索；她的馬一來，繩索忽然抖起，馬高跳起來，她的身子摔下，馬卻向前跑去了。但她的身軀伶便，急忙挺身站起。兩邊藏着的三個賊人，一齊撲過來，被她一回槍就刺倒了一個人。她疾忙去追馬，那兩個賊人在她身後緊追。她跑了十幾步又轉身抖槍而戰，五六個回合，又被她紮傷了一個賊人。

兩個賊人是一個負傷一個喪膽，就齊都轉身而逃。楊麗芳也不去追趕，她只管跑着去追她的馬。又跑了幾十步，聽得前面遠遠之處，順着風聲，又有婦人的尖鋭喊聲，道：「德家的小娘們！你有膽子跟我來！費伯紳諸葛高就在這裏了！」接着是罵了一大遍難聽的話，楊麗芳氣得又往前去追趕。

又走了不遠路，才見剛才驚走了的那匹馬，由對面跑回來了，幾乎將她撞着。她趕緊一横槍，這匹馬平日原是楊健堂騎的，極爲矯健馴良；見槍一攔，它就當時站住了。楊麗芳隨踏鐙上馬，控制住了轡頭，撥轉過來。又聽前面的婦人呼喊之聲，彷彿又回到臨近了。依舊是說：「德家的小娘們！有膽子追我來呀！費伯紳在前面罵着你呢！」

楊麗芳本來是有些猶豫，但是又想：「不入虎穴，焉得虎子？」這是平居時閨房燈畔，她丈夫文雄爲她講班超的故事裏面的兩句話。她就振起了勇氣又催馬緊追。這匹馬逢橋過橋，逢水過水，似乎毫不費她的力；前面的婦人，永遠離她有一箭之遠，永遠她叫她追趕不上。

此時已離開那個村子很遠了，楊麗芳成了孤身一人；地下的路又極爲迂迴，前面的女魔王何劍娥，若不喊出聲兒來激她罵她，她簡直不曉得何劍峨是在哪裏。因此不免生出了一些戒心，便一手提槍，一手勒韁，緩緩地向前走去。不覺着天色漸漸發明了，從淺灰的天色中已看到了兩旁的田禾，對面是煙雲靉靆的高山，女魔王已然不見了；地下被露水浸濕的地土，留有一行蹄跡，也不知這裏是甚麼地方。

山風迎面吹來，十分的寒冷，更看不見有一家村舍。越走路越窄，地勢越高，田禾越稀，飛鳥可極多。楊麗芳就駐馬，掠掠鬢髮，喘了口氣。此時就聽耳邊又有人喊叫說：「德家的小娘們！有膽子的來呀！姓費的就在這兒啦！你不是要報仇嗎？」聲音極爲尖銳，發自高處，並且有山谷的回音。

楊麗芳向着左邊的山脈，抬頭定睛去看，只見那一條窄小的山路上站着一個人。模樣雖看不見，可是能猜出這就是那婦人，大概就是女魔王何劍娥；手裏搖着一條白毛巾，正向她招逗。楊麗芳大怒，一催馬，蹄聲如急雨，少時就來到山腳之下，挺槍向上說：「你滾下來！」上面人往下跑了幾步，又止住，傲笑着說：「你來！上山來吧！我不殺你！我給你找一個女婿，準保比德家的那兒子好得多。」楊麗芳說：「啐！」催馬順山路走上去。

那女魔王橫刀站住不動；楊麗芳來到距她二十步之遠，就偏身下馬，挺槍上前。女魔王搖擺着白手巾說：「先別動手！」又笑一笑說：「幹麼那麼兇呀？我要打算要你的命，早就用暗器打你了。我倒很愛你的！我知道你是單刀楊小太歲的妹妹，說來你也是江湖人，爲甚麼你願意在德家，當那受氣包兒的媳婦呢？我看着你太冤！不如咱們倆拜乾姐妹，你跟着我走，到處準保有吃有穿有戴的，還有男人……」

才說到這裏，突然楊麗芳一槍刺來，她疾忙用刀撥開，說：「哎喲！難道這麼好的便宜事你還不要嗎？」她還一半玩笑地，以刀虛爲招架了兩三下；但楊麗芳的槍卻勢如毒蛇，直向她來紮。她狠狠地回迎了幾下，自覺吃虧兵器太短，幾乎被楊麗芳一槍刺中了肋窩。她急了，揮刀說：「騷丫頭，小賤娘們！」

楊麗芳雖然生氣，但並不還口罵，只沉穩鎮定地、手腕擰勁，使槍桿彈動。槍頭點動，這叫作「鳳點頭」專取對方的手腕。何劍娥立時眼睛就花了，虛迎一刀回身向山上就跑；楊麗芳緊追上去，槍往上挑。何劍娥嚇得「哎呀」一聲，疾忙低頭翻臂，一鏢打來。楊麗芳趕忙縮身，鏢從身邊飛過去，觸落在山石上；她不得不後退一步，暫時停止向前。何劍娥就乘勢驚慌着跑上了山，到了山頂上，她卻一鏢接連着一鏢打來。楊麗芳伏踞在一邊，槍抖成「梨花擺頭」之式護住了身；上面飛來的五隻鏢，兩鏢被槍撥落，三隻全都打空。何劍娥忽然又跑走了，楊麗芳已然看不見她了，就又停了些時。

看見山上已没有動靜，嫣紅的陽光已然冉冉昇了起來。楊麗芳又略歇了一會。牽住了馬再往上，同時仰着頭時時提防上面的暗器。但幸而没有，她就牽馬上了山。一看，是一道很平廣的山嶺，樹木也很稀；下面是一遍田禾，被太陽照成金色，如滾動着萬頃金波的大海。她迎着陽光騎上馬，順着山嶺去走；才走過一重山嶺，迎頭又看見了何劍娥。何劍娥見了她回身又跑，楊麗芳趕緊又追。但是她很驚疑，特別小心；同時見這道山嶺卻又應當往上去了，路也没有剛才那麼寬，不像那樣平了。登上了這第二重的山頂，轉過去卻是一片平谷；這裏有一群山鳥全都驚飛起來，楊麗芳就一驚，馬騎得更緩了。來到平谷上，見四面無人，何劍娥也不知往哪裏去了。

正在驚疑，突然聽得一聲呼哨，楊麗芳急忙退馬。卻見何劍娥又在前面高處出現，舉臂高搖着白手絹。就見從她的腳下一股山夾道裏，跑出來十幾個人，都是短打扮，有的還光着膀子；多一半使刀，少一半拿槍，一齊奔向她來。氣勢洶洶，齊聲威嚇說：「快下馬來！乖乖地聽話吧！」上面的何劍娥在山石上歡躍，說：「小媳婦子！你還不扔下你的槍嗎？」

楊麗芳大怒，疾忙下馬挺槍向前，迎面就有三個人一齊使槍向她來刺。但這三個人全都是胡紮亂戳，哪裏懂得槍法？楊麗芳雖然力弱，但是步驟不亂，運用她的巧妙的槍法，封、紮、沉、絞，一着緊似一着。不到十合就被她刺傷了兩個人，於是其餘的人都慌了。何劍娥也從高處跑了下來，大聲嚷喊着，她說：「別怕！別怕！你們還他媽的是佔山爲王的好漢啦？還怕一個娘兒們！」她指揮着，一齊擁上，但楊麗芳的槍法更加精熟，槍尖亂點，白纓飄舞，映着陽光十分好看。雖然左右全是刀槍亂上，勢極危迫，但她的槍抖起來緊護住了身，誰也不能夠進前。

槍本來是「兵中之賊」，尤其楊麗芳所使的是真正楊家的正宗梨花槍法，所以鉤、攔、綳、絞，抖動如飛。女魔王何劍娥也舞刀上前，但十餘個人也都敵不過楊麗芳，又戰了二十餘合之後，楊麗芳的力氣也就有些接不上了，但仍然緊咬牙關，奮勇揮槍。

不料這時那山夾道中又有許多賊人跑來，一個跟着一個，手中全都提着鋒利的兵器。何劍娥就又大喊道：「快來吧！快來些幫手，快把這個小潑婦捉住！」楊麗芳未免吃驚，因爲對方的人多兵器又多，楊麗芳的槍，眼看着就要護不住自身了，急得她要哭出來，罵出來。

可是跑來的這二十多個嘍囉，齊都彼此用黑話招呼；他們說的話楊麗芳雖然聽不懂，但也可以看見他們都是滿身流汗，氣喘吁吁；有的且頭上流着血，像是被人逼迫得跑來的樣子。只聽明白他們說了一句「俞秀蓮」，何劍娥就紫漲了臉，臉上的紅痣突起來，跟被槍紮傷了一個血窟似的。她的嗓子也劈了，扯開了大嚷大罵說：「你們這一群膽怯無能的小子！白佔了惡牛山多少年，焦大虎那王八東西也跑了嗎？快來幫忙！連個小娘們都捉不住，你們還……」她罵的話極爲難聽。

楊麗芳突然一聽俞秀蓮已到山上來了，她就又振起了勇氣，力量彷彿增加了十倍，槍抖得更疾更快，並且除了緊緊地護身，還抽空就刺。一桿槍在許多兵刃之中，如銀龍與一群小魚、大魚爭鬥，就又被她紮傷了三個。其餘的人都似爲俞秀蓮之名所震，只管往西邊的嶺下去拚命的逃跑，哪裏還有心來圍戰楊麗芳？

一霎時，賊人就逃了十分之九，這裏只剩下三個人與楊麗芳對敵；其中就有何劍娥，卻拚起命來，一刀緊似一刀。楊麗芳挽動了槍花，身子往後退了兩步，在這時，山夾道中就來了一個赤背大漢，手持樸刀。楊麗芳一看是孫正禮，她就大聲嚷嚷說：「孫大叔！快來幫助我！」五爪鷹孫正禮立即舞刀過來，何劍娥就曳刀跑去。孫正禮過來兩三刀就將兩個賊人全都砍倒在地，何劍娥已往山上逃走。楊麗芳就喊說：「孫大叔！別放她逃走了！」

孫正禮提刀向上又追，這時只見俞秀蓮手提雙刀已自山頭出現。何劍娥已無路可去，急得她大叫一聲，將身向下一跳，跌倒了，身子順着山坡滾了下去。俞秀蓮持雙刀向下去追，只見何劍娥已將刀撒了手，雙手抱住頭，往下滾得很快。此時山下就有五六匹馬，馬上就都是想要逃命的賊人。一匹馬迎上了山坡，截住了何劍娥，把她抱上馬去，撥馬下山又往西飛馳而去。

俞秀蓮看見那六個騎馬的人之中，有本山的寨主焦大虎，還有一個花白鬍子的瘦老人。她就舞刀回手招點說：「快來！看！那就是費伯紳！」口中喊出來，她人已然追了下去。前面的六匹馬七個人卻不顧背後，只管向西去飛跑。

此時孫正禮已跑下山坡來了，提刀幫助俞秀蓮去追；但他們雖跑得快，卻都在步行，如何能追得上前面的馬？山上的楊麗芳已將她那匹馬牽來。可是這山坡本來没有人工鑿成的道路，十分顯得陡；楊麗芳手中又有一桿槍，此時倒成了她的累贅物了。她牽着馬往下來，看那樣子十分危險；若是一個不謹慎，失了足，連人帶馬就得滾下山來，縱然不死，也得成個殘廢。

俞秀蓮大驚，叫孫正禮往西去追，她回身跑來救楊麗芳，先高聲喝說：「牽馬站住吧！別往下來啦！等我上去接你！」她隨就將雙刀放在一塊大青石的後面，她往上來爬。很快地來到了楊麗芳臨近，她就將馬接了過去，囑咐説：「你慢慢地、小心一些！拿槍桿拄着地慢慢往下走。」

楊麗芳說：「俞姑姑放心！我很謹慎，我不能夠跌下去。」俞秀蓮說：「那麼我先騎馬下去了。」楊麗芳說：「俞姑姑騎着馬先追費伯紳去吧！不用管我啦！」俞秀蓮說：「不管你也行，你可下去就在這兒等着，不要往遠去。我們追上費伯紳，替你將仇報了，我們就回來找你，你可千萬不要離開這兒！」楊麗芳點頭答應。

俞秀蓮在這山坡上她就跨上了馬，挽住了絲韁。馬本來很好，她的騎術又精，所以三跳兩跳地就下了山坡；下馬拾起刀來，又騎上去，舉着一隻手向正往下走的楊麗芳又高聲囑咐了一聲。楊麗芳在上面又點頭，俞秀蓮就催馬向西追去了。

楊麗芳很艱難地才走了下來。她本來不甘心，即是用步走着也要持槍追去，可是氣力已然不勝了。她就找了一塊石頭坐下，手拄着槍，看面前無邊的田禾，天空陽光雲影之下，中有幾隻老鴉在那裏飛翔，四邊卻看不見人。此地荒涼之極！回首往山上去看，山並不高，但上面卻無一人，賊人大概早已逃盡了。她歇了一會，又要走，卻聽山上有人喊叫說：「下面是楊小姑娘嗎？」

楊麗芳驚了一下，疾忙站起身來回頭向上邊一看，見是史胖子騎着一匹馬，還拉着兩匹馬。她就急急地揮手說：「史大叔，快下來！快下來！快給我一匹馬。費伯紳往西跑下去了，俞姑孫大叔都已追下去了！快給我馬！我也去追！」史胖子將就一匹馬撒了手，衝着馬屁股上一拳擊去。這匹馬就連躥躥跳下了山坡，楊麗芳急忙向旁一閃；馬已到了平地上，被她攔住、揪住。同時山上又抛下一根皮鞭，她也拾起來；她喜歡極了，就趕緊上馬，向西飛馳而去。這匹馬又是俞秀蓮騎的那匹，跑起來也非常之快，霎時間就跑出了很遠。

史胖子騎着一匹馬，拉着一匹，從身後追了來。他一邊跟着走，一邊說：「昨夜我們在狗兒堡跟賊人打仗，後來找不着你了，我們真是着急，還以爲你是被賊人搶了去了。孫正禮可又找到我們了，他聽了氣得扔了馬，脱了衣裳拿着刀，就爬上山來了。俞姑娘也把馬交給我叫我看着，她也上山找你去啦！讓我在那村子裏給他們看馬，我哪能受？

「昨天咱們住的那個地方，原來那梁二就是個賊。那村子裏的人很少，那鄉約叫傻大個，其實他才不傻，他那個兒子更是個小壞包。昨晚上他把咱帶到那梁二的家裏去，就叫那小壞包兒到山上去勾人。幸虧咱們有防備，不然都得完啦！山上的賊人倒不多，連村裏的一共才五十多個。爲首的叫焦大虎，那傢伙跟女魔王許有點交情，所以女魔王才把費伯紳跟賀頌帶到這兒，都來到了。

「大概是費伯紳那小子又生了歹心，覺得賀頌是他們的累贅；再說賀頌的身邊又有財可圖，所以他翻了幾十年的老交情跟面子，就使女魔王、焦大虎那幫人，把老賀給殺了、劫了。這也是狼吃狼，冷不防！老賀完了，老費可樂啦！幸虧咱們即時趕來了，不然，要遲半個月再來，這山上真許扯起『替天行道』的杏黃旗來了。焦大虎還不是大王爺？伯紳還不是軍師？女魔王到那時還得了？」

楊麗芳催馬急急地走，一邊氣喘着說：「女魔王真狡猾！她把我誆到山上來，叫許多賊人把我圍困住。幸虧我這桿槍還敵得過他們，孫大叔、俞姑娘又趕了去幫我，不然……」

史胖子說：「這全是那費伯紳訂定的詭計。咱們這裏都有誰，誰的本事怎麼樣，他早已打聽得清清楚楚的了。那傢伙，好難鬥！可是又不作臉，山上的這些小毛賊太軟蛋包，沒有一個强悍有膽量的。所以，剛才我在狗兒堡裏待不住，要上山來幫忙。可是我上山一看，一個也沒有啦！

「我牽着馬走了六七個山頭，才在一個山窟窿裏找着兩個小毛賊，我也沒傷他們。就聽他們說，俞秀蓮上山來了，還有個光脊背的大漢，把人連殺帶砍帶逃命的都光了；那個諸葛高，跟女魔王，連寨主焦大虎都一齊跑了。我先是笑這夥人太洩氣，我早先佔山爲王時也沒這樣洩氣過；

可是我又想也許是那諸葛高自知此山難守，故意把咱們誘往別處入他的陷阱？我看咱們追是一定要追了，可是也得小心一點！」

史胖子一邊騎馬牽馬跑着，一邊説話，不覺得他就落在後邊了。報仇心急的楊麗芳早馳馬奔往前面了，越離越遠。索性史胖子的話也不説了，也跟不上了，他只在後大聲喊説：「可小心點！」楊麗芳不顧一切，馬順着山邊的彎曲的道路，似飛一般地走，少時趕上了孫正禮。孫正禮正持刀站在道旁發怔，頭上脊背上全是汗水，他氣哼哼地説：「没有馬，他娘的追不上！」楊麗芳趕緊説：「史大叔牽着馬在後邊了，孫大叔去要來馬，再幫我去追！」

説時，她的馬並不停，就從孫正禮的身旁掠過，依舊往西去走。忽然來到了一個所在，只見這裏是一個叉子形的路口，往東南一條路稍寬，稍爲平坦，但禾黍蕭蕭，路上無人；往北卻是一條很窄的路，遠處有青山，近處且有樹木跟廬舍。楊麗芳來此駐了馬，就不禁徘徊，心裏想：我往哪邊走才對呢？只好先到廬舍去打聽打聽。於是催馬進了北邊的路，走不多時就來到廬舍之前。

這是十幾株高低不齊的槐柳樹，有小廬五椽，都被綠陰遮覆着。土垣裏還有竹籬，竹籬之内種着蔬菜；土垣之外卻有自山上濺下來的一股流水，在石頭上緩緩地流着；其寬不到二尺，馬一跳便跳過去了，水聚到南首林裏成了一個池子。蘆葦生在池邊，柳絲垂到水裏，有幾隻雪白的鴨子在那邊游泳，呷呷地叫，樹上的蟬聲鳥語也在叫着。

楊麗芳想不到這裏竟有如此清靜的地方，這竟像是個隱士棲住之所。她便下了馬，仔細低頭去看，見地下有幾行蹄跡，是一直往北邊的山裏去了。她到了柴扉前一推沒有推開，又叫了兩聲：「有人没有？快來開門，我要打聽一點事！」裏邊只有細碎的鳥語，卻沒有人應聲。楊麗芳就登着馬蹬攀上了短牆頭，才要跳進去，就見那三間較大的草廬裏竹簾一動，走出來一個婦人，喊着說：「別上牆呀！牆可禁不住，你是作甚麼的啊!?」

楊麗芳一看，這婦人年紀不過三十來歲，黑黑的臉上擦着許多脂粉，重眉毛，光亮的雲髻；穿着綠綢子上身，大紅布的褲子，腳極小，手上還有金箍子。看着不像久在這山野荒村中的人，楊麗芳就說：「我跟你打聽一件事，剛才你看見有幾匹馬從這門前走過去了没有？」婦人說：「我這半天都没出屋子，哪看見有甚麼馬了？我倒是聽見一陣馬蹄響，好像是往北去了。」楊麗芳問說：「往北是甚麼地方？」婦人說：「往北是山。」楊麗芳又問：「那邊有住人家的嗎？」

婦人搖頭，笑了笑說：「那我可不知道！你別瞧我在這兒住了十多年了，可是山上我一回也没有去過。」楊麗芳又問說：「那邊山上有强盜嗎？」婦人說：「你想啊！山上要是有强盜，我們還能在這兒住？我們也不是俗等人家，這兒是滿城縣裏高老爺的下處。」

楊麗芳說：「謝謝你啦！」她隨就勢上了馬，撥馬依然往北走去。只覺得越走路越狹，地下的石塊坎坷不平，真是一個人也看不見。樹木不多，山鳥也很少；太陽曬得很熱，楊麗芳騎馬提槍吃力地又走上了山嶺。

只見峰嶺綿延，青石疊積，煙雲飄蕩，十分空寂；若在此尋找一個人，實如海底尋針。楊麗芳不禁灰了心，嘆了口氣，心説：「這可怎麼辦？費伯紳他們逃往哪裏去了？莫非他們逃往另一條路上去了？俞秀蓮也往那邊追下去了？剛才，是那婦人聽錯了蹄聲的方向？我還得回去，找那婦人問問才行。也許因爲她在這裏住，不敢得罪山上的强盜，所以費伯紳他們的去處，她不敢告訴我。」於是又只得退馬下山，順着來時的路走；走得很慢，精神十分的不濟，力氣也像没有了。仔細一想，並不是因爲這兩夜缺乏睡眠，睏倦得如此，最主要的原因，還是於自昨天到現在就没有吃甚麼東西。她現在才知道餓的滋味，真是難受。

緩緩地騎着馬走，一陣陣的急憤、傷悲，又惹得她不禁流淚，不覺着又走回那廬舍之前了。這裏楊柳、小溪、鴨群、茅舍，處處顯得出主人的風雅；同時一陣陣的飯香，自短垣之內散出。真是香極了！惹得楊麗芳不禁的流涎，就下了馬，上前推動了柴扉，又向裏叫着：「大媽！大媽」叫着她都覺着没有了氣力，腹中咕嚕嚕地直響。

半天，裏面才有那婦人答應，聲音卻不像剛才那樣和氣了，説：「是怎麼回事呀？又來叫門！」拉開柴扉，一看是楊麗芳，她就問説：「你找着前面的馬没有？你是個幹甚麼的呀？哎呀！拿着這桿槍你要幹麼呀？你是誰家的小媳婦呀？」

楊麗芳嘆了口氣，説：「大媽你不必問了！我！不瞞你説，從昨天我就没吃飯，也没睡覺，我是個……咳！我是個有急事在身的人。我要找一個人，此人是很老了，姓費，他又名諸葛高！」婦人的臉色頓變，說：「哎喲！你找諸葛高幹嗎呀？你怎麼認識他的呀？」

楊麗芳驀然一陣振奮，問說：「你怎麼知道諸葛高？他到你們這裏來過嗎？」

婦人笑着說：「他要到我們這來過，我們可就不得了啦！惡牛山的焦大虎，是他的乾兒子，那傢伙常到他的山上去住。聽說都有六七十歲了，是一位老秀才；可是那些精壯的小伙子，沒有一個不敬重他的，都把他看作老神仙。我們這兒也不敢得罪他們，有時他們山上要來了人啦，說是要兩隻鴨子，拿去孝順他們的老爺子，我們也不敢不依。」

楊麗芳就說：「我看你們這兒正做着飯，我想在你們這兒吃點。我可不像他們强盜，吃完飯我一定給你們錢的。」婦人笑着說：「咳！錢不錢倒不在乎，只是你來的還早一點。你要是下午來，有多好？我剛宰了一隻鴨子，還沒下水煮呢！因爲我男人趕着驢接她的丈母去了，下午來我們家裏吃飯。」楊麗芳說：「我倒用不着吃甚麼好的，只要有粗米飯就行。好歹吃完了，我還要到別處辦事去呢！」

婦人遂請楊麗芳牽馬進了紫扉。短垣裏，地下有兩根木頭樁子遺着一堆馬的糞尿，楊麗芳看了卻不禁生疑。婦人卻說是她家裏養着兩頭草驢，一頭是她丈夫牽了去接她娘家媽，另一頭是她的兒子騎着到城裏糶穀子啦。她說：「這是城內作過開封府的高老爺的房子。高老爺喜愛這地方清雅，又因高家祖塋在這山後，所以每逢清明，或中元節前後，高老爺時常帶着太太來，在這裏一住總住半個多月。」

楊麗芳聽婦人這樣的說了，心中的疑念便已釋然。婦人就把她讓到那三間大屋子裏。屋子雖也是泥草搭蓋的，可是一掀竹簾，裏面竟是十分的敞亮；榆木的桌椅，壁間掛着名人字畫和拓的碑貼，桌子上且擺有膽瓶、鏡架書卷、筆硯，確實稱得起是一位官人家的別墅。婦人隨着進屋來，就自稱她是這裏老爺的親戚，高家叫這裏居住，看守着房屋。她請楊麗芳在椅子上落座，她就出去，到廚房盛飯盛菜去了。

這時，馬是繫在院中的樁子上，槍就立在屋中的牆角。楊麗芳站起身來，將這屋子周圍看了一看，見是一明兩暗；北邊的裏間有一張木榻，榻上有一份很乾淨的被褥；南裏間卻只有一隻大木頭箱子，和一隻裝米的大缸，還有鋤頭、鐮刀等等雜亂的什物拋在地下。兩個暗間可都懸有門簾。

那婦人已端着菜飯的盤子送來了，飯是白米中雜着黃米，冒着騰騰的熱氣，撲到鼻裏覺得很香。菜是一碗熬白菜、一碟子拌黃瓜。放在桌上，婦人就笑着說：「吃吧！可沒有甚麼好的。」楊麗芳笑着說：「這就很不錯了，我在家裏還吃不着這麼好的呢！」婦人就問她家在哪兒，當家的是個作甚麼的，楊麗芳只說：「家住在北京城外，開設花廠子，丈夫賣花兒，如今……」

她卻想不起來怎樣編謊才好；可是自己騎着馬，拿着槍，除了說是保鏢的人家才能相信，但天下統共有幾個女保鏢的呀？再說，剛才說的是家裏開花廠子，如今自己怎麼又保起鏢來了！

當下她不由得臉紅了一紅，就不再答話。拿起筷子來，挾着菜吃着飯；想快些吃完了飯就走，再去追費伯紳，找俞秀蓮去。此時她的眼前是一張八仙桌，婦人就坐在楊麗芳的對面，兩個暗間的門簾就在兩人的背後，被風吹得微微地飄蕩着。楊麗芳的椅子後邊就是那南裏間，裏間剛才她是查看過了，知道屋裏確實没人，她就安心地吃着。婦人在她對面向她絮絮地問話，她只是一邊嚼着飯，一邊點首。

正在這時，面前的婦人突然臉色一變；楊麗芳正有點驚疑，卻不料兩隻胳臂已被人自後面揪住了。她驚喊一聲：「哎呀！」筷子和飯碗全都撒手摔在桌上，只覺得兩胳臂被人揪得很緊。她急得身子一挺扭頭向左右去看，卻見身後是兩個强壯大漢，都光着脊背；每人用雙手握住自己的一隻胳臂。面前的婦人也站起身來說：「你可別怨我！誰叫你自投羅網呢？拿着大槍怔進人家的宅裏吃飯，給你點罪受也應該！」楊麗芳急急地說：「你們這是爲甚麼？咱們往日無寃，近日無仇，你們爲甚麼暗算我？」她大聲呼叫，揪她左臂的這人就把一隻大手按住了她的嘴，右邊的人就「吧」的打了她一個嘴巴。

楊麗芳瞪大了眼，極力地掙扎，但掙扎不開，也喊不出來。兩個大漢就用粗繩將她的雙臂倒剪上，楊麗芳抬起腳來踹，一下就將椅子踹倒。婦人說：「喝！好大的力量呀？看不起這小娘們，倒還很潑，把她的兩條腿也綁上吧！」兩個大漢都說：「没有繩子啦！」婦人說：「我給你一根。」她往屋裏去找，也没有找着。楊麗芳就乘此時啐了一口，因爲她的牙已被打破了，就吐出許多血星子來。

兩個大漢又威嚇着說：「你要敢喊叫，我們可當時就要了你的命。不喊叫，我們倒許能夠饒你！」楊麗芳就哭着說：「你們快放開我吧！要不然，我的朋友可就來啦！他們可都是好漢，能夠殺死你們。」兩個大漢齊聲催着那婦人，說：「快找繩子！」婦人也驚慌失措地，後來就把她繫的一條紅布腰帶解下來，抛給大漢，說：「就是用這個把她的兩條腿捆上吧！」又低着頭獰笑說：「看你的模様倒還俊，可是兩隻腳直跟上邊不稱。瞧你這樣兒，也决找不出好婆婆家！」這婦人揪着褲子向楊麗芳撇撇嘴，瞪瞪眼。

楊麗芳此時臉色慘白，雙眼流淚，氣得全身抖顫，全身掙扎；但掙扎不開，兩個大漢的力太大，用褲腰帶把她的兩條腿也捆得緊緊地；然後就連抬帶抱，進了南裏間。那婦人就把那隻大木箱的蓋子打開，原來這隻大木箱裏甚麼東西也没有。兩個大漢抬起楊麗芳往箱子裏一抛，「嘩啦」的一聲，楊麗芳倒不禁驚異。原來這箱子的底兒是活的，箱底被她的身子壓翻了，她的身子隨之墮入了深坑。她不由哎喲了一聲，卻有一個人向前來，厲聲說：「不准嚷！」把刀貼在她的臉上，又用磕膝蓋一頂，楊麗芳的身子就滾進了一個地方。

這裏光線很黑，原來是一座地下室，壁上可掛着油燈。在神秘、恐怖的燈光之下，看見地下有一塊木板，板上坐着一個人。此人鬚鬢很長，都作蒼白色，身子十分削瘦，年齡很老，穿着綢子的衣裳，手搖着一柄摺扇。這人就冷笑着，說：「哼！哼！我還以爲你有多大的能爲呢！」楊麗芳昂起頭來，瞪眼怒問：「你是誰？」這老人就說：「你找的是誰，我就是誰！」

楊麗芳一看，原來這人就是費伯紳。她氣得胸中的肝肺都欲炸裂，眼睛都要瞪出血來，吐了一口痰，罵着說：「老賊！我的父母都被你害死了，我非得替我的父母報仇，殺死你！」全身用力，死命地掙扎；但手腳都被綁得太緊了，連動轉都不能。旁邊還有個人正是女魔王何劍娥，她手持明晃晃的鋼刀，厲聲呵斥說：「你真是想死嗎？我們要在這裏把你殺死了，憑她俞秀蓮的武藝再高，可也不能來這裏救你！」何劍娥說話的聲音也很大，楊麗芳拚出命去，尖聲叫了一聲：「你們殺死我吧！」

這時卻聽「咕咚咕咚」的兩聲響，只見剛才捆綁楊麗芳的兩個大漢，又一齊來到這間地室裏。一個先過來用雙手握住楊麗芳的嘴，另一個就急急地向何劍娥擺手，說：「不要嚷嚷！」更悄聲說：「那五爪鷹孫正禮可來了，他看見那匹馬跟那桿槍了，他說這婦人是被咱們害死了。郭大娘向他分辯，說是楊家女子把槍馬存在這裏，她上山去找甚麼人去了。孫正禮卻還不信，正在外邊吵鬧呢！」

何劍娥正按着楊麗芳的身子，楊麗芳心中十分興奮，覺得出這女魔王的手有些發抖，只聽她說：「他只是一個人不是？咱們出去把他拿住怎麼樣？只要你焦大虎有那膽子，我雖然腿上有傷，可是我不怕！」

原來這兩個大漢之中，那臉上有些黑麻子的人，就是惡牛山的大王焦大虎。這個人身軀很高，地室又低，他只能蹲着坐着，卻不能直起腰來。他的臉色十分陰沉，搖搖頭說：「不行！五爪鷹也不是好惹的！我怕敵不過他。再說我雖只聽他一個人在外面喊嚷，可是，怎知俞秀蓮沒在門外？」

此時那費伯紳依然盤着腿坐着，態度十分的從容，搖晃着摺扇說：「不要緊！由他們在外面威嚇，我相信郭大嫂絶不能將咱們這地方告訴他。你們就放心，他們不能夠闖進來。二熊，你去守門！」握着楊麗芳口的這個漢子聽了吩咐，就把雙手抬開。何劍娥的鋼刀仍捱在楊麗芳的胸前，楊麗芳就仍不敢喊叫，只得低聲說：「你們若能把我放開，我就出去攔住他們，不能傷害你們的性命。」

費伯紳卻微微一笑，拋了一條手巾，叫何劍娥把楊麗芳的嘴給堵上。他搖着竹扇，花白的長髯飄動着，微揚着臉，閉着眼睛，用低小傲慢的聲音說：

「你弄錯了！你的父親楊笑齋原是我的好朋友，我早先到你家裏去，你的母親也不迴避。我跟你父親真是莫逆之交，他是服錯了藥死的，你母親是殉了節。他們出殯時我還去送喪，我還為你母親請了貞節的旌表。現在這些事都是因為那楊公久，他本來是個盜賊；他把你們兄妹自幼搶去，就傳授了你們一點武藝，唆使你們尋我跟賀知府報仇。其實復的是甚麼仇？不過早先他在汝南衙門被押過，他銜恨我們罷了。

「這雖是二十年前的舊事，但是非真假，還可以尋得出來見證。你一個女子，嫁到德家裏又很好，不該聽信奸人的調唆，勾結羅小虎、俞秀蓮、劉泰保，那些大盜、女賊來同我作對。須知我雖年老，雖不會武藝，但我的乾兒義女尚很多，他們全是一時的豪傑，絕不能讓你們逞强。現在我把你綁到這裏，不過叫你暫時受一點委屈，絕無惡意。因爲我見你長得很像你故去的母親，看見了你，我就不禁想起她來。她真是個絕世的美人！當年賀知府爲她得了相思病到是真的，卻沒想要佔她。咳！二十年前她節烈而死，如今她的兒女反與我爲仇；我想她九泉有知，也是不能瞑目。現在，你好好在這裏待着吧！等我捉獲了女盜俞秀蓮，我必能把你安置到一個好地方，你且不要急，你且不要難過！」說完話，他又微微笑着。

楊麗芳周身使力，但是仍然掙不斷手腳上被捆的繩索，不能撲殺眼前這狡猾的老賊，只氣得她流淚。此時大概是那前去守門的大漢名叫二熊的把那扇門——那大木箱的底兒——托開了，所以外面嚷嚷的聲音，全部能夠傳入這密室裏。

只聽是孫正禮的大嗓音喊着說：「快說！那個婦人往哪兒去了？是被你們害死了不是？你快說出來，不然我可不管你是男人婦人，一刀就能要你的命！」又聽是那姓郭的婦人說：「哎喲！你是强盜你也得講講理呀！剛才不錯，是有個小娘們兒，在我這還吃了一碗飯。後來她說上山找人去，騎着馬太不方便，她就把馬跟槍全都存在我這兒啦……」

費伯紳在這裏聽着，他不禁暗自微笑，覺得那婦人會說話。可是外面孫正禮還只管嚷嚷，婦人急喊着說：「你不信你到山上去找她呀？在這兒你吵甚麼？你一個大漢子來到我這單身婦人家裏胡鬧，算怎麼回事？哎喲！你没有王法了呀？你揪我的頭髮？你是甚麼東西？哎喲！救人來呀！我可要一頭撞死啦！」

這裏費伯紳卻面色漸變，楊麗芳的胸緊張，全身極力掙扎，但也沒有一點效果。外面的孫正禮又大聲喊罵說：「我看你就不像是個好人！快說出那人的下落來便饒你……」婦人又說：「哎喲！你殺了我，我也說不出來呀！你上山去找找去吧！」孫正禮說：「我才從山上來，你別騙我！你快說！」鋼刀劈在桌子上之聲，和腳步急響之聲，十分雜亂。費伯紳不由得把臉一沉，女魔王憤憤地要挺刀出去，卻被焦大虎給攔住。

此時卻又聽見外邊馬蹄亂響，費伯紳彷彿打了一個冷戰，外面的聲音更加雜亂。那婦人更喊叫，並聽有男子的山西口音，還有女子聲音說：「搜一搜！各處都搜搜！……你就不必狡猾了，馬跟槍都在你這裏，人可不見，這多可疑？楊麗芳又用力翻了一個身，卻被何劍娥給按住，並以刀比着她的脖頸。

楊麗芳心中就如燃着一把急火，口被布堵着；她用牙緊咬，並用嘴噴。她要喊：「我的俞姑姑俞秀蓮已然來了！你們能惹她？你們快將我放開！」但這話卻無法呼喊得出。何劍娥又使她仰面躺着，用一隻手緊緊按着她的胸；她的呼吸都已十分困難，只瞪着兩隻大眼睛，何劍娥也用兩隻兇眼瞪着她。

突然，費伯紳自己起來，爬了過去，將壁上那一盞燈吹滅。那二熊又跑回來，急急地說：「俞秀蓮跟那爬山蛇史胖子也都來了！」費伯紳悄聲說：「吁吁吁！」他攔住二熊說話，也顯出他的神情是萬分緊張起來了。

室中昏黑，只有三口刀的光芒還一閃一閃的，後牆上彷彿有個地方能透進一線之光，可是不知通到哪裏。全室中一點聲音也沒有了，每人聽着自己的心跳。楊麗芳卻除了心跳之外，還急驟地喘息，但發出來的聲音可也很小。

因爲室的門板，即那大木箱的底兒，已關得很嚴，所以外面，一切的足音、嚷聲、威嚇、狡辯，種種聲音全都傳不進這裏來。可是又聽有幾下木頭撞木頭的聲音，似是俞秀蓮等人把那大木箱子打開了。這裏的人就更緊急，何劍娥的刀刃已捱着楊麗芳脖勁間的皮肉。

楊麗芳閉着眼睛流出淚來，只在等死，心中既憤恨，復悲慘；卻知道費伯紳這些賊必不能逃脱，又有一些安慰。在這時，忽然木箱又不響了，外面的聲音似一切皆停。這裏的幾個人也都長出了一口氣，何劍娥的刀也離開楊麗芳的脖頸了，費伯紳卻哼哼冷笑一聲。

這一場緊張暫時過去了。原來是因爲外面的史胖子跟孫正禮，打開木箱看了看，見是空的，他又給蓋上了。誰也不會想到這麼簡陋的草房，地下會有密室，但俞秀蓮卻仍在向那婦人究問。

因爲俞秀蓮剛才騎着楊麗芳的馬追趕費伯紳，追到這個岔路口，就不見了前面的逃騎。她也曾來此向這婦人問過，可是這婦人告訴她説，她就没聽見牆外有馬蹄響，所以俞秀蓮就撥馬往東南的那股路上去追。那股路既寬廣，復平坦，而且二里之内若有馬走，在後面絕不至於望不見；可是竟没瞧見前面有一點人影，地下也没有新走過去的蹄跡。

她也問了田中種地的農人，據說：「這條路雖然寬闊，可不是大道。往南走到盡頭，那就是山了，那邊連山路也沒有。北邊，過了五回嶺，那倒是往荆關的道兒。」又說：「我們從太陽一出時，就在地裏做活，就沒有瞧見一匹馬從這裏走過去！」俞秀蓮又自己觀察地理情勢，也可以證明他們的話並非是假。但是剛才那清雅的廬舍，那未說話先眼珠亂轉的婦人，卻有些可疑，所以俞秀蓮又疾忙撥馬轉回來，又來到這裏。

孫正禮和史胖子卻全都先後來了，他們正在這裏向那婦人大鬧。俞秀蓮也看見了椿上繫着馬，和屋中立着的楊麗芳的槍；並且地下有揪下的幾條麻繩頭，可見是有人曾在此捆甚麼。廚房裏也有許多隻碗筷，且還有一隻已經宰了的鴨子，壁間還掛着一口單刀，因此更爲可疑。

孫正禮和史胖子又向那婦人嚴詞逼問；俞秀蓮又叫史胖子到山上去找，史胖子去了半天，回來也說是「空山一座，一個人也沒有。」於是孫正禮又暴跳如雷地說：「把這娘兒們綁在馬椿上，拿鞭子抽她一頓，她也就說了！」

那婦人卻坐在地上，嗚嗚地大哭，說：「你們就是剝了我的皮，我也不知道呀！我是個婦道人家，剛才我不過是管了閒事，叫她把槍跟馬存在這兒。我想得到她是一去不回頭嗎？我怎能知道你們的姑奶奶是跑到哪兒去啦？哎喲！屈死我啦！我哪認得甚麼姓費的呀？屋裏東西你們隨便要吧！反正我不知道！」

孫正禮倒有些灰了心。史胖子見這婦人在地下一哭滾，她那用一條破布沒繫牢的褲子也掙斷了；史胖子倒覺得喪氣，就走出屋去了。孫正禮向俞秀蓮悄聲說：「師妹，咱們走吧！」俞秀蓮卻搖頭，走出屋去，囑咐史胖子再沿山訪查。同時她又叫孫正禮不要只管嚷嚷，也不要打這婦人；只在這裏看守一晚，必定可以看出一點破綻，找出楊麗芳的下落，並問出費伯紳衆賊的藏匿之所。如果在此住一夜，這裏没有一點事情，那麼明天咱們就向這婦人賠罪，給她銀錢賠償她們，再走！史胖子跟孫正禮齊都認爲這辦法很好，他們就很不客氣地到廚房裏把飯吃了，隨後二人就出去到山上去訪查。

這裏俞秀蓮雙刀時刻不離身畔，時時監守着那婦人。婦人卻坐在地下索性不起來，哭了一陣可也没有多少眼淚，又抓住自己的臉罵自己，說：「我没有臉啦！我叫那麼大的男人抓住頭髮拿刀嚇着我，我的褲帶也被你們扯斷了，我真没臉了！我當家的若回來，我非得吊死不可！我哪認得甚麼姓費的呀？我哪認識甚麼强盜呀？我是好人家的婦女，受不起你們的冤枉！」

俞秀蓮只是由她哭鬧，並不理她。在外屋椅子上坐了一會站起身來往北裏間查查，又到南裏間看看。在南裏間內，就驀然聽得「呱嗒」的一聲，彷彿是板子響；俞秀蓮不由得心中一動，手提雙刀，呆然站立。忽聽「喀喀喀吱」彷彿耗子在咬木頭，就是自那大箱子中發出來的聲音。

俞秀蓮頓然精神緊張，又微微冷笑，可是心中反倒爲了難了。因爲想到這裏如有地窖，楊麗芳一定是被藏在地窖裏，投鼠忌器，自己實在不敢貿然下手，更不敢向孫正禮去說。她遂就將楊麗芳的那桿槍也拿到這屋裏，側耳靜聽，只聽那箱子底兒時時在作着微微響聲。

忽然她一扭頭，見那婦人正趴着簾子往裏屋看，臉露驚慌之色。俞秀蓮大怒，一個箭步躥去，把婦人按倒。婦人剛要喊叫，俞秀蓮用手指向她肋間一點，婦人的臉變成金黃色，把眼睛一翻，嘴一咧，就疼得昏暈了過去。俞秀蓮急忙將北裏間的門簾揪下，哧哧的撕成了許多條，連結在一塊；就將婦人的手腳都捆上，並把嘴也堵上；挾着送到了廚房裏，然後仍舊回到了這屋裏來，蹲在木箱的旁邊，側耳向裏邊靜聽。

從裏面細微微的聲音，她就判明了這箱底下實在連着暗室。心中倒好笑，就想早先小的時候，聽自己的父親說：「江湖之間有一種黑店，就多半是床下通着地道，到客人熟睡了的時候，賊店主人就由地道中鑽出來害人劫財，如今不料費伯紳竟也弄此伎倆。這伎倆弄得可也太不新鮮啦！不過話雖如此，自己雖明知道箱子底下就有賊人和被難的楊麗芳，然而竟不敢動一動，心中就不免十分焦急；又竭心盡思地想如何才能闖進那地窖救出麗芳、捉住賊人之計。

直到傍晚之時，忽然孫正禮回來了，一進屋來他就大聲喊說：「師妹，我們捉住了一個小賊！」俞秀蓮趕緊擺手，令他小聲説話。孫正禮反倒一怔，見師妹手握着雙刀，神色緊張，蹲在木箱的旁邊。他也不知道是怎麼一回事，話反倒說不出來了。

俞秀蓮又站起了身，走到孫正禮的近前，擺了擺手，手指指那隻箱子。孫正禮卻瞪起眼來，過去就要掀起箱蓋；俞秀蓮趕緊把他攔住，悄聲說：「楊麗芳現在裏面，咱們要闖進去，豈不是逼着他們將她殺死嗎？」孫正禮還不住的發怔，就指着箱子問：「到底是怎麼回事？這箱子裏頭有甚麼東西？」俞秀蓮卻把他拉到外屋，悄聲問道：「你們捉住了甚麼人？」

孫正禮說：「在山上捉住了一個小賊，我們打了一頓，他自己招認是山上的嘍囉。我們問他諸葛高跑到哪裏去了？他說他們並没有跑遠，多半就在這姓郭的婦人家裏藏着了。因爲他們的幾匹馬剛才都叫人牽過了山，送到甚麼黃家莊去了，那黃家莊是那焦大虎的外婆家。這郭家婦人，早先就在山上跟一些强盜混；後來歸了費伯紳，蓋了這房子，費伯紳那小子就常在這兒住。」

俞秀蓮說：「像這樣的房子恐怕也不只蓋了這一處，費伯紳實在稱得起老奸巨猾。現在我已查出來了，那隻大箱子的底下，一定是有個地窖，楊麗芳必被他們捉住藏在這裏。」孫正禮急着說：「這可怎麼辦？」俞秀蓮說：「我已將那婦人捆起來了，我已想好了一個主意。師哥你先去把小賊或是放了，或是暫藏在一個地方，不要傷他；然後同史胖子來，我再設計誘那些賊出來。」孫正禮點點頭，提着刀又走了。

這裏，俞秀蓮到屋外，把那南裏間的窗紙戳了一個窟窿趴着往裏去看，並待側耳靜聽。待了多半天，並不見那箱蓋啓開，只聽得箱底「嗒嗒」的直響。在此時，孫正禮和史胖子已然來了，腳步全都輕輕地。俞秀蓮看了看，日已平西，她就悄聲對孫、史二人說：「我想他們不能永遠在地窖裏邊藏着，到天黑時他們一定要出來，那時我們再下手捉拿。可是現在我們先得假作已然走了的樣子才行，不然他們是決不敢出來。」孫正禮說：「這容易！」

史胖子卻說：「他們既有地窖，不能没有透氣的地方，不然全都得悶死了，說不定還有後門兒。孫大哥你先在這看着，別急躁，容我跟俞姑娘把他們的後門找着，俗語說：『狡兔有三窟，得免其死。』費伯紳他那樣奸、猾、壞，他還能不想到這兒？我想他決不能在一個死地窖裏藏着，他必有退路。」

俞秀蓮也覺着這話有理，隨就跟隨史胖子出了柴扉，按照着廬舍的形勢往後而去尋找。就見小溪潺潺的流淌着，都聚在牆後邊的池子裏；池水上的幾隻鴨子，還在呷呷的叫着，在逐水相嬉。水面漂着很厚的一層浮萍，柳絲蘸着水，槐葉閃着夕陽。池邊的蘆葦也很茂盛。史胖子與俞秀蓮就用刀輕輕撥着蘆葦，走進了裏面。

忽然史胖子發現地下埋着一根竹筒子，露出地面不到半尺，外圓中空，傾斜着栽在地裏，好像是煙囪。這竹筒的附近一尺見方之內没長着葦子，地下的泥土也都很鬆，用旁邊的葦葉遮蓋着；若不是細心看，是絕對看不出來的，安設得可稱十分精巧。

俞秀蓮蹲下身，將耳貼在竹筒的旁邊往裏去聽；只聽裏面似乎有人在說話，但聲音太低，無法聽得清楚。她此時心中憤恨極了，若不是知道有楊麗芳被困在內，她真想放一把火投在這筒裏。站起身來，就見史胖子微笑了一笑，俞秀蓮就悄聲說：「史大哥你在這裏看守一會好了，不要動這竹筒！」史胖子點點頭，咧着嘴微笑着說：「我知道！」

俞秀蓮遂就又往那房子去了。重進到屋裏時，就見孫正禮掄着大刀比着箱蓋；箱子裏有時微微地響，有時又不響了，裏邊就好像鬧耗子；孫正禮像是一隻貓似的，並且是一隻大黑貓，俞秀蓮就突然大聲說：「孫師哥！咱們走吧！那費伯紳老賊一定不在這裏，咱們回惡牛山再找他們去吧！麗芳也許順着山嶺，又折回那裏去了。」一邊嚷着一邊使眼色。

孫正禮起先還發着怔，後來他突然明白了，也大聲嚷嚷起來，說：「他娘的費伯紳還敢回惡牛山嗎？這屋子一定是他的老巢，咱不如放火燒了他這屋子！」俞秀蓮又嚷嚷着說：「你別混鬧！快走吧！這與人家有甚麼相干？那婦人也不知往哪裏去了？待會她要是把她丈夫找來，咱們有甚麼話可答？咱們又不是强盜，咱們俠義之人不能夠不講理。走吧！在此白耽誤了時候。快走，先往狗兒堡，再到惡牛山，那山上一定有他們秘密的窠穴。此時天還不太晚，咱們趕到那裏還能搜得着！」孫正禮也扯開喉嚨大喊：「老史！咱們走吧！」於是一邊嚷着，一邊還大聲罵着，同俞秀蓮故意放重了腳步，足音雜亂，出了屋。

孫正禮去解馬，並故意將馬用鞭桿抽了兩下，馬就嘶叫起來。一匹馬叫，四匹馬也全都叫。孫正禮腰掛着大刀，一手拿着楊麗芳的槍，一手牽着四匹馬。出了柴扉，他在前面跑，四匹馬跟着他跑，一陣蹄聲嘚嘚，雜亂異常！真像是許多個人；許多匹馬全都走了。其實孫正禮卻是將馬牽到了離房子不遠的山坡上，繫在樹上。俞秀蓮也把那被捆的婦人抱出去藏在山坡上。

這時那短牆裏十分的岑寂，俞秀蓮就在屋外牆根下蹲伏了半天。眼看群鴨噪過一陣之後，天際的霞光，漸漸消散，黃昏暮色漸漸垂了下來，銀星也在天空迸出。山風吹得廬舍後面的槐柳樹呼呼地響，俞秀蓮又走到那窗前竊聽了一會，聽得那個大木箱彷彿聲音更加大起來。她就立時飛上屋去，在房上趴伏着，雙刀藏在自己的身下，向下靜伺着。又待了多時，才見那屋的簾子「呱嗒」一聲地響，走出了一個人來。

這人彎着腰，輕輕慢慢地走，手中提着個傢伙；借着燈光閃爍發亮，一定是刀了。這人在院中東瞧西望，自己嚇嚇自己，就彷彿是個才出洞的耗子似的。然後，這個人將刀向前護住身，他就進了那廚房；進去了一些時，就見廚房裏發了火光。這人拿着一盞油燈又走出來，在各處都照着查看了一下，他就大聲喊說：「出來吧！那幾個王八蛋全都走啦！連那個女王八蛋也走啦！」他這聲音一呼喊出來，屋中那木箱的蓋子就不住地響動，又出來了一個人。

這卻是何劍娥，她因爲今早從山上滾下，身上受了一點傷，所以至今左腿還有點跛，但是慓悍依然，掄着刀說：「二熊你嚷甚麼？他們要沒走遠可怎麼好？」二熊說：「早走遠了！那群餓鬼，把廚房裏的菜飯吃了個精光，他們才走的。他媽的，跑到這兒開齋來啦！郭大娘可是真沒有影兒了！別是叫那孫正禮給揹走了，上甚麼地方成親去了吧？」

何劍娥罵着說：「媽的！你這時候還說混話？郭大娘叫他們搶走了干咱甚事？咱們快些走吧！」二熊說：「老猴子怎麼樣？還招呼他一聲嗎？」何劍娥說：「招呼他一聲！他若不走，叫大虎也走；就把德家小媳婦給他，叫他們在洞裏過日子去吧！媽的，我不能再在那地洞裏憋氣了。又渴又餓，我真受不了！快招呼他們，他們不走咱們走！」又自言自語地說：「我爲個乾老頭子也夠了！媽的！我爲我親老子也没這樣過！」

此時俞秀蓮隱藏在房上房下的人並未查覺，何劍娥把那二熊手中的燈接過來，她又進到那屋去了。他們大聲的說話，把箱子蓋摔得大聲的響。又待了一會，二熊又獨自走出屋來，去到廚房找着何劍娥；他們滅了燈，一同出廚房走了。

俞秀蓮在房上又等了一會。不見再有動靜，就覺得很是可疑，剛要下房去看，卻聽有人發出一聲的慘叫，聲音就似發生在院牆之外那小溪的附近；接着刀聲鏘鏘，似有人交戰起來。俞秀蓮一驚，急忙順勢跳躍到外面，就見孫正禮正與人廝殺。俞秀蓮一上前，兩三刀就將何劍娥砍倒，剩下的二熊跪在地下乞命。

那邊槐柳林中卻又發出史胖子的呼聲，說：「快來呀！快來救救楊小姑娘！」孫正禮又向那二熊戮了一刀，他與俞秀蓮一齊尋聲奔往；就見史胖子正與一個賊人廝殺得很緊，賊人的武藝雖不太佳，可是史胖子也難以立即獲勝。孫正禮卻說：「老史躲開！你不行，我來！」他揮動大刀直奔這人。

這人正是惡牛山大王焦大虎，他要跑已然來不及了，只好拚出命去與孫正禮廝殺。史胖子卻退了戰，向俞秀蓮嚷着說：「咱們先追老賊！老賊也是從這地窟裏鑽出來的。我們只顧了鬥那傢伙，老賊卻乘勢跑了！」俞秀蓮急問說：「老賊倒不要緊，麗芳呢？她還在洞裏了嗎？」史胖子說：「哎呀！我可看見了，那賊是先抱着一個人出的這地洞！」俞秀蓮急說：「快去找火來！」史胖子說：「我身邊有！」他就掏出火摺，燃着了，迎風一抖，立時發起了火光。

俞秀蓮接過來，把一隻刀挾在臂下，一手搖晃着火摺子，在林中葦畔一照。突然發現池水中有個東西，她立時將刀和火摺子全都交給了史胖子拿着，顧不得衣濕，走進了水池中。這時水中那幾隻鴨子，都已不知往哪裏睡覺去了。史胖子抖起來火光照得水面通明，俞秀蓮就過去，將浸在池水中的一個人抱了起來，原來正是楊麗芳。幸虧水還不深，她的口又被手巾堵着，腹中才沒灌下水去。俞秀蓮急急叫史胖子幫助孫正禮去戰焦大虎，她連雙刀也顧不得要，就抱着楊麗芳跑回那廬舍裏去了。

這裏孫正禮雖然刀法精熟，力氣猛大，無奈焦大虎只是繞着樹跟他鬥，並眼看就要逃命了。史胖子掐滅了火摺子，掄刀一上前，這焦大虎就成了首尾受敵，想逃跑已然不能夠。他就躲在一棵槐樹的後面，說：「朋友們！高抬抬貴手吧！咱們平日無冤無仇，何必！我幫助諸葛高，也是沒有法子，因爲他神通廣大；我們一半是敬他，一半是怕他。現在我手下的人都叫你們打散了！我也沒有甚麼能耐啦！只要你二位能抬抬手饒了我這條命，我就從此洗手不幹，將來還一定忘不了你二位的好處！」

孫正禮就問說：「饒你也行！但是費伯紳藏在哪裏去了？我們捉住了他就能饒你！」焦大虎說：「那位大爺知道，剛才前面何劍娥他們說你們幾位已經走了，催着我們也快些逃。我們在地洞裏也餓了一天，又憋得難受，就想也出去。依着諸葛高，他可還不願意離開地洞呢！但那時就剩了我跟他，還有那德家的小媳婦。我是決意要逃，他才不敢一個人在地洞裏住；他還叫我把那小媳婦揹出來，一齊走。

史胖子問說：「那老傢伙要把小媳婦揹走，他是安着甚麼心？」焦大虎說：「他說是揹出去之後把小媳婦給我，我卻不信他的話。他必是把那小媳婦要送給保定府的黑虎陶宏，他是要巴結陶宏，可是還沒有巴結得上。」孫正禮說：「別說廢話！你這小子也決不是好東西！今天要想饒你的狗命，也決不能夠！」史胖子又喊問說：「費伯紳現在跑到哪兒去啦！」

焦大虎急得像要哭，嚷叫着說：「我哪裏曉得！你們搜啊！他也許藏在葦子裏了。」孫正禮猛躍上前，又一刀砍下去，焦大虎以刀招架；史胖子從後邊一刀砍在他的腿上，焦大虎「哎呀！」一聲，受傷倒地。史胖子急急說：「孫大哥別要他的命！再問問他。」但孫正禮的刀已然落下來了，焦大虎立即身死。

史胖子嘆息了一聲，說：「由他口中逼問出一些事來也好啊！」孫正禮卻說：「逼問甚麼？我看他甚麼也不知道。一個山賊，還不趁早結果了他？還留着作甚？老史！快打起火來！咱們搜搜費伯紳那老賊！」

當下史胖子又抖起了火摺子走，孫正禮提着刀瞪着大眼，把林裏葦中，池邊草底，全部搜查遍了；只見有幾隻蛤蟆在水裏跳，鴨子在欄裏被驚醒，卻沒尋着那費伯紳的蹤影。孫正禮就說：「奇怪！那老賊往哪兒去了？莫非此地還另外有個地窟窿？」孫正禮就又大罵了幾聲。

史胖子熄滅了火摺，揪了孫正禮的胳膊，說：「罵也沒有用，我想那老賊多半是怕受一刀之苦，他先投在水裏自盡了。」孫正禮又要叫史胖子點起火來，他自己下水裏去摸，摸着費伯紳的屍體，他才能甘心。史胖子卻主張先到廬舍裏看看楊麗芳怎麼樣了。孫正禮說：「你去看吧！我還在這裏等候那老賊！」遂就把火摺子要過來，他在這裏一陣陣地抖動着火光，霹靂一般地大罵，史胖子卻往那廬舍中走了。

史胖子進了柴扉，隔着短籬就見那屋中燈光閃閃；走進了屋，見俞秀蓮已將楊麗芳全身的綁繩解開，救治得緩過氣兒來了。楊麗芳是平平的躺在北裏間那張床上，她還要掙扎着起來，去尋找費伯紳；俞秀蓮卻勸她應當多歇息一會，因爲她已然昏厥過去了一次。此時她們二人的身上衣褲都盡是水，並沾滿了污泥、萍藻。屋中燈碗中的油也灑了多一半，俞秀蓮就請史胖子去到廚房添點油，叫他把那竈裏的火也升上。

這裏俞秀蓮搜找出那姓郭婦人幾件衣褲和鞋，在黑暗的屋中，她就與楊麗芳一齊把濕衣裳脫下換上乾的。然後她拿着濕的衣服到廚房裏去烤，並叫史胖子出去找孫正禮和那被綁住的兩個人。當下史胖子又走了。

這裏俞秀蓮將衣褲鞋襪都搭在竈火的旁邊，她又拿着燈回到楊麗芳的屋裏。楊麗芳已經坐起身來了，說話也很有氣力。她說現在除了手腳被繩勒之處，還有點疼，其餘都不覺得怎麼樣。她說了白天自己在這裏被陷的經過、地室裏的情形：那費伯紳如何奸惡，何劍娥等人對費伯紳如何的順從，他們聽見了外面的語聲如何的慌張；後來又怎樣以爲俞秀蓮等人都走了，他們才想逃到別處。費伯紳是由地室的後邊，通氣兒的一根竹筒旁，拿刀打開了一個窟窿；那焦大虎先揹着她出去，費伯紳是隨後鑽出去的。到了外面，不想正遇着史胖子；史胖子與焦大虎對起刀來，費伯紳卻乘勢逃走。在他逃走之時，就將她——楊麗芳——推得滾入池中。那時她手腳都被捆着，也無力掙扎。俞秀蓮聽了，又憤恨了一陣。

少頃，史胖子就將孫正禮找了回來，將那兩個人也都提了來；將四匹馬和刀槍等物，也全都拿了來。史胖子就先找了三四隻碗，搓了碎布條子作捻子。好在廚房有的是豆油，就在各屋中都點上燈。

俞秀蓮又以為費伯紳是又鑽回地窟窿裏藏着去了，她叫孫正禮托着燈，她拿着刀，由那大木箱底下的浮板走進地窟裏去搜查。只見裏面陰森黑暗，卻無一人。由那洞鑽了出來，俞秀蓮與孫正禮就用刀鏟土割草，並搬來石塊，將這地窖的後洞填塞住了；然後回來又審問那小賊和郭姓婦人。小賊就說：「諸葛高他年老了，就是逃走，也不能逃得多遠。他一定是爬過山去，往黃家莊藏躲去了。明天諸位老爺跟奶奶自管過山去尋，如若尋他不着，我情願送命！」

那郭姓婦人被捆着手腳，被堵着嘴，已然半日了；雖然口中堵塞的兩塊門簾子的布，已然揪出來了，一時她可還不能說話，喘了半天氣，才哭出來。她就罵費伯紳不來救她，她說：「那個老王八！我丈夫死啦！我本來在山上給那群人縫縫補綻，去年春天這老王八就去了。他給焦大虎出主意，作了幾件好買賣，發了點財，焦大虎就佩服他啦，稱呼他是老神仙。他就又出主意，說是既幹綠林買賣，就應當有個藏躲的地方；他就挑選了這個地方，蓋了這幾間破狗窩，地下可掏了個耗子洞；他就叫我在這兒跟他住，我就算是他的老婆啦！」

「老東西在這兒跟我住了還不到一個月，就把屋子修飾好啦。他帶着我到城裏逛了一回，給我買了兩件衣裳材料，他可又走了，一去就不回頭。聽人說那老東西在旁的地方，還有這樣的家好幾份呢！大概他那些家的屋子，底下也都掏着狗洞。那老東西不是人的，聽說他年輕時倒當過甚麼書辦的差事，發了點財，可是他害的人太多了，老怕有人找他報仇，他就改了行，索性當了强盜了。他不出去打，他不出去劫，他就坐在山上出主意；得來了金銀財寶，他先分頭一份，大家還都得叫他乾爸爸！」

那小賊此時已被俞秀蓮割斷了綁繩放開了，他得了活命，就有了精神。聽婦人說到這裏，他就插話說：「我可聽說諸葛高年輕時候也很有些本事，江南鶴老英雄的啞巴師哥全都是死在他的手中。有個著名的女賊碧眼狐狸耿六娘，就是他早先的老婆。現在五回嶺北邊三清廟裏的老道，那是早先河南有名氣的人，可也跟他有交情。明天你們幾位若到黃家莊，還尋不着他，那他就一定是跑到三清廟裏去了。那裏的老道姓徐，卻不是個好惹的；早先焦大虎他們也得罪過他，曾帶着五十多個人去圍他的廟。那天我也去了，被那個老道手持一根鐵棍，給打了個落花流水。去年，諸葛亮來了，由那老傢伙出頭，才算給兩家和解；可是我們山上的人還都不敢由他那廟門口過。」

俞秀蓮心中也記住了此人，遂又逼問那婦人。姓郭的婦人就說：她實在沒幫助費伯紳他們害過人，今天這事是第一回。因爲費伯紳他們一逃到這兒來，就鑽入地窖裏，後來楊麗芳也單身一人來這裏打聽，他們才起了陷害楊麗芳之意。費伯紳答應等把這步難躲過去，把楊麗芳帶走之後，他搶來的兩包衣物，都送給她作報酬，所以她才那樣幫助他們。

在這廚房中，審問了半天，俞秀蓮就叫孫正禮在這屋裏看守兩個人。史胖子打了一會盹，又起來防夜。俞秀蓮卻到那屋裏，同楊麗芳睡了一會覺，養好了精神。不覺着天已發曙，她們二人又都把昨夜烘乾了的衣服各自換上，然後又往各處去搜查。

這時，那幾隻鴨子，又從蘆葦旁的一個用樹幹插成的鴨欄裏浮出來了，它們遍身的白羽映着從柳線透過來的漸昇的朝陽，光華在它們的身上閃耀着，十分好看。它們照舊「呷呷」的叫，毫不知昨日這裏有一場驚人殺鬥，也毫不知附近有一座地獄似的秘窟。

俞秀蓮和楊麗芳在這裏尋找了半天，只見何劍娥、焦大處都已身死，屍身橫躺在林間路畔；那個叫二熊的賊人，還爬在地上呻吟，費伯紳卻沒有一點蹤影。俞秀蓮雖然心中仍然氣憤，可也對費伯紳的狡猾不禁生出些佩服。楊麗芳又悲憤得落淚，她說：「昨天我本想不能活了，可是雖然何劍娥把她的刀放在我的脖子上，我也沒有改變一點報仇之心。現在我又幸而沒死，我還得立時報仇。他饒得了我，我卻還是饒不了他！」俞秀蓮也說：「這樣詭計多端的人，我們真不能容他在人世間了；不然，他不定更得害多少人。好了，現在我同你過山往北，咱們到那黃家莊去！」

二人回到那廬舍裏，就見史胖子正在指使那個小賊給燒火，他自己淘米，要熬稀飯。孫正禮是坐在竈台旁邊，靠着牆睡着了；屋裏雖然很熱，他且流了滿頭的汗，可還呼嚕呼嚕地打鼾。那姓郭的婦人腳上綁的東西也被解開了，閉着眼臥在地下像是睡了，又像是死了。

俞秀蓮就向史胖子說：「我帶着楊麗芳要到那黃家莊去。」旁邊燒火的這小賊聽了，立時扭着頭說：「我帶着你們去吧！那地方很不好找，没人領着去，您一定找不着。」俞秀蓮點點頭，又向史胖子說：「外面還躺着一個受傷的强盜何劍娥，剛才我看她是已死了，樹林裏還有焦大虎的屍身。待一會把孫正禮叫醒了，史大哥幫助他，把兩具屍身掩埋起來好了。至於那受傷的，可以綑到個幽僻的地方，我們少時就回來。」

史胖子點頭，俞秀蓮遂叫那小賊去備馬。此時幾匹馬也都叫史胖子給餵得草足水夠，十分的精神。那小賊將馬備了三匹，俞秀蓮帶着雙刀，楊麗芳提着花槍，連那個小賊，就一同出了柴扉，上馬往北去走。越走地越不平，少時到了山嶺上，朝陽正照着他們。

那領路的小賊用鞭子往嶺下指着說：「您看！那山背後彷彿像一片亂石頭似的，那就是黃家莊，在嶺上往下看，若是不細看，決不能看出那地方是個村莊，可是要由那村裏往上看，甚麼他們都能看得清清楚楚地。」俞秀蓮說，「既然這樣，咱們就得趕快到那村裏，不然咱們在高處，若被那狡猾的老賊看見，他又逃了！」於是這個領路的小賊，就催馬在前帶路，俞秀蓮和楊麗芳的兩匹馬緊隨。

山嶺傾斜，山路迂迴；往下看那一堆亂石似的黃家莊雖然就在眼前，可是要想到那裏去須繞過許多山路，而且都是極難行的山路，三個人都須下馬牽着走才行。這一脈樹木稀少，怪石林立的山嶺，原來就叫作「五回嶺」。其實彎彎曲曲，不只五回；遠處的山嶺上還可以看得見那像蛇似的長城，這地方真是險要而險惡。

俞秀蓮有點不願意再往下走了，因爲她想着費伯紳那樣老弱的人，就是昨夜逃了命，他也不會爬過山來藏到此地，但楊麗芳卻決不死心。那小賊領路在前，楊麗芳緊緊跟着他，俞秀蓮隨後，且時時囑咐楊麗芳要小心。但楊麗芳卻緊咬着嘴唇，沉着臉兒，一句話也不答。

三個人又費了很多力，方才來到那黃家莊。怪不得在山上往下看這裏不過是一堆亂石，原來這裏的房屋，完全是用石頭搭成的，房頂也鋪的是石板，住的就是石洞。這裏的人，不過二三十户；聽説全姓黃，是聚族而居，多半是獵户。

來到了這裏，小賊上前一打聽，本地的人倒不隱瞞，就説：「那位老神仙才走啊！他是天才發明時來到的。這道嶺上有一股便道，除了本地的人誰也不知道，不知他怎麼會曉得了？他就從那股便道來的，他真不愧是個老神仙。他來了，我們這兒還有幾個人等着他看病呢！我有十幾天没見着野物了，我也要叫他給占個卦，叫他卜卜我的運氣，看看我應當往哪一方去求財。可是那老神仙今天一來到，就是慌慌張張地坐在那塊石頭上，仰着臉曬太陽，不愛理人。昨天上午朱小八又牽來了四匹馬，說是由惡牛山牽來的，要往嶺北去賣。老神仙那傢伙剛才也不知看見嶺上有甚麼東西，也許是他看見了鬼啦！他立時抓了一匹馬就跑了！」

俞秀蓮趕緊問說：「他往哪邊跑下去了？」這莊裏的人向西指着說：「往西，就是這一股路，他才走了不大功夫。你們要找他有事，趕緊騎着馬去追，還能夠追上。可是，你們都是哪兒來的呀？都是惡牛山來的嗎？焦大虎那小子怎麼這些日也不看他的外婆來啦？他又弄上了甚麼老婆，就把外婆給忘了吧？」俞秀蓮卻不答覆他問的這些話，楊麗芳早已一馬當先，向西馳去。

這時楊麗芳的心情加倍的緊急，因爲知道仇人就在前面不遠；她恨不得槍桿變成極長，一下就把那老賊鈎着，刺下馬來。她一手提韁，一手揮鞭，馬極快，不多時就把那領路的小賊和俞秀蓮，全都拋在後面了。

那小賊大喊道：「不要忙！那諸葛高跑不了多遠，他一定跑到三清廟去了！」俞秀蓮也說：「麗芳！你急甚麼？小心你又出了舛錯。等一等我！」她現在騎的這匹馬卻沒有楊麗芳的馬快，她的騎術雖精，也不濟事。她真有些生氣，暗想：這幾年楊麗芳怎麼養成這樣驕縱的脾氣？昨天那場教訓她還不怕嗎？費伯紳那賊，連別人不知的山上捷徑全都曉得，多少人追捕，他都能從容漏網。這樣機智多端的人，對付他還不得謹慎一些？遂又叫：「麗芳，你不聽我的話了？」

前面的楊麗芳仍然不回答，其實她現在是將馬放開了，想收也收不住了。她揮鞭的手腕未嘗不覺疼，登在銅鐙上的雙足，仍然有些不便利；但心是如同馬蹄一般，突突的跳着，又緊又急地跳着。一瞬之間，她已走出了這股彎曲的山路。眼前是廣袤的平原，中間有一條小徑。就見眼前半里地之外，有一條黑色的馬影，若不是正被陽光照着，簡直看不出。

楊芳越是心急，愈加緊揮鞭，嘚嘚的蹄聲就像落下來一陣驟雨，那樣的響。她緊閉着嘴，好像連氣也不喘，箭似的越追越距離前邊的馬近。前邊的人馬都漸漸放大了，那馬上的人一回首，陽光照着飄灑的蒼髯，就像狼的尾巴似的。楊麗芳一眼看出是費伯紳，她高聲罵道：「費……你這老賊！」費伯紳掉頭催馬就走。

楊麗芳彎腰去摘槍，馬鞭落在地下，她顧不得去揀，就挺槍緊追；又追下一里多地，就追上了。相距不過丈許，她就以槍向費伯紳的背後刺去，但沒有刺着；她再將馬催快些，自後又一槍，又是相差二尺多，又沒刺着。費伯紳在前邊馬上發出夜貓叫一般的笑聲來，頭卻不回，只管催馬逃命。楊麗芳更追，更加緊，眼看着二馬相離不過七八尺了；楊麗芳又一槍刺去，槍就如一條毒蛇似的猛鑽費伯紳的後心。不料費伯紳往後邊拋來一條紅綢子，楊麗芳坐下的這馬突看見了異樣的顏色，就一驚，把前蹄一掀，幾乎將楊麗芳摔下馬來。就在這一霎的耽誤，費伯紳的馬可又跑出去七八丈遠，前面是一片樹林中紅牆掩映，費伯紳就直往那邊去了。

這裏楊麗芳手按住馬頭，再往前去追，可是這匹馬一差了眼，再也不能耐心向前去跑了，只是不住跳、躍、抬着頭長嘶。楊麗芳心中真如燃燒着烈火，急得要哭要叫，但前面的費伯紳已然逃遠了，他將要走進那有紅牆掩映的林中去了，他一點也不怕了，在馬上回過頭來，又向楊麗芳發出一陣嘻嘻的笑聲。卻不料他的笑聲未止，忽然身子一傾斜竟由馬上墜下，馬往旁邊跳去了；老賊趴在地上，就再也不起。

這邊的楊麗芳反倒嚇了一跳，覺得奇怪，怕是老賊又施用甚麼惡計。她不敢貿然向前，跳下馬來，提槍走過去看，邁步都很謹慎；她唯恐老賊身有暗器，設有陷阱。但來到了一丈以內，她就見費伯紳趴在地下，如同一隻死狼似的，腦後中了一枝弩箭，已溢出血和腦漿；手腳都在抽搐着，還沒有斷氣。楊麗芳怒火騰起，身子近前，一槍向老賊身上紮去！她緊緊咬着牙，瞪着眼，及至看見費伯紳確已死了，她胸頭的怒火才降下。悲痛復起，哭了一聲：「爸爸，娘！女兒已替您們報仇了！」突然，見林中走出來一個身軀彪大的壯年男子，她又不禁吃了一驚，疾忙抬起淚眼來看。

自林中走出來的這個魁梧男子，身穿青衫短衣，腰間繫着一條藍色的綢帶；上插一口帶有銅環的寶刀，手持着一個不到一尺長的弩弓。楊麗芳看了，先是一驚！因見這人有些眼熟，繼而細一辨識，才知道這是羅小虎。她倒呆了，不知說甚樣的話才對。

羅小虎卻面有愧色，向前走了幾步，他就恭敬地說：「現在仇已報了，請少奶奶快些回北京去吧！並請上復德五爺、少爺，就說羅小虎在京之時多蒙包涵、照應。尤其是德少爺，前次我一時魯莽，將他殺傷，蒙他不究，但我也實在羞愧。告訴他們，我日後遇着機緣必要捨了性命圖報！」至此時，楊麗芳就忍不住頓腳哭叫說：「哥哥呀！」羅小虎也低着頭黯然落淚。

此時俞秀蓮已然騎着馬趕來了，但只是她一人；那個領路的小賊，卻因眼見前面就是三清廟，他因怕這裏的道士，所以不敢近前來，俞秀蓮就打發他回到嶺南去幫助史胖子和孫正禮去了。

臥虎藏龍 第14回 禮佛妙峰投崖盡愚孝 停鞭精舍入夢酬癡情

當下俞秀蓮見到費伯紳已死，她就叫羅小虎暫把費伯紳的屍身藏匿起來，她又勸慰楊麗芳說：「得啦！現在的仇也報了！你們兄妹又見着面了；你們雖然自幼不同姓，可是確實是一母所生。在北京時，你哥哥是不知你嫁在德家，不然他不會作出那件事；那件事也過去了，你們都不要再記着了。麗芳你不是常說你孤苦嗎？現在你可又有一位親胞兄！」

楊麗芳聽了俞秀蓮這樣的話，她愈是哭得厲害；一邊流淚一邊向羅小虎行了個禮。羅小虎卻更慚愧！當時他就將費伯紳的屍身拉進林中，他又向着紅牆吹了一聲呼哨，就由那廟中跑出來花臉獾。羅小虎遂就吩咐他去取鋤頭刨坑，將費伯紳的屍身掩埋，馬牽到廟裏。好在這地方極爲空曠荒涼，又遠離着大道，所以他們在此辦甚麼事，竟沒有一個人瞥見。

當下因爲俞秀蓮問到羅小虎爲甚麼也來到這裏，羅小虎就不住的嘆息，請俞秀蓮和楊麗芳進內去休息一會。他便把他來到這裏的前因後果，以及這廟中的情形，自己這些日來的打算，全都感慨地說出。

這座三清廟，即是北京西城隱仙觀的下院，也就是那位曾在武當山修煉過的老道士募資重修的。現在這廟中的方丈，就是那位老道的師弟。此人道號慎修，俗名徐繼俠，四川閬中縣人，原是當年川北著名的俠客「閬中俠」徐麒的裔孫。他的父親名徐雁雲，已故去了。在世時卻是老俠江南鶴的好友。

這個徐繼俠幼秉家傳，學得武當劍術，並會使一根鐵棍。因爲他們兄弟三人，他是最小，年輕時又獷悍無知；在家鄉得罪了官紳，並因與人爭奪一個女人，殺傷了人命，所以他才逃走於外。飄泊南北十餘年，以在河南居住之時爲最多，與楊豹也有過些交誼。只因爲他練得是力功，不是練飛檐走壁，所以没出過甚麼驚震遐邇之事；且又生性冷僻，因此没有多少人知曉他的名字。後來他流浪得倦懶了，又懺悔少年之時所作的錯事，才被那隱仙觀的老道人度入道門，在此修真。

這五回嶺本是個强人時常出没的地方，早先這座廟簡直就是一個賊巢，無論多麼道行高深的人，也在此居住不下。自從隱仙觀那位老道人來，强盜們知曉老道人會武藝，他們才不敢來擾。其後，這位慎修道人一來此住持，他的鐵錕打傷過幾個賊人，就把賊人嚇破了膽！這座廟周圍一里地內從那時就決無賊蹤。

可是去歲，費伯紳在惡牛山之時，曾聞他的大名前來拜訪，在廟中佈施了一些香資；並在此下榻約半個月，與慎修道人聯絡得甚好。費伯紳爲人斯文儒雅，善談吐，會應酬；又是三教九流無所不知，作賊吟詩提筆立就，因此慎修對他也相當敬佩。

費伯紳走後月餘，隱仙觀的老道人又來到，師兄弟二人偶然就談起了「諸葛高」之名，隱仙觀老道士聽了卻不禁微笑。原來這位老道人久遊南北，各地的各色人等他無不知曉。那個以書吏出身，結交盜匪，慣用陰謀的費伯紳更是瞞不了他。費伯紳的歷史他全知曉，遂就告訴了師弟，囑此後不可再與該人接近，但費伯紳也就沒有再來。

隱仙觀的老道士既知費伯紳與惡牛山的盜賊相結識，又想要像度化徐繼俠似的，把羅小虎也度化得叫他割斷柔情放下寶刀，來作道士；所以才由北京把他打發了來。此廟距惡牛山很近，羅小虎若能在此長住，必有與費伯紳相見的機會。老道人之意雖願羅小虎清修，但並不攔阻他報仇，且有意叫他快將此事結束，並藉以剪除人間一個巨憝大惡。

羅小虎此時本是心灰意懶，慎修道士讓給他兩間偏殿，令他三個人居住。沙漠鼠跟花臉獾知道這附近有强盜，雖然若說起來，也是他們的同行；但卻不是一條路上的，連黑話都不一樣。他們恐怕人家欺生，自己的人單勢弱，惹出麻煩來擋不住。所以都不敢出這廟門，天天只跟着他們「老爺」，除了吃飯、大便，就是睡覺。

羅小虎因日與慎修閒談，就提到了費伯紳，羅小虎不禁憤恨起來，他向慎修說：「我家仇人姓氏，我本來不甚知曉。二年之前，我的恩人高朗秋病故；在新疆且末城外，有他自己立的碑文，上面就提到我家仇人的姓名，據說是姓賀。但後來，去年臘月我從新疆回來，路過山西漪氏縣，在客店中遇着一夥河南客人，其中有兩個是汝南的人，我就向他們詢問楊家的仇人之事。他們就說楊家仇人非只一個，是除了姓賀的知府之外，還有個費甚麼紳。」

「當時我没聽清楚，再向他們問時，他們卻用笑話岔開了。他們對這過去的一件慘事似是不願多談，且還有些顧忌，大概就是畏懼費某與綠林多有相識之故。如今道爺你所說的這老賊，必就是我的仇人！只是他既然改了名，諸葛高就是他，那我可聽說此人現在京都了，可惜現在我已懶得再回那北京城了！」於是羅小虎就趕緊派沙漠鼠重返京師，囑他即速探明幫助魯君佩的那個諸葛高是否姓費。如果姓費，那就叫沙漠鼠速去報告德少奶奶以便報仇。

沙漠鼠走了，羅小虎依然意志頹唐，有時獨自唱唱那首「天地冥冥降閔兇」的歌，就不住地欷歔感慨，且復自恨！因爲他自己深深地明白，爲甚麼偌大的漢子，一身的好武藝，唱了十幾年的歌，卻不能去報仇？他知道全是兒女私情累他成了這樣，不是爲玉嬌龍的事，他就連刀都懶得摸！離開了玉嬌龍，他的心神都不定。現在他已把玉嬌龍的事情辦完了，倒像是一切都已失去，一切希望全都斷絕了似的。

他整天覺得昏昏疲倦，在這裏住着，没有人來擾他，他倒很是樂意。可是慎修道人要叫他束冠修行，他卻不願意幹！因爲他知道他決修行不了。甚麼打坐唸經、煉丹，等等的事兒，他決幹不下去。在他腦中時時飄浮的就是新疆的大漠、草原，與玉嬌龍的一夜溫柔，這是舊的。新的是隱仙觀那一夜瀟瀟的風雨，在魯宅臨別時玉嬌龍那種愁黯感泣的情景，他一點也不能忘。所以他現在時常瞪着大眼睛發怔，幾乎成了一個廢人。但是他的寶刀弩箭永遠不離開身，這一來是習慣了，二來也是知道這地方附近的强人多；他又多財，有寶刀，所以他不能不防備。

今天的事原是湊巧，他清晨起來出了廟，正在林中徘徊；拿着弩箭射樹上的喜鵲，以排遣心中的愁悶。不料就見林外有一匹馬跑來，馬上的一個老頭子，他原來不認識；可是後面追的，拿槍直向前面紮刺的那個馬上的少婦，他卻認出來是他的胞妹楊麗芳。

在一陣驚愕奮然之下，他就猜出這老頭子必就是費伯紳；必是被楊麗芳追趕得無路可奔，才想投到這裏來求慎修道人相助。他就突發冷箭將費伯紳射下馬去，然後才出了樹林，兄妹相見。迨俞秀蓮趕到，他又將這兩位女客，讓進了觀中的偏殿。那花臉獾在外面掩埋了費伯紳的屍身，就來給他們燒水獻茶。

俞秀蓮又問了羅小虎許多話，羅小虎卻答得話不多，只是提到了玉嬌龍的時候，他就發出長聲的嘆氣。楊麗芳跟他雖是親兄妹，他見了麗芳，卻極爲拘束；低着臉，總覺無顏面對他的胞妹。麗芳倒是說：「哥哥，你把姓改回來，名字也換上一個，將來再謀一個出身好不好？我家跟邱侯爺全家可爲你出力，不然你可以到我乾爹的鏢店裏去作個鏢頭。」羅小虎卻搖頭，不說話。

楊麗芳又拭着淚，談到嫁在正定姜三員外家爲妾的姐姐麗英，他也不注意聽似的，楊麗芳竟覺得她這個哥哥好像是個傻子。她跟俞秀蓮在此歇了一會，史胖子就趕來了，說是請她們回到那廬舍去吃飯。他見了羅小虎，拍拍肩膀叫了聲「虎爺」說：「你老人家的心我都知道，當年李慕白犯過你這樣的毛病，可是現在他已然好了。」

俞秀蓮聽了這句話，臉上似乎微微有點紅。史胖子又說：「乾脆！你老哥不如就在這兒出家吧，過些日子我再叫猴兒手給你來作伴。好在像你們這樣的出家人，也不必唸經，刀還可以藏在袍袖裏。」

俞秀蓮見羅小虎的神態太抑鬱，史胖子這樣跟他玩笑，恐怕他急躁起來；又兼楊麗芳見她的哥哥已成了這樣，她也是很傷心。俞秀蓮遂就說：「咱們走吧！現在的事情都已辦完了，我們回到那裏用一點飯，還得趕緊走呢。麗芳若在外待的日子多了，也諸多不好！」又向羅小虎說：「再會吧！以後如有甚麼困難的事，可以到巨鹿縣雄遠鏢店去找我，我必能夠幫你的忙。」

楊麗芳又向他行禮辭別，史胖子又拉拉他的胳臂，笑着說聲：「再見！」羅小虎遂就把俞秀蓮等三個人送出廟門，火熱的陽光照着他們的臉，但他的臉色依然是十分陰冷愁黯。

俞秀蓮、楊麗芳、史胖子，三人一同上馬；齊向羅小虎拱手，便一同揮鞭走去。他們過了山嶺，回到那盧舍中，孫正禮正跟那被放了的小賊和那姓郭的婦人都在院中吃飯。那婦人今天也不像昨日那麼潑辣了，她只是求俞秀蓮饒命，並說：「我願意跟您去作個老媽子，只求您別殺我！」

俞秀蓮卻說：「本來我們沒有殺你的心，只要你以後別再跟那些盜賊在一塊混就得了。老媽子我們也用不着！」說着，望望楊麗芳笑了一笑。那個小賊，自以爲剛才他領路過山有功，早知道這幾個人不至於要他的性命，他倒很放心，大口的扒飯吃，並說：「以後我要再跟強盜混，就叫我腦門子上長疔！」

史胖子說：「我們走後，這房子也空着，你就跟這老婆在這兒過日子好啦？」小賊說：「哎喲我可不敢！郭大娘比我大十多歲，我不願意再認個媽！再說這房子，誰愛來住誰就住，我可不敢，我害怕地底下那個大窟窿！」

正說着，俞秀蓮、楊麗芳到廚房裏去吃飯，忽聽短牆外一陣馬蹄急響；孫正禮立時又瞪起了大眼，拋下碗筷，抄起大刀，史胖子攔住他說：「喂！喂！可別冒失！」蹄聲停住了，由外面進來個臉上有刀疤的人，正是花臉獾。史胖子就笑着說：「你怎麼又來啦？莫非你是想跟我們回北京去嗎？」花臉獾搖頭說：「不是！我們老爺叫我追上俞姑娘、德少奶奶，有點事情託付。」俞秀蓮在廚房裏說：「你就在窗外說吧！」

花臉獾遂站在院中大聲說：「我們老爺來託求俞姑娘或德少奶奶，如回到北京城見着玉嬌龍，就把我們老爺現在住的這個地方說一說。如果她能來，請她千萬來一趟，再與我們老爺見上一面。反正我們老爺也說了，他將要在此住一輩子啦！永遠也不想往別處去啦。就是過個十年八年，玉嬌龍再來，我們老爺也一定在這兒等着她。乾脆的一句話吧！叫她別忘了沙漠草原的事情就完了！」俞秀蓮在窗裏說：「好吧！我們回到北京之後，一定要把這些話告訴玉嬌龍！」

史胖子推了花臉獾一下說：「你們那位老爺到現今還是不死心呀？」花臉獾搖了搖頭，嘆息着說：「没有辦法！」他又到那三間屋裏去看了看，出屋來笑着說：「不錯呀！以後這屋子誰住呀？」史胖子笑着說：「你在這兒住好不好？這兒還有現成的媳婦！」一指那婦人，並指着花臉獾向婦人說：「他可真有錢，你別瞧他這樣兒。」

婦人也抬起頭來，瞪了花臉獾一下，花臉獾拿手摸摸他臉上的刀疤就笑着說：「史老爺別開玩笑，正經我要問您的；那水池裏的幾隻鴨子，有主人没有！」史胖子說：「這你可洩了氣啦！怎麼惦記上人家的鴨子呢？大概也是跟你們老爺在道士廟裏住了這些日，把你給饞的？得啦，你就抱走一隻開開齋去吧！」花臉獾很高興地走了。

少時，衆人用完了飯，俞秀蓮還發給那小賊和婦人一些銀錢，勸他們以後不要作惡，遂就一同乘馬走去。他們到了房山縣內，見一家店房裏停着一隻靈柩，原來那賀頌已因傷身死；靈停此處，趕車的往良鄉報喪去了。她們又往東去，在路上便遇見了楊健堂、猴兒手和雷敬春，他們是由雷敬春帶領着要往惡牛山去。

兩下會着了面，便找了一家客店歇下；俞秀蓮述說了這兩日在惡牛山、五回嶺所作的那一切事情，然後便決定今後各人的行止。俞秀蓮是不想再回北京去了，想從此就南下回返巨鹿，楊麗芳卻要到正定府去看看她的姐姐。俞秀蓮說：「如今你們父母的大仇已報，又認識了一個哥哥，也應當去告訴你姐姐一聲。那麼請楊老師帶着你，再往河南走一走；到了正定，咱們分手，等你看完姐姐，再由楊老師帶着你回京。」楊健堂也點頭，現在只是雷敬春一人無處投奔，而且他的衣食都没有着落。

楊健堂就說：「我可以請你在全興鏢店作個鏢頭，孫兄弟先同他回京去吧！下月初旬我們必可在京會面。」於是大家在這客店裏宿了一夜，次日就分別動身。史胖子是手裏永遠有錢，可永遠沒有準定的歸宿；猴兒手本來也是應當回北京，可是他又怕李慕白，他倒跟史胖子要好。所以孫正禮、雷敬春往北，俞秀蓮、楊健堂、楊麗芳，一同南下。史胖子跟猴兒手反倒往西；因爲史胖子是山西人，也許是帶着猴兒手到他的老家去住了。

如今，算是刀兵具息，仇恨全消，人輕馬緩。楊麗芳在正定府她的姐姐家中住着，把小外甥抱着玩了幾天；一切事情也都又悲又喜地向姐姐說了，她便隨着楊健堂又北返了。路上幾日，這日來到彰儀門關廂，楊健堂先找了一家店房，叫麗芳進去歇一歇，他就騎着馬進城。過了些時，由鏢店裏僱來了車，把楊麗芳接進城去，送回到德家。

楊麗芳離家約半個月，如今一回來，是滿身的風塵，又黑又瘦，但是精神卻很愉快。早先她時常凝結的兩道纖秀的眉毛，此時也展開了。見了公婆，流下來感激的淚，說了說路上的事；但沒有把事情說得過於緊張、過於悽慘。偷眼又瞧瞧她的丈夫，露出來一點嫣然的笑容。

德大奶奶卻說：「幸虧你今天回來！不然明天就許叫人疑惑你這些日子是沒在家。玉宅的太太已然故去啦！在家裏停九天，明天是伴宿，後天就發引，預定在德勝門外廣緣寺停靈。接三的那天我去行人情，因爲你沒跟着了我，就有許多人向我問你；我說你病啦，在家裏不能出來，別人還以爲你有了喜。」楊麗芳臉又一紅。

德大奶奶又說：「今兒你在家裏好好歇一天，明兒我帶你到玉家去弔祭，叫親友們也都見見你，你外出這些日子的事情不也就掩彌過去了。」楊麗芳答應着，其實她今天並不休息；換了衣服和裝飾，伺候婆母，服侍丈夫，反比往日有精神。當晚閨房燈畔，她又把她在外報仇的詳細情形，低聲向她夫婿述說了一遍，文雄也頗喜他妻子的英勇。

次日，午飯之後，她就跟着她婆母按照與玉宅老親戚的關係，都穿着細布的孝衣，兩把頭雖然仍是金簪子，可是未帶花朵；臉只擦粉未染胭脂，坐着家中的車，就往玉宅去了。此時天色雖仍然很熱，但一陣一陣的風兒吹來，已有點秋意了。

到了玉宅大門前，卻見高坡上搭有牌坊，飄着素白的綢子；門前停着素車白馬，出入的人全都穿着孝衣。裏面咚咚打着鼓，悲哀地嗚着管樂，顯出來一種慘黯淒涼，與兩三月前這裏小姐出嫁時的景況，完全不同了。楊麗芳被僕婦攙着下了車，隨着婆母往門裏走，對此情況心裏也不禁感到難過，並想：「回頭我應當怎樣對玉嬌龍說出我哥哥羅小虎所囑託之事呢？」

當下，蒼涼的鼓聲，哀婉的樂器響，把她送進了裏院。裏院搭着過脊的高大蓆棚，四壁懸着藍絨的幛子和白紙的輓聯；這全是各位顯官員送來的。都用着「駕返瑤池」、「福壽全歸」等等的辭句。正中是靈台，白布幔帳掩着，楠木棺椁前有三桌供菜和素花，白銀五供等等。素燭高燒，香煙繚繞，白布幔帳裏卻發出一陣震人心弦的哭聲。

楊麗芳隨同婆母在靈前奠過了酒，行過了禮，有穿着孝衣的女僕來攙扶她們。攙楊麗芳的卻是個丫鬟，倒把楊麗芳嚇了一跳！因爲她認得，這正是所傳隨同玉嬌龍外出，假作玉嬌龍的太太的那個繡香。不由得心說：「她怎麼回來啦？」繡香卻帶着點笑說：「德少奶奶您的病好了？您請到屋裏歇着吧！」德大奶奶的神色也有些驚疑。

她們婆媳隨同繡香進到白布幔帳裏，這是三間正房，就是玉太太早先住的那房子。左邊的裏間是孝子，寶恩、寶澤，和孫男等在那裏跪靈。右邊卻是女眷，大少奶奶、二少奶奶和孫女們。那受傷的蕙子卻因傷轉病，情形危殆，沒在這屋裏。

在炕頭坐着一個人，這人見了人來，她也不知道起立。是梳着少婦的旗髻，身穿粗布孝服，頭上的白銀簪子、白銀耳墜，並戴着一個孝箍兒。按照她穿的孝衣看，就知道是亡人的親女，本宅的姑奶奶。這玉嬌龍，她的芳顏蒼白、削瘦，可倒顯出來眼睛是更大了；一手放在紅木的炕桌上支着頭，另一支手卻拿着一塊綢子擦眼睛。

德大奶奶同楊麗芳跟跪在褥墊上的兩位奶奶，說了半天話，安慰了半天。玉嬌龍依然不站起，依然連眼皮都不抬，倒是繡香過去，低聲說：「德宅太太奶奶來啦，您見見吧！」玉嬌龍這才懶懶地站起身來。

德大奶奶過來拉着她的手說：「你就少煩惱吧！老太太的年歲也到啦，兒女孫男都已成行，身後也沒有甚麼不放心的。你就往開了想吧！你的身體更要緊！」玉嬌龍更是汪然流淚，情致頹廢，連話都懶得説；別人勸她甚麼話，她只是點頭。繡香常伴着她，她的嫂嫂們又都在眼前，親友中的女眷紛紛地出入。楊麗芳在這裏又是個小輩數，她的心裏雖然存着話，而且還許是玉嬌龍所急於願聽的話，但她決沒有機會説出，心裏頭覺得慌急萬分。少時就被僕婦請到女客休息的屋內，這裏有許多親友，多半是梳着索頭，穿着孝衣，喝茶抽煙，親家魯太太可是没有來。德大奶奶跟人敘了一些寒喧的話，楊麗芳是跟着幾個同一輩數的女客們到另一間屋裏閒談去了。

這時屋外是男女客紛紛前來弔祭，臨時支搭的經台上也開始響了樂器，發出誦經的聲音。叮噹叮噹的鐘鼓聲，平緩地没有甚麼悠揚頓挫的讀經聲，和尚唸過一遍經後，又是清細聲音的女尼，再次則換了一番高昂激楚的道士誦經之聲。

楊麗芳跟幾位年輕的奶奶都趴着玻璃往外偷看，見有九名道士，個個身披錦繡的水田衣；有的手捧寶劍，有的手托如意，鐘罄齊鳴，經聲齊唱，在靈前轉了一周，又回到那支搭得很高的，飄着素彩綢的經台上去了。接着又是番僧喇嘛，一個個黃緞的冠，吹着一種一丈多長聲音如牛吼一般的大喇叭，敲着有圓桌面大小的皮鼓，吹着嗚嗚的海螺，唸着像潮風嗚起一般的經咒。

院中男客紛紛往來，穿孝的少，穿官服戴紅頂花翎緯帽的人多，可是没有看見玉大人。只見魯君佩穿着一身肥大的粗布孝衣，被兩個男僕攙着；他的口眼都有點歪斜，行動更很艱難，若没人攙着他簡直就走不動了。

因此許多人都在旁悄悄地談論，原來玉、魯兩家前些日所鬧的事情，幾乎無人不曉，不過都在背地裏抱怨玉嬌龍說：「要不是她，兩家不至於成了這個樣子，魯姑爺不至於弄成個半身不遂，蕙子也不致於叫强盜殺傷。玉大人不是爲女兒的事，哪能丟官？哪能現在病得不能見客？連玉太太的死，還不因爲女兒的事太教她傷心所致嗎？」

忽然，邱少奶奶來到了，在靈前行過了禮，也去見了玉嬌龍。然後又來到女客的屋裏，同許多女客談了一陣，她就來找楊麗芳；急急慌慌地把楊麗芳拉到了一旁，她悄聲問說：「你是幾時回來的？事情都辦完了嗎？」楊麗芳倒嚇了一跳，臉一紅，點點頭說：「事情辦完了！」用極小的聲音說：「我是昨天才回來的。」邱少奶奶又問：「俞秀蓮也回來了嗎？」楊麗芳說：「沒有！俞姑娘是在正定府我姐姐家裏跟我分的手，她自己回巨鹿縣去了。」

邱少奶奶點點頭，轉身要走，楊麗芳卻叫着說：「邱嬸母！」邱少奶奶又回身，楊麗芳趕緊上前去，向窗外指了指驚疑而帶笑地悄聲問說：「繡香她怎麼又來到這兒啦？不是聽說她跟着她們小姐出外了，沒有下落嗎？」

邱少奶奶低聲告訴麗芳：「原來她們走出了很遠，到了柳河村，住在一個鄉下人姓祝的家裏。那姓祝的家裏的老太太，原來就是我們家裏早先用過的那個祝媽，這個人你不知道，你婆婆見過她。玉嬌龍把繡香安置在那兒，她就又出去胡闖去了。可是繡香在祝家等她小姐多日，也不見回來，她也不能往別處去；不知怎麼着，最近李慕白忽然到祝家去了，把她的小姐在魯家又作了少奶奶的事情告訴了她。她就求那祝媽的兒子把她送回北京，先到了我家裏，我才知道她們在外邊的一切事，這是前天的事情。現在那祝媽的兒子，祝老頭兒還在我們家裏住着，没走呢！」

「繡香那丫頭倒很有良心，她聽説她們太太病故了，所以她又趕緊回宅來弔祭、幫忙。她是昨天在我們家裏歇息一日，我派人跟這兒的大奶奶説好了，玉大奶奶允許她回來，她今天一早才到的。辦完了事之後，我想她們宅裏的人對她一定有一番審問；可就不知道她是肯實説不肯實説了！反正，玉嬌龍會飛檐走壁，有一身江湖的本事，已是瞞不住人了！她跟羅小虎的事情也是盡人都曉得了。」

「聽説玉太太的死，自然是因爲病，可也是爲那口氣。她没想到她的女兒，一位千金小姐會愛上一個大盜。現在羅小虎還是千萬別在京裏露面，許多大官都要派人拿他，要給玉、魯兩家出氣。還有，那陪房過去的丫頭吟絮，現在病也好了，口也會説話了；現在裏院服侍蕙小姐的傷、病，她可不敢見玉嬌龍。那天在洞房裏玉嬌龍是怎麼用點穴把她點倒，玉嬌龍怎樣走的，她一句話也不肯對人説。」

「你没看嗎？今天來的這些女客，誰又敢跟玉嬌龍接近？大家一半是怕她，一半是不滿意她，瞧不起她。將來她那兩個哥哥一丁憂，她爸爸再一死，我看就没有人再跟她家來往了。婆家雖然没休了她，她可也没臉再去住了，我倒看着她怪可憐的！早先她才到北京的時候，那時多風光呀！多少人羡慕她呀，妒忌她呀，現在別人可都稱了心啦！」正説着，有別的女客走過來，邱少奶奶就立時止住了話頭，楊麗芳又過去伺候她婆母。

男客女賓，老老少少來得更多，經聲樂器一陣比一陣嘈雜，親眷們的哭聲愈慘。直到晚間「送聖」，到外面去焚燒了大批的紙紮樓庫；有人見玉嬌龍始終是在那兒坐着，整整的一天，她對任何人，連半句話都沒有說。天黑了除了至親，其餘賓客如德大奶奶、楊麗芳、邱少奶奶都已散去，各自回宅。

二更以後，家屬辭靈，哭聲齊起。姑奶奶玉嬌龍跪在靈前哭得連斷了兩次氣，都是被人點着了草紙燻救，才活過來。但是，她仍然半句話也不出口。夜深，玉嬌龍仍在她早先的閨閣之內寢居，這屋子的後窗户，和那有着活板，早先在其中曾藏過寶劍、夜行衣、九華全書的木榻，叫她看了，都一陣陣的刺心。

床的隔扇心上裱貼着的字畫猶存，被銀燭照着，字是筆力遒勁，畫是清遠秀麗，「意雲軒主人」的圖章，硃色如新；「意」即是「憶」，「雲」就是「半天雲」，這只有她自己知道。那半天雲蹂躪了她的青春，擾亂了她閨中安靜的生活，破壞了她家庭天倫之樂！但是那雄壯、偉烈、粗暴、激昂慷慨，亦復纏綿有情的雲，又使她決忘不了；她不由躺在床上，伏在枕邊，又嗚嗚的痛哭起來。

這時有僕婦錢媽在旁伺候，錢媽是侍候玉太太的舊僕，向來極得親信。玉太太臨歿之時，曾囑咐過她們姑奶奶說：「孩子呀！早先的事全都不怪你，是怪我管教不嚴！你須以咱家的門第爲重呀！」姑奶奶從那時起，淚就沒有停，到如今已然整整九天了。這九天之內她就沒有怎麼吃飯，也沒有怎麽說話，誰勸她也不行。

而這時她哭得更厲害，錢媽也在旁忍不住擦眼淚，真怕姑奶奶會因此哭死了！遂就走近了床，婉言勸解，說：「姑奶奶你就免憂吧！咱家的太太一定是到西天成佛祖去啦！你要是好好的，往開處去想，太太在西天如來我佛的座前聽着經，也就安心了。不然太太可是不能瞑目，魂靈也得永遠惦記着家裏；你是個知書識字的人，難道你還不曉得這點道理嗎？」

錢媽的這一套話，連她自己都聽熟了，向姑奶奶說了不只一遍，但玉嬌龍從未往耳裏去聽過。隨便甚麽人用話來勸，也是寬解不了她的悲痛緊蹙欲碎的心弦；錢媽在旁是乾着急，依然絮絮不斷地勸說着。

忽然屋門一響，軟簾一掀，進來了一個穿白孝衣梳着長辮子的女子。錢媽定眼看了看，才看出來是繡香，她就更嘆氣，說：「繡香姑娘你看看咱們的姑奶奶，要是這樣哭下去，不就哭壞了嗎？你是走了這些日子才回來，你是不知道呀？咳！我在這宅裏伺候了二十多年，由北京伺候到新疆，由新疆又伺候着回來。真沒想到一年之內，這大宅門會成了這樣，叫咱們當下人的瞧着也傷心呀！」

繡香卻暗中擺了擺手，說：「別着急！這樣是越勸越不行，小姐的脾氣你不知道，你先歇着去吧。讓我來勸勸，也許行！」錢媽擦擦眼淚說：「早先你就不該走！你要是陪房過去，後來也許沒有這些事！」繡香趕緊又擺手，悄聲說：「別再提這些話了！快出去吧！」她連推帶勸，叫錢媽出了屋，她隨手將屋門關嚴，上了插關，然後慢慢地回到屋裏。

屋中的素燭光燄慘黯，比柳河村祝家小屋裏那盞油燈還要昏，燈花結得很長；她故意不去剪，就走到床前，輕輕地拍了玉嬌龍一下，說：「小姐！咱們在外邊遇見了多少災難，全都闖過來了。現在太太雖說歸西去啦，可是你還年輕，以後你愛在娘家就在娘家，愛在婆家就在婆家。若都不愛，我還跟着你出外，你不想往衡山去嗎？」

玉嬌龍聽出來勸她的聲音是繡香，她就翻了翻身，瞪着兩隻又紅又腫的眼睛看了看，驀然她坐起身來，低聲說：「我正要問你呢！你在祝家住着，我又不是沒給你留下錢！你跟祝家的人又都挺熟和，我就是走了，你也應當在那兒住着。若是你不願意在那兒住，也應當回桃峪你自己的家裏去，何必回來給我丟這個人！你以爲別人不知道你是跟我走的嗎？我恐怕現在連錢媽她們全都知道了！」又瞪着眼悄聲問：「我那隻首飾匣你帶回來沒有？現在你擱在哪兒啦？擱的地方穩妥嗎？」

繡香卻現出來一種驚慌的神色，流下簌簌的眼淚來，嚅嚅的說：「我就是爲這件事，才趕緊回來告訴小姐。要不然沒有小姐的話，我也決不敢離開祝家，現在我還得在那兒住着呢！自你走後，祝大哥他們還是天天找雪虎，可是怎麼找也找不着！」

玉嬌龍嘆氣說：「一隻貓，丟了也就丟了，現在我也不想要它啦！就是首飾匣，難道現在你沒帶回來嗎？還在祝家的炕洞裏擱着嗎？」繡香說：「我帶回來啦！可是，初三的那一天，柳河村的祝家去了一個人，這人就是跟你比過劍的那個有三綹黑鬍子的人。」

玉嬌龍一聽，立時變了色，急忙問：「哪一個？是李慕白嗎？」繡香說：「是！他自己說是姓李，那人倒是還和氣。他去了就找我，說是没有別的事，就跟我要甚麼九華全書。我說我不知道，我們小姐走後就留下衣服跟被褥，没有留下別的東西；他也没有怎麼麻煩，他就走了，我就没在意。晚上祝二嫂跟招弟請我到她們屋裏去鬥紙牌，我離開屋子的時候，還把屋門鎖得很嚴。」玉嬌龍聽到這裏，把床連捶了兩下說：「咳！咳……」她急嘆了幾口氣。

繡香又說：「回屋之後，因爲門鎖没出甚麼毛病，我就没介意。那首飾匣不是你教我常拿出來看嗎？我想一定還在炕洞裏，决没有錯。我就把屋門頂得很嚴，還有招弟陪着我睡，我因爲心裏掛念着你，那一夜還没怎麼合眼……」玉嬌龍更發急說：「你就快說吧！是匣子裏的書丢了不是？」

繡香啜泣着點頭，說：「在那個時候，首飾匣早就丢了。第二天一清早，姓李的又到祝家去拍門，他就拿着您的那首飾匣，可是已然給啓開了。他說昨天被他取去，但匣裏的首飾他一點也没動；以後若發現短少了，他還可以賠，可是匣子裏有幾本書，那本來是他的，他已收回去了。祝大哥祝二哥本來要揪住他不依，可是又聽他說小姐你已經回到了北京，又在魯家當了少奶奶了，別的話都没說，他就走了。」

「我們怕他有點來歷，又因爲知道他的本領大，就没敢惹他。後來祝老頭兒覺着我在他家裏住長了不合適，就勸我回來。我也想，得把書給人拿了去的事情告訴你，我就叫祝老頭兒僱了車把我送回來啦！祝老頭現在還在邱府沒走，他也是想見見你，交代交代在他家丟了東西的事。可是，昨兒我在邱府，就見那李慕白去找邱小侯爺去了，像位貴客似的；大概依着邱小侯爺，還不叫我回這宅裏，說是甚麼怕再出麻煩。邱少奶奶又囑咐我，那丟書的事，只要你不問，就暫且別提。可是我想：小姐你雖然因爲太太死了，也顧不得這件事啦，可是，書是教我給弄丟了的，我哪敢不告訴你呢！」

繡香說這些話的時候，聲音是又低又慢，說完了恐怕她的小姐立時就有嚴重的責罰降在她的頭上，但玉嬌龍只重複地問了一句：「書是全丟了嗎？匣子裏一本也沒有了嗎？」繡香拿孝衣的衣襟擦着眼睛，悲聲說：「全丟了。就剩了四付鐲子、六付耳墜、十個戒……」玉嬌龍擺手說：「不必細說啦，那點首飾我也不要了，我全都賞給你啦。我問你，除了李慕白，還有人去找你沒有？你沒見着有一個姓羅的嗎？」繡香發着呆，搖頭說：「沒有啊！」

玉嬌龍深深地嘆了一口氣，只說：「你服侍我睡吧！」繡香遂趕緊替小姐脫去了孝衣，並脫去了鞋。玉嬌龍卻不解內衣，就頹然地往床上一躺；繡香又把藍色的緞被爲她蓋好，又把她頭下的枕頭墊高了一些。在更暗的燭光之下，看見玉嬌龍已不流淚，雙眼緊閉，如同死去了一般。繡香想着小姐是那樣一個生龍活虎的人，如今竟成了這樣，她倒不禁有些害怕。輕輕將幔帳掩上，然後持着燈到套間去睡。這時窗外棚下還有燈光，有守靈的人在那裏按着時候燒紙，四下卻寂靜無聲。

這一夜過去了，便是出殯的日子，宅裏的人全都特別匆忙。門外的槓伕是很早就來了，土坡下的一遍吵嚷聲，能夠傳達到最深的院落。和尚、尼姑、道士、番僧，也都到來誦經，不過今天他們誦的經卻很匆急，彷彿是催着靈柩快點走似的。親友也來了不少，也都坐立不安似的。

待了一會，玉宅全家男女老幼、衣冠似雪，圍住了棺材，一齊號啕大哭，連僕人都落眼淚。那玉大人叫一個僕人攙扶着，也到靈前頓了頓腳，又大聲喊着：「快些吧！快叫人進來把棺材抬走，要哭你們到廟裏再哭去！給我耳根清靜點，叫我眼前也……也換換別的東西，不然我也非得死不可！咳！家門不幸啊！」又一頓腳，幾乎把靈台的浮板踏斷。這位老將軍戎馬一生，向來是威嚴顯赫，沒有這樣過；頓完了腳，他且雙淚直垂，都流到蒼白的鬍子上。跟個小孩子一樣地哭，親友們趕緊上前勸慰。寶恩、寶澤，全身重孝跪在靈前幾乎哭昏了過去，倒沒人顧得來勸他們了。

玉嬌龍是獨自一人躲在她自己的屋裏，只有繡香在旁，她聽了外邊的哭聲、嚷聲，和雜亂的勸慰聲；她的臉色一陣一陣的發白，白得像她身上穿的孝衣一樣顏色。這些日子她都是以淚洗面，但如今她的眼眶裏卻連一點淚水也沒有，少時外面的甚麼聲音都停止了，反現出一種嚴肅、悲慘。是槓伕進院來，用紅繩子來捆上棺材，好慢慢地往外去抬，槓伕頭兒敲打着清脆的響尺，人都隨棺材往外去走。僕婦也來請玉嬌龍，說：「姑奶奶！您請出門上車吧！」嬌龍連眼皮全不抬，頭也不點一點，可是繡香便上前攙扶，慢慢往前院去走。還沒有走到門外，聽門外也發出一大遍哭聲，真能將鐵石之心全都震碎。玉嬌龍忽然一聲悲哽，雙肩發顫，繡香趕緊把一塊新的白絨手絹遞給她，玉嬌龍就用此掩住了面。

此時玉太太的楠木棺材已放在槓上，上罩以文彩斑駁，驤龍起鳳瑰奇偉麗的「棺罩」，六十四名槓伕換班抬着，就彷彿抬起來一座建築宏偉的大亭子似的。前面是全份的儀仗，是開道的鑼、旗、牌、傘、扇、金瓜、鉞斧、朝天燈、鷹、狗、駱駝、纏馬、罩鉤、影亭、小轎，松獅、松鶴、松亭，還有許多紙紮，其次就是敲打着各項樂器的僧道了。

送喪的人很多，都是些貴官、顯宦，京城中的名公子、闊差官。靈柩前面步行的兩位孝子又都是知府，更爲人所稱讚；在棺罩的後面就是送喪的女眷，都坐着騾車，一共三十多輛，魚貫着走。前面的幾輛都蒙着素白的車圍，其中有一輛就是姑奶奶玉嬌龍乘坐的。

這條大出喪的隊伍直佔滿了一條大街，前面的開道鑼已走出了德勝門，後邊的棺罩跟玉嬌龍的白車還慢慢地才離開大門不遠。路兩旁已是人山人海，看熱鬧的萬頭鑽動，比上次這裏的小姐出閣時可又熱鬧得多了。因爲那時玉嬌龍還沒有如今這麼大的名氣，如今眞有由十里地之外趕到這兒來看的，大家想看一看的還是玉嬌龍。

然而玉嬌龍只是走出大門之時，一手掩面，一手被繡香攙扶，只是神龍似的一閃，她便進車裏去了；給人的印象，只是她那身雪白的纖纖俏影。她那絶世的容貌，觀衆們卻沒有眼福，然而大家卻仍蠕動地跟着。有的人可還怕今天再跳出一條莽漢來，拿弩箭射白車；可是直到了德勝門外廣緣寺，一路上幸是平靜無事。

這廣緣寺的面積頗大，是一處有名的禪林；但在其東，土阜隆然，上有棗樹叢生，鴉群飛噪，那就是遼金的城垣遺蹟，俗名爲「土城」。去歲劉泰保、蔡湘妹初會碧眼狐狸，玉嬌龍鏢傷蔡九，便是在這裏，這是他們昔日的戰場。是玉嬌龍初露鋒芒，惹下後來種種的爭鬥、糾紛、苦難的所在。玉嬌龍在廟前下車之時，她一眼就望見了；不禁感慨叢生，但勃勃的雄心卻又自心底翻起，想：我真就這樣一輩子算完了嗎？

她母親之靈停在廟中的西廡，當日又設祭開弔，誦經燒紙，直到傍晚之時，人才漸漸地散去；廟中才恢復了平日寂靜，只留下玉大少爺寶恩在廟中住着守靈。其餘的連玉嬌龍全都乘着天還未黑，趕緊坐車進城回宅。在路過土城之時，玉嬌龍在車上扒着車窗向外投了一眼，只見彩雲如血，晚風如刀，亂噪的群鴉，似江湖上那些烏合之衆的小盜、草寇。而秋風吹起來，沙塵吹着一望無邊的秋禾，又令她思起遙遠的大漠和草原。牧羊人在何處吹着蘆笛，悲涼淒楚，如豪士之悲歌，她心中又不禁一陣酸楚。

回到玉宅，玉嬌龍姑奶奶本來不是這裏的人了，她應當至多在這兒再住一天，或是當日就坐着車回魯宅去，這兒有跟她來的魯宅一個僕婦，一個丫鬟。但她不但不回去，連魯宅來的僕婦丫鬟她全都給遣走了。她就在娘家住着，只讓繡香服侍她；她除了有時看看侄女蕙子的傷勢，以她私存的刀創藥，親自給蕙子醫傷，就不再作甚麼別的事，連跟她的大嫂二嫂談話都很少。因爲喪事才過，父親已然辭官，兩位兄長又都丁憂家居，所以對外也沒有甚麼應酬，大門也終日掩閉。深深宅院，充滿了岑寂蕭條，外面甚麼事她也不知道。魯宅除了僕婦還時來看看，魯太太、魯君佩是絕對不來了，彷彿兩家的親戚已無形斷絕。

秋雨連秋風，嚴霜降過之後便落大雪，氣候一天比一天寒冷；廊下菊花百餘株，甚麼時開的，甚麼時謝，也無人經意。玉嬌龍不但多日未讀書，連武藝她也不練習了。有一次錢媽給抱了一隻貓來，一身的黃毛，大圓的眼睛，長尾巴；對着太陽光一撫它的毛，身上就像是冒火星兒，真跟個小老虎一般。錢媽原是爲給姑奶奶解悶，繡香也很喜歡，說是比雪虎還好。但玉嬌龍連瞧也不瞧，擺手說：「快抱出去！快抱走吧！我這屋裏不要！」

她每日身上穿着青素的衣裳，粉也不擦、素花也不戴，從清早繡香給她梳過了頭，她就坐在一把紅木的鋪着厚棉墊的椅子上。眼前擺着一個黃銅鏤花兒的炭盆，用木架子支着；旁邊一竹簍兒木炭，她拿着帶鏈子的銅筷子夾箸，夾了炭往盆裏續，撥撥火，搧搧火。有時把幾塊炭搭成了個小房子似的，爲叫它燃燒得更旺。有時又拿筷夾箸在灰上劃，彷彿寫字似的，寫着寫着就許流淚痛哭。有時吧的一聲銅筷箸飛了出去，正正插在床隔扇的牡丹花心上，繡香還得給她把筷箸撿回來，弄得繡香也是一陣陣着急，一陣陣害怕。

玉嬌龍就這麼天天過活着。飯蔬茶水都得送到她眼前她才吃，不送她也不要。而且飲食方面也不像早先那麼挑剔啦，衣服鞋襪雖仍要乾淨，但不再講究。

到了冬月，新年已近，蕙子姑娘的傷已然好了，僕婦林媽抱着她，還有吟絮拉着蕙子的四歲的弟弟剛兒，但吟絮卻没敢進屋來。林媽說：「大奶奶叫我抱蕙小姐來看姑娘！」剛兒也揪着玉嬌龍的衣襟問說：「姑姑你在屋裏淨幹嗎？跟我去抬棺材玩，好不好？」玉嬌龍慘然地一笑，手拉住子，很親愛地。突然蕙子又問說：「龍姑姑！那一回我們住在廟裏下雨鬧賊，您那時怎麼穿着那樣一件衣裳呀？傷了我的那個女賊，您把她捉住了没有啊？」

玉嬌龍聽了面色突又一變，變得一陣發紫。

繡香趕緊找出個繡花的荷包來給蕙子玩，才算把話岔開。可是那剛兒混頭混腦地扒在椅子上站着，大聲嚷嚷說：「我要學龍姑姑上房，我也會使飛鏢！」繡香趕緊抱他下來，僕婦林媽嚇得趕緊抱着一個就走了；玉嬌龍卻直着眼發怔了半天，結果長嘆一聲。

過些日，又到了歲暮。去年此時，是她與劉泰保鬥得正厲害的時候。去年此際，她就已然想到以家門的名譽爲重，自己的身份要緊；不可給母親添病，令父親着急，就已然決定洗心革面，銷聲匿跡。但不料羅小虎又來了！「羅小虎呀！……」

她一想起來羅小虎，就已不再氣憤，而是一種悲哀，她忘不了羅小虎的深情，更不能不佩服羅小虎的膽氣。又不能不憶起草原、沙漠、古廟，和他那捨身仗義、持刀焚契、爽快而談、慷慨而去的英姿。又可憐他那失意飄零的身世。

但一想念起羅小虎，卻又彷彿母親垂歿時的微弱的聲音仍在她的耳旁囑咐：「明白的孩子呀！你須以咱家的門第爲重呀！」那意思就是不叫女兒再去接近那大盜羅小虎，改嫁大盜更狂謬地幻想。然而她——玉嬌龍又無法將那大盜的形影，由自己的腦中剔去。深閨鎖不住她一顆馳放的心，冷淚滅不了她重燃的愛情，爐灰掩埋不了她的長恨。

斯時，父親玉大人病勢又重，在病床上還憤怒地罵人。別人他都不罵，他只罵高雲雁，彷彿高雲雁跟他家有不共戴天之仇似的。其實只有幾個在新疆住過的僕人，知道高雲雁就是那風雅文弱、有點髯子、走路邁方步、說話愛撰文的那個高老師，別人全不知道他罵誰啦。高老師早就死在且末城了，就說他娶過一個老婆碧眼狐狸，是個女賊，可是與他沒有多大相干呀？然而玉大人是罵上他啦，一天至少要罵十遍，並且誓與女兒不再相見。僕人們都瞞着他，只說：「姑奶奶早就回婆家去了！」

玉嬌龍卻對她父親的病體十分關心，並引起她的悲傷和愧恨，她想：「母親是因我而死的，我可不叫父親也因我而死。」但她自己不通醫書，又不能親爲父親診病，煎藥都另有管水房的僕婦們負責，她想要割股療疾都不能夠。良心的責罰，在百般無計之下，她只有倚賴神明；開始動起筆墨，每天要寫一篇金鋼經。並且許下心願，如果神佑老父病癒，明年四月，自己要到金頂妙峰山去進香朝頂，捨身跳崖。

在凄涼情景之中就把新年過了，玉大人的病勢益形危殆。玉嬌龍於十五燈節的那一天，要赴東嶽廟燒香爲父親求壽；但才過了初十，魯宅託來一位親戚見玉大少爺。話雖未說明，可是意思已然表露出來，就是說：「兩家的親戚既然走到了這個地步，魯家少爺的病也不見好，這裏的姑奶奶又不回那裏去了，兩下這樣分離着也不像話，而且又容易招出外面的許多閒言閒話。假若這裏的姑奶奶是拿定主意不再回婆家了，那就不如打斷了關係；魯家把嫁妝退回，這裏把定禮拿出，那麼也不能算是魯家把少奶奶休回去。以後新親雖斷，老親的關係可還仍在，依舊常來往着。」

玉大少爺立時就認爲這件事情辦不到，魯家雖然不在乎，休了媳婦，免去了若干麻煩；並且魯君佩的病倘若好了一點，他仍然能娶名門之女。可是玉家的臉面太難看，家中有被退之女，於子弟們的前程都有妨礙，所以向來人答應設法勸妹妹回婆家去就是。

魯家拜託的這個人走後，玉宅的大少爺二少爺就互相商量，當然兩位少奶奶也參加討論；結果就是由二位少奶奶去向小姑勸解。玉嬌龍對於大家勸她回婆家的事並不反對，可是她說：「我在娘家住着不是沒有原因的，我是爲伺候我爸爸的病，只要他老人家的病好了，我立時就回去。」

她這樣一說，理由也是相當的充足，玉宅就以此回覆了魯宅。魯宅當然也無話可說，但魯太太連那病得已成了殘廢的魯君佩，都不再盼望玉嬌龍回去。因爲過去的事已使他們膽戰心寒，都知道玉嬌龍不但自己會武藝，她還有許多朋友都是飛檐走壁，鬼沒神出。尤其是羅小虎！她的情人，簡直無法對付，誰把她娶到家裏誰就要倒霉。

玉嬌龍，這貌美多才，出於名門的玉嬌龍，現今已被人目爲一個可怕的東西。大家猜着她，就像是迷人的女鬼，美麗的毒蛇。連她的兄嫂，僕婦丫鬟中除了繡香一人之外，誰也不敢跟她接近，見了她的面就像立時能夠躲開才好。她現在成了一個孤獨的人，自覺得在家裏在北京是不能再住了，但往外去，可又往哪邊去呀？九華全書和青冥寶劍、珍珠弩，已全都失去，赤手空拳揣着一顆受傷的心，可往哪裏去呢？何況父親又正病着，母親還没有安葬，她的精神更爲頽唐。

又過了兩三日，這天又是正月十五日，上元佳節；玉宅裏依舊是淒清，可是外邊，大街上卻是加倍的熱鬧。今天玉嬌龍要到東嶽廟爲父親求壽，所以僕人們已將香燭辦好，歇了好多天的趕車的也把車套出去了；青布的車圍子，還表示出是穿着孝。

玉嬌龍雖然梳着兩板頭，可是滿頭的白玉首飾，插着兩三枝素花，臉上只擦着粉，並未擦胭脂。穿的是一條青絨藍鑲緞邊的乳羊皮袍。同樣顏色材料的坎肩，腕子上是玉鐲，手指上是戒指，一律是白色，鞋也是純青的。這樣素淨俏麗的一位少婦，簡直是罕見。但她不叫別人跟隨，只帶着穿着一樣的衣裳，紮着青辮子的繡香。出了門，鴉雀無聲地，放下了車簾，就往東嶽廟去走。

這天是個很晴和的日子，天上還留存着殘雲，但没有甚麼風，天氣是已有點春意了。繁華的後門大街跟東西牌樓，遊人擁擠，市聲嘈雜；即是在深山清修多年的人若來到這裏，也得對塵世的名利榮華發生些羨慕。玉嬌龍在車上只隔着車窗向外看了兩眼，她忽然覺得自己還年輕，還有勇力和膽氣，還可以找到愉快、安慰，還能夠跟別人爭一爭，比一比，甚至於鬥一鬥。總之，她突然因此動了塵念，增加了生氣，恢復了驕傲，振作起雄心。

繡香是在車簾外跨着車轅坐着，忽然她回身撩了撩車簾，向裏邊笑着說：「小姐！你瞧這街上有多麼熱鬧呀！到底還是北京。我瞧天底下的所有的地方，哪兒也沒有北京好！」說完了話，抬眼瞧着她的小姐，希望小姐能夠笑一笑。但玉嬌龍卻微微點了點頭，臉上雖未發怒，可是一絲笑意也沒有。

車咕隆隆地走着，因爲街上的人太多，車也無法走得快。繡香也沒引起小姐的喜歡來，她只得把車簾又掩好了，但兩旁的繁華景象卻令她目無餘暇。她也顧不得想她的小姐對此良辰美景、綺市華街是抱有如何的感想了。

其實此際的玉嬌龍，卻因爲剛才繡香那兩句話，使她心底滋出來悲痛。她想起了去年的今日，晚間隨母親在綢緞莊樓上觀燈。那時滿街的燈彩，火樹銀花，自己還沒想到羅小虎就雜在樓下的人群裏，那時自己也很快樂。母親就說到京城熱鬧，比新疆好得多；但自己卻搖頭，說是還是新疆好，我很想新疆。那時自己實在是希望羅小虎能夠得個出身，搏個功名，自己好與他結爲夫婦。並沒想到今日……

一陣心痛如絞，她想如何可以對得起羅小虎呢？他不能作官不是因爲他沒出息，是因爲真難。他早已洗手不幹强盜了，但又無人不知半天雲羅小虎是大盜。母親臨死之時，且諄諄囑咐不可再接近他，然而他又多麼可憐呢！

柔腸回轉，不覺車已走出了齊化門。齊化門的關廂也是一條最繁華的街道，東嶽廟就座落在這大街的東端路北。不只因今天是上元節，平日每逢初一、十五，來這裏進香的男女老幼就很多。廟門前且有集會，平日就比石橋鎮的那個集會熱鬧得多，今天的熱鬧更加了十幾倍。

人擠着人，不透風，車更是過不來，憑趕車的拿着大宅門的勢力腔調大聲喊着：「借光喂！讓讓路吧！哪兒來的這麼許多人？喂！喂！……」可是前面的人連整步兒都不邁，實在這時真是走不動，玉嬌龍只好叫車停住。繡香抱着香燭，一下車彷彿就擠在人粥裏了；行動都不能由着自己，前後左右都是人頭。

玉嬌龍的高高的兩板頭，都有幾次要被人擠掉，除非她這時忽然躥上人的頭頂，踏着人頭像在西瓜地裏走着似的跳進東嶽門；但這是決不可能，她只得被人擠着。前邊是幾個老太太，左邊是兩個小媳婦，右邊是三個年青的男子，都向着她扭臉，嘴噴着臭葱氣味。身後還不知是甚麼人，但覺着四周的壓力都很大，喧嘩之聲震耳。繡香都要哭了，說：「唉喲！唉喲！擠死啦……小姐你可要留神！唉喲！你們可別擠我們的小姐呀……」可是，她嚷嚷的這些話誰聽得見呢？

其實玉嬌龍是不怕擠的，前邊左右都是婦女，她應當容讓；但右邊的三個年輕男子，永遠向她噴臭葱氣，她可真覺得討厭。就把右邊的胳臂肘兒彎起來，向那邊去頂，頂完了一個再頂一個，頂得那三個人全都皺眉咧嘴，一個且喊着說：「我的肘骨快要折了！媽喲！」

好在這裏的人雖彼此擁擠，幾乎用不着自己邁腿走路，可是大家都是同一方向，同一目的要進那廟門。所以擠了一會，不覺着就走進廟裏來了。只聽磬聲嗡嗡，只見香煙瀰漫，這東嶽廟本供的泰山之神，可是後邊又供着十殿閻羅。所以這裏的神又像是管轄着世人的生死，到這裏來燒香的多一半是爲家裏的甚麼人求壽，少一半是到偏殿的子孫娘娘殿去拴娃娃，或是還童兒。這只說是燒香的人，是有目的而來的人；至於那些沒有目的的，也不燒香的人，恐怕還要多兩倍。

廟裏的擠，不下於廟外，但一上台階，到了大殿前，這裏的人卻不太多了。玉嬌龍在香煙磬聲之中，就虔誠地將香拈畢，將頭叩完。她流着淚默禱，求神佛再給她父親幾年陽壽，並祝她母親在地府平安。末了還私自懺悔，她自學武藝之後，在新疆沙漠、在土城、在荒山大河、孤村古廟，無意或不得已而殺人的罪行。繡香攙扶她起來，說：「小姐！咱們回去吧！」

玉嬌龍拿一塊青綢揉着眼睛，微點了點頭。繡香攙她，下了台階，但一回到人群中，一擠起來，可又誰也不能夠攙扶誰了。往外面去擠更不容易，因爲對面的人比身後的人力量大，擠得玉嬌龍真急躁了！她真想一陣亂打，打出廟去。

但這時就忽聽得前面有婦人的尖銳聲音喊說：「唉喲！你們倒留神點人家的腳呀？趕鬼門關嗎？擠甚麼呀？把廟都擠破啦！不擠就過不去今天這燈節了嗎？」又聽是男子的聲音，說：「諸位借光！讓堂客先過去……」又聽別人發了閒話，那婦人卻發怒起來了，說：「你是甚麼東西？

你說的甚麼話？你敢摸我的手？你沒看看老太太我是誰？」又聽那男子說：「算了算了！這人決不是故意，咱們沒得罪誰，他不能不認我。朋友！讓點路，這不是自己的家裏……來！借光借光！大節下的何必惹氣，擠死了人又得叫閻王爺費一本賬！」

玉嬌龍覺出這男女二人的語聲頗爲廝熟，正在詫異！就見那兩口子吵嚷着把人亂推，在她的眼前，原來，正是一朵蓮花劉泰保與他的媳婦蔡湘妹。玉嬌龍不由得愕然，劉泰保也直了眼！那穿着一身紅，拿着一股香的蔡湘妹卻在人群裏就屈腿兒請安滿臉帶笑，像遇見了至親似的，說：「玉小姐您也來啦！您一向好呀？我也短去望看您！」又皺皺眉說：「您府上太太故去啦，我們也沒去行個人情，咳！真對不起！今兒就是您跟着這位大姐來的嗎？您瞧有多麼擠，這些人裏是有些個壞蛋成心來這兒起哄！」又向她丈夫說：「你給哄哄閒人把小姐送出去，小姐人家哪兒經得起這樣亂擠呢！」

劉泰保也向玉嬌龍遮着笑容彎彎腰，然後回身掄臂大喊一聲：「諸位！讓點路！睜點眼，看看這位小姐是誰？這是前任九門提督玉正堂老大人宅中的小姐千金，你們敢擠？……誰敢擠？快讓路！」也怪，不知是劉泰保的聲音大還是玉嬌龍的名聲大？這麼稠密擁擠的人群，居然讓出一條很寬的道，兩旁的人莫不仰臉、抬頭、直眼。

劉泰保是開路的先鋒，蔡湘妹是殿後的女將，就從這股大路大搖大擺地將玉嬌龍主僕送出了廟門。玉嬌龍的臉可都氣紫了，上了車，蔡湘妹還殷殷勤勤地說：「小姐，我一半天望看您去，您不是常在家嗎？早先的那些事您可千萬別計較啦！」又拉着繡香的手說：「這位大姐有工夫時找我玩去，我們還住在那兒，你問小姐，小姐她知道！」

劉泰保又向車裏解釋，說：「小姐您可別在意，不這麼着，您決擠不出來。過去的事早已煙消霧散，您對待我們倆總是好處多，過錯少。以後還得……」玉嬌龍不等他說完，就自己放下了車簾，發怒地指揮趕車的快將車趕走。立時鞭子響了，車輪轉動了，四周的人彼此傳說，齊都驚懼；又讓開了一條大道，看着玉嬌龍的騾車向西走去。

繡香害怕似的掀着車簾又向裏說：「那媳婦不是早先在咱們門前，走軟繩的……嗎？」玉嬌龍沉着臉一句話也不說，趕車的似也知道是怎麼回事，總之，劉泰保那小子又蘑菇上啦！驅車疾走。少時進了城，又一時就回到玉宅的門前；趕車的由車上取下那個腳櫈兒來，繡香攙扶着小姐下車進內。

此時玉嬌龍的臉色依然一陣一陣地發白，剛才在東嶽廟中之事，自己並不十分恨劉泰保夫婦，但是太可驚，怎會那些人一聽說了自己，就全都驚慌着讓路，是甚麼緣故呢？莫非我在京城中的名聲竟鬧得如此之大了？連婦人孺子全都知曉了！這樣，即使我深自韜晦，但萬一將來京城中若再出甚麼大事，如三年前禁宮盜珠之事，那縱不是我作的，也必叫人疑惑是我作的，我有口也難分辯。我家中的人想脫禍，屆時也恐怕不能夠免……咳！我真不可再在這兒住着了！想到這裏，她只是嘆氣。

繡香在旁，一句話也不敢多說，但見她的小姐這時已不甚傷悲，也不像怎樣氣忿，只是有點坐立不安似的；時時站着，翻着眼睛發呆。這幾日每逢晚飯後繡香必要為小姐研上一小盤硃沙，展開黃紙，為的是小姐抄寫金剛經，並且要在几上焚燒檀香一爐。但今日繡香剛要照例去預備，玉嬌龍卻擺手說：「今晚上我不想寫了，你不必預備了！你睡覺去吧！」

繡香聽了，倒不由一陣發怔，原來這時還沒到二更天呢，小姐就催着自己去睡，是甚麼原因呢？但她決不敢問，就答應了一聲，遂先去打床鋪被，玉嬌龍就又說：「把那開箱子的鑰匙給我，你快睡去吧！」繡香又一驚，只好由身邊把一串鑰匙掏出來，放在她小姐的手心上。鋪好了被，又給銅盆中續了幾塊炭，將蠟燭剪了剪，又將熱茶預備好了。玉嬌龍又向她擺手，她只得懷着驚疑，慢慢地啓簾退出了屋去，並輕輕地將門帶上。

此時雖然壁間的自鳴鐘才打了八下，但玉宅裏外全都十分寂靜；月色浸在窗欞上，一格一格的影子很是分明。外面微風拂動，不知觸到甚麼東西上，唰唰地作響；遙想這大街上的人，不定是多麼的熱鬧了，燈光不定是多麼的繁華了！去年今夜就是自己與母親觀燈的日子，也就是羅小虎見着自己的日子，但現在呢？母親已在靈柩之內長眠了，羅小虎也不知何往？人事真是變遷得快呀！

此時雖然周圍十分淒清，但她的心中卻十分緊急！將臂伸了伸，將腿踢了踢，覺得自己的身子還能用得。又在室中慢慢地打套拳，撩起了衣服，以手作式，又舞了一趟劍。覺着《九華全書》雖已盡失，可是書上大半的招數，深深印在自己的腦中並未忘記，她又不禁傲然自喜。

直待到自鳴鐘的短針已過了十一點，眼見就要敲打三更了，玉嬌龍這才用鑰匙將箱子上的銅鎖打開。啓開箱子翻了半天，才找出一件綠色綢子的小夾襖，可鑲着紅邊，一條深藍色的綢子夾褲；她的衣服只有這一身還瘦小、利落，並且在月色下不太顯。只是她此刻手中並無寸鐵，但她又想沒有兵刃自己照樣能敵得過人，遂就不在意。到床裏急急忙忙地將衣服換上，外面又罩上一件淺藍色的不太短的旗袍，換上了平底鞋。

又待了一會，等着更夫將三更敲過，她就輕輕地開門出屋。腳下一點響聲也不發，就偷偷地走到外院；然後乘着無人發覺，她就飛身上牆。由牆上跳到門外，門外樹影蕭疏，高坡上連一隻狗也沒有，她就貼着牆根走去。

雖然這時天青如洗，月明如鏡，馬路上也有三三五五往來的人，但都是觀完了燈或是飲夠了酒疲倦醺醉的人，所以沒有人會注意蠕蠕的纖秀影子，是男還是女？更沒人管她是個幹甚麼的，尤其是沒有人想到她即是玉嬌龍；如今又飛出了深閨，半夜而出，作她的詭密難測的事。

玉嬌龍走到鼓樓前，她見那條後門大街的兩旁還有點點的燈光，寥寥的遊人，賣元宵的攤子還有的在高聲吆喝。但走到鼓樓東，進了小巷，卻又一切都沉寂了，一些小門破户全都緊緊的關着。玉嬌龍迤邐地行走，腳步漸漸地加快了。

又走了一些時，她就走到了花園大院，這裏地曠人稀，天色更寬，上面嵌着的月輪顯得更圓大。劉泰保的那所小房子，就像是個小攤似的擺在北首；玉嬌龍來到這門前，就將長衣服脱了，搭在肩上，然後一聳身跳過了牆去，故意將聲作大了些。北屋中的燈火昏昏，就聽劉泰保的聲音從屋中發出來問聲：「是誰，快説！」

玉嬌龍來到窗下，向裏邊説：「是我，今日白天咱們在廟裏見了面，我有幾句話在那時没顧得跟你們説，現在，你開開門吧！」屋裏卻一點聲音也没有，彷彿都驚愣住了。玉嬌龍又隔窗補充了一句，聲音低小但很急躁，説：「你開開門吧！我無惡意。」這時才聽見屋裏又是一陣亂忙。

少時門開了，蔡湘妹出來，驚慌地藉着月光把玉嬌龍看了看，她就笑着走過來，悄聲地説：「玉小姐！您今兒來，可真是我們這兒的貴客，您快請進屋來吧，外邊冷。」劉泰保這時也一邊扣大棉襖上的鈕子，一邊走出來，向玉嬌龍恭恭敬敬地問説：「您是才看完了燈嗎？後大街今年的燈可比去年的多，我們是才逛完回來，您没去瞧瞧嗎？」

玉嬌龍並不言語，她就輕快地走進了屋内。只覺得撲身的一陣暖氣，小爐子很旺，蒸發出來的一陣尿布的氣味，蔡湘妹隨着進屋把燈挑了挑。玉嬌龍見屋中四壁潔白，黏着各種的年畫，還有硃紅的「抬頭見喜」、「立春大吉」的春聯。桌上有煮元宵的鍋，炕上有被褥，另一份小的被褥，裏邊睡着一個小娃娃；劉泰保是滿面紅光，蔡湘妹是溫和帶着喜笑。玉嬌龍看着人家的這個小家庭，倒覺得很好，亦羨亦妒。

當下劉泰保給倒茶，蔡湘妹拉着玉嬌龍的手，請她在椅子上坐，玉嬌龍卻擺手說：「我不坐，我也不喝茶！」劉泰保又請安說：「今天在廟裏我實在是一時高興，就忘了形啦！並不是我要故意向大家指出您來。事後，我見大家竟然給您讓了一條路，我也有點害怕了，我想您一定得惱了我們！」

玉嬌龍嘆了口氣，又搖了搖頭說：「過去，你們太逼迫我了，但我也有許多對不起之處，現在全不必提啦！總算我敗於你們之手！」

劉泰保聽了這話，倒嚇一跳，趕緊說：「玉小姐的這話我們哪當得起！早先，說實話，我實在是想藉您的事出風頭，露一露臉，好找一碗飯。現在幸蒙鐵小貝勒開恩，又叫我回去啦，一節還給我加了幾兩銀子……」玉嬌龍就打斷了他的話問說：「李慕白、俞秀蓮現都住在哪裏？我還想見一見他們，有幾句話要說！」

劉泰保跟蔡湘妹兩人彼此望了一眼，全都有些發怔，蔡湘妹就說：「俞秀蓮早就走啦，早回巨鹿縣去了。難道您還不知道嗎？那李慕白是……」玉嬌龍說：「你們也不必替李慕白隱瞞，我去找他，只是說幾句話，並不想和他再爭鬥。因爲我在他們的手下也早就認輸啦！」說着又微微地嘆氣。

劉泰保又笑着說：「您別說啦！您的武藝堪稱今世無敵，李慕白的武藝不過是徒負虛名……」說到這裏幾乎吐了吐舌頭，又停住了話。向窗外聽了聽，然後才說：「李慕白那位爺，完全學的是江南鶴的派頭兒，小事他不管，閒氣他不惹，女人他不鬥，富貴榮華他不貪。鐵貝勒爺把他供若上賓，最近把書房，就是當年藏青冥劍之屋，收拾得乾淨極了；讓他大爺居住，然而他大爺常常三日五日也不歸。鐵貝勒的意思是留他長住，將來給他謀取功名，也算出於一片愛才之心。但他大爺不肯，住了這麼幾個月，見京中無事了，他還是要走，鐵小貝勒也無法挽留。我們跟他又没有多大的交情，更是勸留不住。玉小姐，您要是想找到他，還是得快點去，不然他說不定甚麼時候就走啦！走後，他大爺閒雲野鶴，到處雲遊，不知何年何月才能再回北京。」

玉嬌龍一聽這話，就點了點頭說：「好！明天就許找他去談談。」剛要轉身出屋，卻聽劉泰保又說：「玉小姐留步！」玉嬌龍倒不由得一怔，就見劉泰保去掀開炕布亂找，玉嬌龍這時才看見他們的被洞裏，原來藏着刀。大概剛才自己初來時，他們一定是預備着拚鬥；後來自己隔窗表示此來並無惡意，他們先把刀藏在被窩裏才開門的。

當下玉嬌龍心裏明白，但也没有說甚麼。劉泰保在炕蓆下摸索了半天，連蔡湘妹全不知道他摸的是甚麼？結果見他摸出一張紙來，他就親自遞在玉嬌龍的手裏，笑嘻嘻地低聲說：「這就是早先小姐第一次施展奇能，從鐵府盜來了青冥劍，後來又派了個小叫化送去了的半張信。那時，這封信就到了我的手裏啦。一年以來，我把這半張信紙，寶貝一樣的存着。實說吧！我這小子實在是居心不善，留着這半張筆跡，爲的是將來對付您。如今蒙您不究往事，還肯光臨到我家，可稱得是光明磊落，寬宏大量。您既然如此，我倒不好意思那麼小器啦！將這信奉還您，以表我從今後再無與您作對之意！」蔡湘妹推了他一把，說：「你就別說啦！這麼瑣碎，人家小姐哪耐煩聽呢？」

劉泰保說：「不是！我得把話跟小姐表明啦。因爲小姐不能常到咱們這兒來，今天見了面就許不能再見面；小姐的名頭高、聲氣大，以後還難免有些江湖小輩，要在她老人家的太歲頭上動土，到那時別又疑惑是我。我現在幸仗李慕白大爺的面子，貝勒爺又將我召回叫我教拳，從今我決定安份守己。你在家裏抱孩子也少出門，這全得跟玉小姐說明了，不然，將來萬一，倘或……」

蔡湘妹又推了她的丈夫一下，把劉泰保推得坐在炕上。她笑着，望望玉嬌龍，又望望她丈夫，說：「人家還不知道咱們兩人統共才會幾手兒嗎？你放心，以後人家車受驚了、轎被撞了，決不能找到咱們頭上來！」

玉嬌龍聽了她後邊的那兩句話，不由臉色一變！但自己急於要走，不願多聽他們的絮煩，就將那半張信紙在燈上燒了。又握了握蔡湘妹的手，帶着微笑說了聲：「後會有期！」劉泰保趕緊說：「快送小姐！」

蔡湘妹也說：「您請再坐一會好不好？我們待會才睡覺啦！……」這時孩子又在炕上「呱呱」的啼哭；蔡湘妹卻趕緊叫劉泰保看孩子，她就往外去送。到了院中，她要去開門，玉嬌龍擺手，她只見玉嬌龍的身軀一擰；她也沒聽見甚麼聲音，玉嬌龍便已跳過院牆走去。

這時月輪已轉向西方，光漸漸地發慘，寒風益緊，四下更爲岑寂。玉嬌龍踏着月色疾疾地行走，少時即到了鐵貝勒府前。這廣大莊嚴的府門，此刻也十分寂靜，門前的一對石獅，浴在月光裏，遠望着如同兩堆雲似的。玉嬌龍就將長衣捲起來，緊繫在身上；此時她的精神愈爲振奮，行動更是小心，就聳身越進了府牆，然後又躥上房去。

因爲是元宵佳節，府中的下人們都在聚賭，所以各院中的屋裏多半有燈光，但是也没有人再顧到外邊了。玉嬌龍曾兩次盜劍，一次還劍，共曾來此三回，所以這是她的熟地方。她躲避着月光，專尋着房影牆根，那些黑暗的地方去走。

少時就到了那西廊下，這裏早先是藏那口青冥劍的屋子，如今是李慕白下榻之地。窗裏卻昏黑，也許李慕白没在這裏。但她卻加倍地謹慎，其行輕如鶴鷺，其動敏似猿猴；來到廊下先蹲了一會，然後才慢慢地站起身來，隔着窗向屋裏去聽，卻一點聲兒也没有。她倒是很詫異，走到門前拿着拳腳的姿勢，一手高舉在前，一手向下去摸門上的鎖。但見並没有鎖着，裏邊倒是另有一層門，可關閉得很嚴。

她知曉屋中有人在睡覺，就更不敢作出一點響聲，然而她是急於要跟李慕白會會，即是再鬥鬥她也不怕。她用着極細的心，放着極大的膽，她就從頭上拔下來半截玉半截銀的簪子去撥門；自然她作的極爲小心，一點聲音也没發出來。但是門才撥開，她才輕輕推開一道縫，見屋裏倒没有人；背後卻有個人一拍她的肩，輕聲說：「你來有甚麼事？」

玉嬌龍這一驚非同小可，急忙閃身回頭，一看身後站着的，原是手持青冥寶劍的李慕白。她嚇得頭髮都要豎起來了，拚出去，掄手跳起來要奪李慕白的劍。李慕白卻一腳向她踹來，「咕咚嘩啦」同時屋裏的門也一聲響。

玉嬌龍整個被踹到屋裏，坐在地下，並且撞翻了一張小桌。她幾乎叫了起來，趕緊挺身立起，知道李慕白是持劍堵着門呢！她不敢往外去撞去跑，想要抄起個甚麼東西先拋出去。但見這時身旁起了一陣光，原來李慕白在自己滾進來時，他就進屋來了；一手持劍，一手將燈點上。她急忙退到了牆角，雙手抱起來一隻花瓷的繡墩，想要拿這作兵器！

李慕白卻昂然站在燈旁，向她說：「玉嬌龍你不要動手！自你回到家中安份居住後，我便不願使你難堪。青冥劍在我這裏，鐵貝勒也不願再留它了，叫我後天帶走。《九華全書》二部一共四卷；也都被我取來了，你我已沒有再爭的理由，今天你來，還有甚麼事？」

玉嬌龍放下繡墩，她卻哭了。頓着腳，也不顧聲音之大小，她就急急地說：「我來找你就爲的是這兩件東西！青冥劍你給不給我，還不要緊；那書，一部是我保存的，一部是我抄寫的。沒有我保存，那原書早就落在惡人的手裏了，沒我抄寫……」又頓腳說：「我抄寫那不容易，雖然我多半已經記熟了，可是還得要回來我的書。今天你不將書還我，我們就再鬥吧！我並不怕你！」

李慕白卻擺手說：「不要嚷嚷，你嚷嚷得使人來了，於你玉小姐的身份有損。你抄寫的書當然要給你，連這口寶劍，假使你是明義氣，曉道理，真正的行俠仗義，助弱扶危的人，我還可以送給你。但拿以往的事來說，你實與盜賊無異；我不能給你利器，助你去橫行！」

玉嬌龍流着眼淚，忿忿地想了半天，忽然她嘆了一口氣，就說：「我知道你厲害，我在你眼前認輸就是。以後我也不能再到外面去橫行了！你要那兩部一樣的書有甚麼用？你快些把我抄的那一部還給我吧！我就走！」

李慕白竟不意玉嬌龍會認起輸來了，她此時頹唐懦弱的態度與早先那種倔強驕傲大不相同，而且她只是要她自己謄寫的那書，並無奢望。便也有些心裏活動，就放下了寶劍，沉思了一會，忽然又昂起頭來，說：「以你過去殺人放火的行爲，我不信你能夠改悔；而且你在家中決住不長，早晚你還是要去爲非作歹的！」

玉嬌龍忽然就揚起臉來，忿然地說：「你不信又當怎樣？你不是我的師傅，又不是我的親族，你憑甚麼要永遠來管轄着我呢？」

李慕白說：「因爲你的武藝全是自書中學來的；書是九華老人所傳，我盟伯江南鶴所寫，後來被啞俠不慎遺失。所以你若在外作惡，便如同是我九華山上的人作惡一樣，這次我將書收回，也是爲此之故。我看你的武藝雖然精熟，但真正的書中奧妙你還並未得到；倘若給了你書，你的惡性仍然不改，再將書中的奧妙得到，就越加的難制了！」

玉嬌龍說：「你說我惡，我就不服，乾脆你就說，你是怕我將書中的武藝再學幾年，本領將你邁過去罷了！」李慕白說：「我要將這兩部書都送到江南鶴之處，他現在在江南九華山上。如果將來你確已改過，我想他必能將書送還你，你也可以派人去取。」玉嬌龍只是冷笑不語，李慕白卻轉過臉去，也不看她，只拂手說：「快走吧！」

玉嬌龍卻咬着牙，發着恨，往門外去走。同時她卻斜眼溜着放在李慕白身旁的那口青冥劍，驀然她就躥將過去，剛要用手去抓；不料李慕白早已將劍高舉起來，她跳到桌上又用腳去踢，狠狠地說：「還我……」李慕白將劍身平擊在她的腳上。她立足不住，摔下桌來；她雖沒有倒下，那盞燈燭卻掉在地下，火燄突突地騰起。李慕白發怒說：「快走！不然我要用劍傷你了！」

玉嬌龍卻嘿嘿地一聲冷笑，說：「將來再會面吧！無論你將來到哪裏去，無論有多少人鎖着我，困着我，我要得不回我的書，取不回這口劍，我誓不爲人！」李慕白厲聲說：「你若再怙惡不改，我劍下決不饒你！」

玉嬌龍又一聲冷笑，出屋上房而去。李慕白没追她出來，鐵府中夜深院大，護院的僕人們除了聚在前院賭錢的，就是酒醉了的和回家去了的，連打更的都敷衍了事；所以玉嬌龍踏着房瓦到了府外，竟無人查覺，她向西就走。

她來的時候是一股勇氣，及至敗在李慕白的手裏，她是傷感灰心。後來奪劍，她是又想乘李慕白的一時疏忽，圖自己的僥倖，但也没有成功。這時候她卻是傷感氣憤交雜在一起，她恨李慕白是當世的奇俠，但對她竟毫不客氣，而且看她不起；這個仇將來非報不可，這口氣將來非出不可。她又想自己自從學會了武藝，空負一身本領，但所得到是甚麼？得到的是些被辱、遭欺、坎坷、失意、母死、骨肉乖離、情人分散，因此又不禁的傷悲起來。

在澹澹月色，呼呼寒風之下，她如同孤零的鬼魂一般，飄飄蕩蕩地走回到家裏；家中更如同一座古墳一般，她回到屋中也沒有人查覺。她先一頭趴在床上哭泣了一陣，然後記起來門還沒有關；她就坐起身來，先取火將蠟燭點着去關閉了屋門，一回身對着那後窗户又發了半天怔，嘆息一聲，重進到裏屋。撥了撥炭盆，見灰裏還埋着兩塊紅炭，她就又續上了兩塊新炭；屋子又漸漸暖起來，她又坐在椅子上，手拿筷子撥着炭灰。

這時壁上的自鳴鐘雖都已交到了三點，她卻還不困乏，思前想後，一陣悲一陣氣。有時落淚，有時又自發冷笑，過了許多時，她忽然「吧」的一拍桌子，心中決定了主意，這才更換了寢衣去睡。

由次日起，玉嬌龍的態度又驟變，但除了跟她最接近的繡香之外，誰也看不出來。她不再像往日那般憂愁，也不再落淚，但臉兒卻永遠沉着；臉色如冰雪一般，眼神如寒星一樣。金剛經她已不再抄寫了，她卻命人買來了頂上的白綾，釘了個很厚的本子。她在本子上寫極小的字，畫很精細的掄劍舞劍的小人。有時畫着畫着她忽然停住了筆，彷彿是想不起來了，就立刻離開椅子。回身掖起衣襟，挽起了袖子，以筆作劍，在屋中舞練一回；練完了又發呆地細細的想，然後才接着再往下去畫。

有時能畫到深夜還不休息，有時她又命繡香出去買了一些黑色的布，叫繡香整天的在套間屋裏，給她做衣服做鞋。她倒不是作男子的衣服，可全是短的瘦的；而且不用甚麼漂亮顏色的裏子，也不鑲花邊，鞋也做平底的，而且底兒都要用極軟的絨布。做完一雙一件，她就秘密地收起來，有旁人要問繡香近些日做的是些甚麼活計，她也不許繡香實說。因此繡香終日提心吊膽，猜不出她的小姐是又要作出些甚麼驚人之事。但是玉嬌龍毫無表示，也不像心裏存着甚麼急躁的事情似的，並且她對繡香情誼更好；她的很新的花緞衣裳，很值錢的首飾全都賞給了繡香。但她卻漸漸干涉起家務來了，出入的大宗銀錢，時常要由她經手。繡香曾親眼看見她克扣下許多銀錢，全都私藏起來；並且將宅中幾件貴重細軟的東西她全都收起。

有一天晚上，玉嬌龍又叫繡香早睡覺，這天是個沉沉的黑夜。繡香知道她的小姐今夜必作怪事，所以很是擔心，一個人在套間裏睡不着覺。她乍着膽，於深夜三更以後，到小姐的屋裏去偷偷地看了看。原來床上拋着換下的衣服，屋中空洞無人，門也虛掩着；她們的小姐不知哪裏去了！把繡香嚇得幾乎叫了出來！渾身哆嗦，心裏極端的憂慮和驚懼。門也不敢掩，回到套間，更不能睡了。就扒着窗門縫向外偷聽，一夜門也沒響，窗也沒動。可是第二天早晨，玉嬌龍照樣由床上懶慵慵嬌怯怯地起來，也不知昨夜是往哪裏去了？是甚麼時候回來的？繡香也不敢問，更不敢向別人去說。

就在這天上午，忽然那早先在門前踏軟繩後來嫁了劉泰保的那個小媳婦來了，還送來幾包茶葉哩、點心哩等禮物。門房的僕人驚驚慌慌來問繡香，說：「怎麼辦呢？是請進來呢？還是謝絕呢？那媳婦是夜貓子進宅，無事不來，不定劉泰保又懷着甚麼心！」繡香也提心，趕緊去向小姐請示，玉嬌龍立時就說：「快請進來！」她彷彿很是歡迎的樣子，並且精神突然振作起來。

蔡湘妹裊裊娜娜，大大方方地走進來，僕人僕婦卻都偷眼瞧看，偷着談論，彷彿宅中來了個怪異的危險的人。繡香將蔡湘妹請到她小姐的房裏，隔着門簾，蔡湘妹就笑着說道：「小姐在屋裏嗎？我來瞧您來啦！」繡香掀開簾子，玉嬌龍往外迎了迎，臉色非常和藹，問說：「你好啊？」

蔡湘妹請了安說：「上次在東嶽廟遇見您，我沒得工夫跟您多說話；今兒我買來一點禮物來瞧瞧您，找您來說會閒話，我知道您在家裏也是怪悶得慌的。」玉嬌龍笑着說：「謝謝你了，你何必還花錢？」

這時繡香把蔡湘妹送來的那點禮物放在外屋，她叫僕婦拿來了開水，泡了一壺上好的茶；倒在兩隻康熙五彩硃沙的茶杯裏，銀盤托着送進裏間。卻聽蔡湘妹正對玉嬌龍說：「昨天夜裏您走後……」突然見繡香送進茶來，她立時把話嚥下去，趕緊起身來接茶，又笑着說：「大姊別張羅我！」

繡香將茶敬完了客，又送到她小姐面前一杯，然後趕緊避到外屋來。就聽身後蔡湘妹低聲說話，又聽玉嬌龍說：「不要緊，我的事情不瞞她，上次就是她隨着我出去的，她是我用的丫鬟之中最心腹者。」又聽蔡湘妹說：「李慕白早就走了。」兩人又低聲談了半天，可又聽玉嬌龍嘆氣說：「我在這裏實在住不下了！我没有朋友，只得請你夫婦倆幫助我，……過去，我傷了你的令尊，我真對不起你！」

蔡湘妹卻也聲音悲慘地說：「您也不是故意，……不打不相識，以後我們求您幫助的地方還多着呢？」再往下的話卻聲音極微，不能聽得清楚了。繡香在外屋卻又憂慮，曉得她的小姐是又要外走，但不知道又帶她不帶她。若帶着她呢，她卻真有些害怕；若不帶着她呢，她可有些捨不得離開小姐。

當日蔡湘妹跟玉嬌龍秘密地直談了半日話，玉嬌龍留她在這裏用的晚飯，天黑了時，玉嬌龍才叫人從外面僱來了車，送蔡湘妹回去。蔡湘妹走的時候，玉嬌龍送她兩個大包裹；裏邊裝的彷彿衣裳等物似的，繡香卻又驚疑。當日，玉嬌龍很早就就寢了；但玉宅的人，只要知道劉泰保的媳婦，那罵過這裏老大人的女賊來過一次，就全都惴惴不安唯恐引狼入室，兩三日內不定又發生甚麼麻煩。可是蔡湘妹去後就没有再來，玉嬌龍也很安靜，十多日後，毫無事故發生。

這期間，魯宅又來接過少奶奶兩次，玉嬌龍還是說暫不回去。魯宅的人也不勉强她，只派了兩個僕婦來這兒幫助伺候。同時，在新疆的玉嬌龍的母舅瑞大人來京，一來是參加玉太太的下葬典禮，二來是送次女玉潤小姐來京就親。瑞二小姐給的是福公爺家的大少爺；至於玉潤的姐姐瑞大小姐玉清，已是於去年春間，與玉嬌龍差不多同時出的閣，給的是新疆巡撫的公子。過門以後很好，聽説如今已有喜了，並且帶來了致候玉嬌龍的信，還盼玉嬌龍將來有機會時，能到新疆去玩玩最好。玉嬌龍看了信卻不禁的感慨，覺得別人都比我强！她因爲穿着孝，所以表妹的婚禮她没有參加。

又過了些日她母親玉太太的靈柩已在祖塋安葬。這一天又在廣緣寺開弔，玉嬌龍又穿上了孝衣；親友們來的也很多，德大奶奶帶着兒媳也來到了。因爲這廟中有個後院子，裏邊的桃花已開，一些女賓弔祭完了，都走到那園中去觀賞桃花。

靈旁没有別的人，楊麗芳卻找着了玉嬌龍，她先説閒話，然後就悄悄地提到了：「上一次，我隨我俞姑姑出外，遇見我的哥哥羅小虎了；他現住在京西五回嶺三清廟中，我見過了他。走的時候，他曾叫我把他的住址告訴您，説他將在那裏長居。他如今十分頽靡不振，見了人，他連話也不愛説，他只希望將來能夠再與您見上一面！」

玉嬌龍聽了，她的淚不禁紛紛亂落，雖然極力忍着，想不要在一個晚輩的媳婦面前露出形跡來，然而竟自忍不住心裏難過。她聽完了，一句話也没説，頭也没點；楊麗芳説完了話，也就走開了。

當日玉太太安葬已畢，又過幾日，玉大人的病也漸癒了；玉嬌龍在娘家住着彷彿已毫無意義，也毫無理由了。瑞大臣這次來京，帶來的差官僕人共有十多個，其中有個差官是個漢人，姓蕭，年紀很輕，差事當得很紅，人也不錯。他要在北京順便娶一房妻子，就託人説了一個大丫鬟名叫浣春的。

玉大少奶奶本已願意了，但被玉嬌龍聽見了，她卻說：「先別把浣春打發出去。咱們家裏現在還少不了那麼一個能管事的，跟親友們都熟的大丫鬟，我倒想把繡香聘出去。繡香跟我多年，這一次回來也是專爲服侍我。過幾天我要回魯宅去，她既不能跟了我去，也不便再在這兒；回到她自己家裏去，她也受不了鄉間的清苦。既然那個差官的人不錯，就由她作媒，把繡香嫁給他，讓他把繡香帶到新疆去吧！那裏的生活繡香也很過得慣！」

姑奶奶說出了這話，玉大少奶奶當然不敢不依，而且繡香也是唯小姐之命是聽。不過從此就要離開了小姐，而且不知小姐將來還要淪落於何等的地步，她又忍不住的傷心落淚。玉嬌龍安慰她，主婢二人又秘密地談了一夜，次日就決定了。過了兩天，那位蕭差官就將繡香接出宅去，玉嬌龍當然送了很豐富的妝奩。

又過了幾天，繡香隨着她的夫婿來玉宅拜辭，因爲日內就要隨瑞大人回返新疆去了。奇怪的是玉嬌龍與繡香離別之時，只是互相用眼波掠視，並沒有甚麼惜別的表現。從此玉嬌龍就一個人在屋，有時是本宅裏的僕婦伺候她，有時又是魯宅派來的僕婦伺候她；但送完了茶或飯，就得立時走開，她不許任何人在她的屋裏多留一會。

她的性情似乎是越發流於怪癖了，但也不，她對於兩位兄嫂和侄女們是益加親善，尤其關懷她父親的病後之軀。雖然他們父女之間頗有誤解，她愧對父親，不敢和父親見面；但是一切保養身體的藥劑與食品，她全都親自督促着僕人們去辦理。並且時常叫侄女侄男們去到玉大人的屋裏，替她給她的父親承歡、慰病、娛情。

這時天氣已漸暖，人們身上的衣服漸漸單薄。小燕子飛來了，春雨落了幾場，後園中的海棠開過了一遍白雪和紅雲，如今也成了滿地落英，一樹繁葉，天氣暖洋洋地使人發倦，蜜蜂兒撞着窗户嗡嗡的，像唱着催眠歌；然而玉嬌龍的精神卻益加興奮，時時地像坐也不安，立也不安似的。

這一天，忽然她家門首，那久已斷了車蹤馬跡的高坡上，來了一大群人。爲首的穿長袍坎肩，拿着三角形的黃綢小旗子，桿子可很長，上繡「朝頂進香」四個黑字，身後有八個穿着黑邊粗布的大坎肩的人。每個人負着一隻缸蓋大的銅傢伙，像鑼又不像鑼，像盆又比盆淺。

來到玉宅的門前，就用木錘子將這八個銅傢伙亂敲一陣，「噹噹噹噹」敲得大門是立時熱鬧了，拿小旗的人進去領了錢，然後就在大門旁貼了一張很長的黃紙佈告，就走去了。這張黃紙的佈告是刻板印的，上邊還印着「金頂妙峰山碧霞元君廟」的很劣的圖畫，下面就寫着「信士弟子某某，虔誠朝頂進香，特捐香資多少兩」等等的話，這是北京城每年一次的善舉。

妙峰山在京西，距城不過數十里，山很高，據説由下到山頂共合就有四十里；上有敕建碧霞元君廟，供的是一位女神，皆呼爲「娘娘」。每年春季，順天府京師各縣的人，齊往朝山進香，有的求財，有的求子，有的是爲父母的病許願還願。廟會是由四月初一直到十五，整整半個月的會期。在事前就有人組織甚麼燈油會，香燭會，都是爲屆時貢獻在廟裏。還有集了資，屆時在山上搭蓆棚，施粥捨饅頭，並預備宿處，以利朝山衆香客的。

如今來到玉宅門前募捐的，就是這一種人。往年玉大人作着九門提督，威風赫赫，門禁森嚴，他們都不敢來；如今可來了，捐了四十兩銀子走了，並聞說這宅裏的姑奶奶，屆時也要親自朝山爲老大人還願。

關於玉嬌龍要上妙峰山爲父還願之事，玉宅兩位丁憂在家的知府——寶恩和寶澤全都非常之憂慮。其實妙峰山離京很近，妹妹前去燒一股香並不至有甚麼舛錯，可是，聽說妹妹當初爲父親許的願是要跳崖。

妙峰山上有一座懸崖，其高無比，下臨深澗。一般孝子賢孫常爲父母之病來此捨身跳崖，據說因爲是一片孝心，一秉虔誠，能夠感動了神明；時常由高崖跳下之時，有神保佑，竟能絲毫無恙，而父母之病卻因之得以痊癒。但這也不過是一種傳說，誰也沒有看見過。

如今玉嬌龍要去投崖，縱使她會武藝，精拳腳，投了下去也多半是死，誰能放心呢？所以兩位知府和夫人們便勸阻他們的胞妹，魯宅聽了這信也派人來阻攔，但玉嬌龍卻意已堅決，並說：「只要心誠，必有神靈保佑，不會摔死的，你們就都放心吧！」

轉眼四月初一到了，一清早，玉嬌龍便帶着本宅的兩個丫鬟，一個男僕，和魯宅的兩個僕婦，共乘騾車三輛，前往妙峰山；但玉嬌龍臨出門上車之時，她不禁落了幾點眼淚。她們的車馬出了德勝門就往西北，直奔妙峰山。

妙峰山從今天起就熱鬧起來了，因爲那些善男信女都講究搶先燒香，尤其是傳說燒第一股香最好。可是第一股香連廟裏的老道都燒不着，那平日久閉的殿門到今天一敞開，香爐裏早就有香在焚燒着了。據說歷年來搶這第一股香燒的人，都是那種飛檐走壁的江湖大盜，他們那種生活尤其要求順利。可是今年的第一股香不是別人燒的，正是一朵蓮花劉泰保。

今年他的興頭比往年都大，因爲他現在又是鐵貝勒府的教拳老師啦！去年雖然連僕連起，可是也得到了不少的名頭，使他在京城中「字號」更叫得響了，「人物」更站得起來了，朋友也更結得多了。而且家中的太太又添了一個寶寶，在外邊呢，他們夫婦又結識了個秘密的朋友，就是昔爲冤家今爲莫逆的玉小姐。

劉泰保是上月二十八日，來到妙峰山，他是全家來此燒香。他騎着一匹胭脂色的健馬，鞍韉皆新；不知劉泰保是怎麼發了一筆財，竟能買得起這麼一匹上等的馬。蔡湘妹是坐着騾車，在車裏抱着孩子；另外還有兩隻鼓鼓囊囊的大包裹及一口沙魚皮鞘嵌着嶄新的銅活，柄上有青絲穗子的寶劍。他來到這裏之時，還沒有開山哩，所以山上的人很少，也無人對他加以注意。

劉泰保就帶着妻子到山後一個村落裏，這村落位置在一個三岔口的中間，雖在山中，交通卻極便利，地方叫作「三瞪眼」；這裏有一家姓胡的老太太，是禿頭鷹的丈母娘。他們到這裏，馬就餵在胡家，蔡湘妹就在胡家住着，彷彿等待着甚麼事情似的，劉泰保卻上山去了。他有幾個朋友在山上搭了一座最大的茶棚，捨粥捨饅頭，棚裏有十幾個人盡義務作招待，供着佛；還在棚前貼着捐錢的「信士弟子」的名單，第一名便是他。他在半夜裏，到山頂廟中施展早先在玉宅、魯宅使用的本領，燒了頭一股香，跑出來一聲也不語，穿着青羊綢的長衫在山底下轉。

朝陽漸起，香客漸多，大家見面無論識與不識都拱手說：「虔誠！您虔誠！」沒有一個誰向誰瞪眼的；這時大家都是善人，地上掉了一塊金子也沒有人肯拾。茶棚裏的人也都高聲吆喝：「喂！歇歇來！」無論是誰，進去可以盡量大吃大喝，臨完了道聲「虔誠」就走。

山下有本地的農婦村女小孩售賣桃木拐杖，麥梗兒染了顏色編製的扇子、帽子、籃子和種種玩藝。有坐着路旁專管縫衣釘鞋的，譬如香客上山把鞋磨破了，隨處都有人管修理，修理好了不必給錢，只道聲「虔誠」完事，因爲這些人也都是出於「心願」。還有十七八歲的大姑娘，身穿紅色罪衣，披枷帶鎖去上山；更有的由山下一步叩一個頭，直叩到山頂，這也如同跳澗一樣的是爲還願。

不到晌午，香會就來了，先來的是「秧歌」，十幾個人都踏着高蹺，「趕情真好。」劉泰保直伸大拇指，並向一個高蹺上的黑臉擦着粉，禿頭戴首飾，穿着花紅柳綠的衣裳，拿着一塊花手絹直扭的人，喊一聲：「好啊！就是他好啊！」這個人是禿頭鷹，教劉泰保一叫好兒，他在高蹺上更是扭的厲害了！只瞧後影，別瞧前面，他倒真像個風騷浪漫半男不女的美人兒。

接着又來了兩檔子「開路」，是七八個人都扮成大鬼的模樣，勾着花臉，耍着「嘩啦啦」在光脊樑上亂滾，飛起來又接住的鋼叉，有鑼鼓助威，十分熱鬧。這耍叉的人裏就有花牛兒李成，劉泰保也喊着說：「不錯呀！留神叉着了脖子！」

又待了會，耍鐘幡的來了，這個幡足有五丈高，上面繫着鈴鐺無數。但耍的人講究扔起幡來拿腦袋接住，並且不准用手扶，歪頭彭九就是這個會上的。他的頭歪，可是頂着幡卻最準最正，劉泰保又捧了一會場。再接着是「花壇」拿腦袋頂紹興酒罈；「雙石頭」，就是練石鎖。「舞仙人擔」，拿大磨盤壓人，人上還站人。更是「旱船」、「小車會」、「跨鼓」、「蓮花落」和專耍貧嘴的「槓箱官」。這些也多半是各鄉農民，五城弟子，街頭流氓，所組合而成，幾乎沒有人不認得劉泰保。劉泰保的手不知拱了幾百回，口中道了「虔誠」不計其數。

又待了一會兒，「五虎棍」來了，這是扮成趙匡胤桿棒鬥五虎的故事。在鑼鼓聲中，大家拿着棍子亂打，劉泰保也在裏頭認識不少的熟人。又過了些時，忽然大家喊着：「少林棍來了！」少林棍耍的全是真刀真槍、鈎、鏢、寶劍、棍、流星錘等等傢伙，練的人都是南城的鏢頭；當然劉泰保在這裏的朋友更多了；大家道個「虔城」之後，就有人來請他練一手兒。

劉泰保本來看着技癢，於是就脫去了青洋縐的大褂，青洋縐的短衫，光着健壯的背脊，露出他胸脯上的一朵蓮花。只穿着青洋縐肥腿的褲子，繫着青洋縐的汗巾，青洋縐的腿帶，下面可蹬着白緞子幫兒的「抓地虎」的靴子。在鏘鏘的刀槍聲中，咚咚嚐嚐的鑼鼓急奏中；他一手拿着流星錘，一手拿單刀，練了一通三叉刀夾流星單錘趕月、快刀颼風、水裏摸魚、天空捉雁、外帶就地十八滾，四面的彩聲如雷一般地喝了起來。

劉泰保是出盡了風頭，東邊練練，西邊走走，北邊道聲「虔誠」，南邊又找人開開玩笑，他像是許多萬香客之中最忙的一個人。但到了下午，他突然看見由東邊來了三輛騾車，他的臉色就突然一變，可是沒有人注意他。又過些時，許多熟人找他，卻不知劉泰保混到哪兒去了，他已然沒有了蹤影。

這時三輛車已來到山下，離着山口還很遠就停住了；因爲山口這邊的人太擁擠，車過不來。頭一輛車有個跨車轅的男僕，下來在前面開道，口裏和氣地嚷嚷着說：「諸位虔誠！借借光！讓我們過去！」隨後車裏又下來兩個僕婦，後面的車上下來兩個丫鬟，全都二十上下。穿的衣裳雖然素，可是很漂亮，就招得一些閒人，不去看那正在耍得熱鬧的種種香會，而來看她們來了。

就見這兩個丫鬟打開中間的那輛車的紗簾，由裏面攙着一位旗裝的少婦下來。這位少婦不過十八九歲，身材細高而窈窕，如臨風楊柳，傍水翠竹，是那麼亭亭可愛。穿着一件雪青色綢子的夾袍，鑲着彩繡的寬邊，如絳樹，如綺雲。下穿薄底的雪青緞子平金的埋鞋，那鞋幫上用金絲綴成的「鳳穿牡丹」閃爍地發着光亮，頭上並沒戴着兩板頭，只挽着旗髻，烏雲高堆，上戴着珍珠寶玉的首飾，鬢邊斜插着一隻雪青色的絨鳳；鳳翅和鳳口銜着的垂穗，全是用許多極細小的珠子所串成，頭一動就發出光來。

這位少婦的瓜子臉兒有點清瘦，但也因清瘦，才愈形俊俏。高鼻樑，顯出她的多才，有威，但性情似流入於偏執。兩條柳葉形的細眉，是告訴人她天資聰明。兩眼尤大而美，明亮有神；但凝滯着，不愛流動，且時時用細長的睫毛遮覆着。這是表示她的身份尊崇，人品嫻雅，而又似含着一些淵深難測的憂鬱。下了車來，僕婦丫鬟攙着她慢慢地走着，還有僕婦在後面提着包袱，裏邊裝的是頂上的香燭。

這時兩旁鑼鼓喧闐，人聲嘈雜，香會一班跟着一班的過去了。踏高蹺的「醜鑼」、「俊鑼」、「老坐子」、「漁婆」和蓮花落會上的「老媽上京」，那幾個莽漢子所扮成的「小娘們」，正在賣俏，然而誰愛看？五虎棍的真刀真槍也沒有人理啦！無數的人目光齊集於一處，有的說：「啊！這是哪個府裏的？真賽過天仙呀！」有的人在東嶽廟裏經過劉泰保介紹過的，就說：「媽呀！這是大名赫赫的玉嬌龍！」

有人一道出玉嬌龍的名字後，於是萬頭鑽動，摩肩接踵；有許多老太太、小媳婦、大姑娘也全都爭着看，就彷彿看見了碧霞娘娘下了界似的那麼新奇，且含着些吃驚。魯宅隨來的那兩個僕婦，都被人看得有點害怕了；但玉嬌龍卻連眼皮也不抬，慢慢地上了山。

山上怪石嶙峋，樹林繁茂，香客衆多；那些山兔，及山下稀見的鳥兒，早已逃逸無蹤。但黃鶯和麻雀猶在樹蔭深處宛轉地歌唱，滴溜溜地密語，燕子還超出了人群，在如洗一般的晴空上飛翔。山道旁生着密密的綠草，開着惹人憐愛的野花。

清風吹來陣陣的草香，好像到了邊塞草原地帶。而石頭縫兒裏涓涓流下來泉水，又像眼淚似的，流下來就隨着石隙造成一道小河；碧清如玉，滾動着發出潺潺的聲音，瀉於深澗之下。

上面茶棚裏也敲着磬，高唱着說道：「進來歇歇吧！您虔誠哩……」但一瞧見了玉嬌龍由下面來了，也都喝聲中止，把眼直了。許多山轎過來爭着讓坐，玉嬌龍也都一概拒絕，她是爲父還願而來，所以不能乘轎朝頂；步行她不怕艱難，因爲她不是沒有行過山路。

魯宅跟來的兩個僕婦全都是小腳，雖都每人買了一根桃木棍子，可是往山上走着還都覺非常吃力；她們越走越喘，而因身後跟着許多人，都像捨不得離開她們似的，所以她們是氣惱極了。可是因爲是隨着少奶奶出來的，少奶奶又是這麼一位可怕的少奶奶，她們便不敢發半句怨言，何況上頭還有「娘娘」呢！來這兒朝山，要因走不動了就抱怨，豈不是要被娘娘降災了嗎？現在她們就是走得動也得走，走不動也得走。只是她們向下看着山澗有點提着心，真怕少奶奶不改志願，不避艱險，往下一跳，縱使娘娘能夠保祐，摔不死，可是她們也沒法給拉上來了，那才坑了她們呢！兩個玉宅的丫鬟都是大腳，人家倒不覺得累。

往上走了多時，過了一嶺又是一嶺。山風漸冷，夕陽在山後如同一隻血紅的大火球，群鴉驚飛，紅霞紛落，各茶棚裏已點上了燈了。虔誠的香客，都講究連夜朝頂，平常這座山，即白晝也沒有甚麼人行；可是現在竟如不夜城，是個通宵的山市。眼看天快黑了，那男僕徵得姑奶奶的同意，這才找地方去投宿，預備天明時再朝頂上香，好在離着山頂也沒多遠了。這個男僕對於妙峰山的路徑當然很熟，在許多茶棚裏也有熟人。

迎着暮色又向上走了不遠，就來到了一座很大的茶棚之前；棚裏懸着十多隻宮燈，設備的極爲款式。在這裏作招待的人也都是長袍青坎肩，是很規矩的人，當中供着佛桌，兩旁插着黃旗子，都寫着是「鐵貝勒府」。這是鐵府特設的，派一個侍衛幾個僕人在這裏經營，專爲接待本府眷屬朝山在此休息。但本府中的眷屬得過兩天才能來呢，這又是善事；到此講不了身份的尊卑，即使乞丐來這兒道聲虔誠，也得照樣謁誠地招待。

不過有「鐵府」的貴氣逼着人，平常的人都不敢接近；只有些貪便宜的來這兒喝碗上好白米的稀飯，吃兩個飛羅白麵的饅頭，拱拱手就走，不敢多留。可是這裏棚中還設着暖棚，暖棚又分出男女座位，裏邊物器俱全，山風兒一點也吹不到，已有幾位官眷早就來到這裏歇息了。

玉宅這僕人上前一道「虔誠」，隨着就把姑奶奶往裏請；棚裏的人一看見來了官眷，本來就更得恭敬。及至一聽說來的是玉宅的姑奶奶，魯宅的少奶奶，就是曾在他們府裏兩次盜劍之人，誰不驚訝呢？一齊說：「請！請！請到堂上棚裏！」但不禁得聲音有點發顫，眼睛都不敢順着燈光去觸到那姍姍的一條兒雪青顏色，可是眼珠兒都發直啦。

玉嬌龍一看見這是鐵府新設的茶棚，她就有點心裏不痛快，一進了堂客的暖棚，卻又見這裏有三四位貴族的太太正在閒談，旁邊還全有僕婦丫鬟在伺候。並且有位四十多歲的，身穿紫色綢袍托着水煙袋的太太，發着驚訝的笑聲說：「啊！魯少奶奶！您怎樣也來啦？」接着問了一大遍這個好，那個好。玉嬌龍又不得不依照輩數的尊卑來上前行禮，並且賠笑答話。

原來這位是展爺的太太，跟玉嬌龍的娘家沒有多大來往，但卻是她婆家魯太太的好朋友，玉嬌龍叫她「展三嬸兒」。這位太太向來是信佛的，當下見了玉嬌龍也來此燒香，她是特別喜歡。及至聽說玉嬌龍要爲父還願，捨身跳崖，她更是大大的贊成，她就說：「跳吧！只要到時候你一秉虔心，自有神保佑你。我的祖婆婆年輕時就跳過，是真的，那時她閉眼跳下去的時候，就覺得身子被雲托着，忽然悠悠地把她送走了。她睜眼一看，原來回到家裏啦，連皮肉也沒傷着。從那回，我那位老奶奶就一輩子沒災沒病，直活到九十九，死的時候真個老比丘似的，那一定是成佛啦！」

又說：「頂上的娘娘可真靈，譬仿這座山，平日有的是豺狼虎豹，現在一個也沒有啦。因爲開廟的幾天前，娘娘就派了靈官把那些東西全趕走了，所以咱們在這兒處處有神靈保護，何況你又是個孝女呢？」

玉嬌龍一聽，對這件事居然有了同情的人，而且是位貴族的太太，婆家的親友。她非常喜歡，就也斂起愁容，跟展太太很高興地談起閒話來了。兩位丫鬟聽了那些話，全都半信半疑，但在這裏是沒有她們插言的份兒；這兩個僕婦也像放了心了。因爲萬一少奶奶跳澗摔死了呢，她們回宅也有話可以推諉，反正這是展太太知道而且主張的。

旁邊幾位太太也是城中公侯大臣之家的女眷，展太太大都給玉嬌龍引見了。這幾位在初見玉嬌龍之時，全驚讚她儀態的雍容曼美，聽說了她要跳崖，可都又驚異！有的還讚嘆。及至展太太說出姓名來了，知道她就是玉嬌龍，她父親本已退休，兩個兄長又都丁憂；丈夫又因中風也失掉了官位，所以大家就覺着不必聯絡、親近她。何況這一年來的謠言與事實誰不知道？所以又都暗中對她生出來鄙視，揣着疑心。介紹之後，不得不點頭，但誰也不跟她說話。

茶棚內有預備的很好的稀飯、饅頭，還有展太太自帶來的素茶，請她在一起吃。這地方像客廳不是客廳，似驛舍又非驛舍，棚中的燈越來越暗，外面的山風卻越吹越緊。山風夜靜。門外夜行的香客還彼此道着虔誠；桃木棍敲在山石上的響聲極爲清脆，如刀棍交鳴。高處的罄聲散下去更清徹而悠揚，如壯士放歌，如大江拍浪，如遠漠駝鈴，如草原牛吼……四壁的人都坐在椅子上打盹；展太太說得疲倦了，趴在桌上直打鼾聲。玉嬌龍卻終宵未寐，心一陣酸楚，又一陣奮發。

漸漸棚中的蠟燭和燈油已將燒盡了，暖棚裏炭火也將滅，覺得很冷，但天色已漸發曙光。玉嬌龍看了看身邊帶着的金錶，長短針已指在四點三刻，她就趕緊叫僕婦丫鬟全都醒來，催着說：「咱們就往頂上去吧！」

兩個僕婦都揉着困倦的眼睛，都說：「天還早吧。」可是棚外卻足聲雜沓，許多人彼此道着「虔誠」，玉嬌龍就說：「你們看有多少人都往頂上去了?燒香不趕早兒還行?」

展太太打了個呵欠，直起腰來，她也把錶掏出來看了看，就說：「哎喲！睡得過了時候啦！天都快亮啦，我們可要朝頂去啦！再晚一點，娘娘可就回宮去啦！」遂就疾忙叫醒她帶來的僕婦，匆匆忙忙地這就預備走。魯宅的那兩個僕婦可都慌了，一齊說：「展太太，您等一等，跟我們少奶奶一塊走吧！」展太太點頭說：「好！你們也快着點！」

這時玉宅的那個男僕，站在門外問姑奶奶何時朝頂，丫鬟向外告訴他了。他又叫茶棚的人端來熱熱的稀飯和饅頭，玉嬌龍和展太太、丫鬟、僕婦們匆匆用了些，身體都又覺着暖和了，丫鬟並取出一件夾坎肩給玉嬌龍穿上，展太太也披了一件皮馬褂，拿起她的那棗木棍子。別了那幾個雖然被吵醒，可還不願這麼早就朝頂去的太太們，她們就還帶着點倦意，一齊走出了茶棚。

這時天還黑着，繁星還在高坡上閃爍，風很寒，吹得兩腿發抖。可是，確實有不少人在往頂上走去了。雖然沿着山路，隔個百十步還尚有一隻「路燈會」捐助的玻璃燈，香客們手裏也都打着玻璃的，紙的，牛角的燈籠，但照不明這段山路；大家都須用木棍向前試探着，半步半步地往前走。可是玉嬌龍卻也不用拄棍，她走得非常輕快，但她必須壓着腳步等等展太太。

往上去了會，回頭再往下看，就見巍然起伏的山嶺，崎嶇宛轉的山路，處處是悠悠蕩蕩的燈光。又走了一會，頂上的磬聲就散漫下來，而輝煌的香火也可以望得見了，此時的情景真是十分神秘。她們一共是九個人，到了頂上，先到靈官殿後，即到了碧霞元君宮。

這座殿建築在山頂之上，本來不大，可是香火之光，鐘磬之聲，擁擠叩拜的香客，求錢的老道，是紛亂極了。好容易她們才擠進了廟門，但想到殿中去從從容容地燒香可也不能夠；只得在許多人的後頭，玉嬌龍跪倒叩了頭。男僕一股一股的點香，因爲沒有地方插，隨手就扔在大香爐裏。

天雖未大明，可是這裏的火光很亮，香煙瀰漫着比雲還厚，誰也看不清楚誰的臉。玉嬌龍被丫鬟攙扶起來，丫鬟卻覺得小姐有點冷淚墜在她的手上。一時又擠不出去，並且展太太還手舉着火光熊熊的香，跪在地一邊叩頭，一邊嘴裏還咕嚕咕嚕的唸經，只好等着。

等了半天，展太太方才起來，手裏還拿着香，把她自己的皮馬褂都燒着了，嚇得她直叫喚。幸虧魯宅的兩個僕婦上前用手去撲救，才只燒了一片皮毛，並未延及全身。香抛在地下，散了，倒有許多人嚇得都往旁邊去躲。展太太又不敢在這抱怨，連嘆氣都覺得不大吉利，只得說：「香燒完啦！就算跟娘娘見了面啦！咱們走吧！」於是，又由那男僕在前面開路，她們幾個人又擠出了廟。

這時天空上的星光已隱，雲已漸明，東方泛起一片紫色的曙光。她們往下走，天愈發明，紫色的曙光面積愈大，連東方的一片雲都成了玫瑰色，景象頗爲綺麗。山鳥也噪起了清細的聲音，但晨風卻更緊，雲霧都向頂下去墜，更顯得稠密。

此時，她們這一行人的精神齊都十分緊張，都用眼看着玉嬌龍，都盼着她忘了那許下的心願才好。但臉色如霧一般的顏色，雙眉愁鎖，發鬢微蓬，絨花亂顫，雪青色的衣裙，被山風吹得時時飄起；以纖手彈淚的玉嬌龍，卻走到了一座懸崖之上面。

崖下是山澗，雲霧瀰漫如一片茫茫的大海，旁邊的人全不敢往近去走。玉嬌龍就站立在那裏回首說：「你們全回去吧！」聲音哀慘而堅決，說完了話再不回頭。兩個丫鬟全都跪下了痛哭，僕婦們顫抖着說：「少奶奶！別……別……」

展太太也雙腿不住地哆嗦，打着問訊，閉上了眼，嘴裏不住的動。男僕卻過來躬身哀求說：「姑奶奶！您來了就是啦！大人的病也好啦，娘娘早就知道您的孝心啦！您還得保重千金之軀，您跟我們回去吧！您還得照顧您那幾個侄男女呢！」

玉嬌龍卻並不回答，低着頭看着崖下的雲霧。忽然見她一頓腳，丫鬟僕婦們齊都驚得舉起手臂來，高喊着：「呀……」男僕要向前去揪也沒有揪着，只見玉嬌龍向下跳去了！風一吹，頭上的一枝絨鳳簪落在石上，她的雪青衣影已如一片落花似的墜下了萬丈高崖，下面雲霧茫茫，甚麼東西也看不見。

丫鬟僕婦都齊聲大哭，那男僕急得也要跳下去，說：「咱們還怎麼回去，大少爺二少爺囑咐咱們，到時無論如何也得把她攔住，現在，咳！咳……」展太太見人已然跳下去了，她彷彿倒不害怕了。打着問訊唸了聲：「阿彌陀佛！」又說：「你們就都別哭啦！這決不要緊，不信咱們進城裏去瞧瞧，她早比咱們先回去啦。頂上的娘娘要是連這麼一點靈驗都没有，那還能有這麼些個人來這兒燒香嗎？」

此時又有許多往上走的，跟往下走的香客們，一齊趕過來看。聽說有小姐投了崖，全都嘖嘖地讚嘆不止，都認爲這事決不要緊。這山崖雖然是最高的山崖，澗雖是最深的澗，澗裏是雲霧，本地的人都知道雲霧之下是亂石荒地，有點澗水不算多。向來没人到那裏去，可是那裏假若是有石可攀有路可行的話，就離着「三瞪眼」那地方不遠了，人也許不至摔死。

當下兩個僕婦兩個丫鬟的心裏，全都將信將疑，男僕卻愁眉苦臉，想着：「完了！這還有個不死的嗎？」展太太雖然口裏說：「不要緊，一定沒妨礙，就是有了舛錯，玉宅怪罪不着咱們。又不是咱們逼着她，是她自己許下的心願！」心裏卻不住的打鼓。

此時陽光已然高昇，山上的人更多，都爭傳此事，展太太僱了一頂山轎帶着她的僕婦下去了。這裏玉宅的男僕也同着兩個僕婦丫鬟，向下走一會兒，歇一會兒，直到過午方才下了山。這男僕就叫車先把僕婦丫鬟送進城去，分向玉魯兩宅去報信，一面他找了許多人跟他到山澗裏去找。這時各項香會來得更多，京城八邑、天津衛、保定府，各處的人也都到這兒進香來了；玩藝更多，人更熱鬧，但都沒有這件事能夠惹人聽聞。

玉宅的男僕在這兒連住了五天，玉宅、魯宅又派幾個僕人來這兒幫助尋找，並且懸出來很重的賞格。可是山崖依樣巍峨，澗雲猶然飄蕩，玉嬌龍的本身或屍體都無下落，連一隻鞋也沒找着。有的說：「她還會摔死？她那身本領，別說跳崖，就是從天上摔到地下，由靈霄殿的瓦上摔到森羅殿的地坑裏，她也不會死呀！別是藉着這個因由兒，她飛了吧？」

有的從妙峰山才回來的，卻搖頭說：「不行！那座崖我看了。太高！澗太深，無論多大的本領，掉下去也準沒有活命！因此又有人傳來了謠言，說是有人在山澗裏拾着一綹青絲髮，屍首大概是叫狼吃了，那個狼才算有艷福的呢！」

又有人說：「玉嬌龍給她的爸爸託了一個夢，說是她確已死了，她的爸爸因此吐了一口血，病又反覆了啦。」傳說不一，誰也沒有確實的根據。不過魯宅卻延僧請道，爲少奶奶唸了一場經，從此再也不提這件事。

劉泰保夫婦在妙峰山足玩了半個月，十六那天才一同坐着騾車進成，馬也沒有了，寶劍和那兩隻包裹也都不知送給誰啦。有人向他問到玉嬌龍跳崖之事，他卻連連擺手說：「別提別提！我姓劉她姓玉，我是窮光蛋，人家是名門小姐少奶奶。去年我一時好事，跟她家搗過幾次小麻煩，倒是真的，但我們只有一面之識，實無兩面之緣。人家跳了崖，只要不是我給推下去的，就休來問我。至於玉嬌龍是活着或是已然嗚呼了，那恕我跟閻王爺沒有交情，不能去查那本生死簿。得啦，諸位別來問我，現在我一切閒事都不管，只顧的是我的飯鍋！」

蔡湘妹也是向街坊鄰居們嘆息，手背拍着手心說：「咳！這真想不到！可惜了兒的！她還待我怪好的呢！」

他們夫婦自玉嬌龍跳澗之後，日子過得是特別的平安，蔡湘妹頭一胎生的這個男孩，十分肥胖可愛。劉泰保在鐵府裏也比早先得臉啦，雖然群雄俱去，他在街面上大可以爲王了；但他卻不再像早先那樣的好吹，非他力量所能及的那些閒事兒，他也不愛管啦。他的朋友禿頭鷹可不知從哪兒發了一筆邪財，處處都顯出闊來了。至於德嘯峰和邱廣超兩家的人，對玉嬌龍之事，絲毫不加以評議。

妙峰山的會期一過去，京城中倒顯得冷冷清清，玉嬌龍之事已無人再提。就像大家已把她忘記了，她的生死問題，就算是沒有結果而結束。天氣又一天比一天熱了，柳條一天比一天長了，草已由青變綠，花已由零落而落實。

在西陵五回嶺一帶，那地方按位置說是在北京的南邊，所以氣候更暖，山上的草更高。山下那不知誰家的幾間廬舍，附近有山泉流成一道小溪，匯聚在廬舍旁邊成了一畝小湖。岸上蘆葦新生，槐柳成林，在池面上浮着五六十隻鴨子，掠水遊戲，山坡上還放着四十多隻綿羊在那兒吃青草。羊的毛跟鴨子的羽翅，卻像雪一樣的白，遙遙對照，相與爭輝。

這地方很少有人來往，只有嶺北一座廟裏的道士，常至廬中訪問這裏的主人。這廬舍裏只有主一僕二，二僕之中一個管牧羊，另一個管養鴨。但牧羊的這個人，並不是畫上的那麼個吹着短笛風流瀟灑的牧童，卻是個形容古怪，兩隻紅眼，像老鼠似的人，常坐在羊群裏聞鼻煙。

那個管養鴨子的，也不像江南水村坐在小船上以竹竿趕鴨的嬌嬈村女，卻是個慓悍的，臉上有一塊刀疤，像當過幾天嘍囉的傢伙。這傢伙很懶，白天常在林中睡覺，倒好像墳窟窿裏住的獾。但他們的這份家計也就仗着他們兩人操持了，羊是養肥了去賣給附近城裏的羊肉舖，鴨子也是養肥了送到燒房，或是自己燉着吃。

主人卻甚麼事也不幹，每天只是愁眉不展，天天刮臉，天天站在廬舍前或上山坡去東瞧西望。有時又頓腳、嘆氣、唱歌，但他只唱一句歌，只是「天地冥冥」四個字，往下他就不唱了；

彷彿他心中永遠是焦急暴躁，盼望着甚麼人來。但一陣春風，又是一陣細雨，白天過去了，又是黃昏。一天一天的過去了，他所盼望的人卻永久不至，他越來越愁，越來越急。

這時候燕子已經成雙，蜜蜂蝴蝶已在花間尋侶，羊兒也互相追逐，鴨子都兩兩地游水，月兒也圓了。就是這一天，柳梢上拱出來一輪圓圓的明月，月光照得這個地方，山石似玉，樹影如描，池水高得像一汪水銀似的。舍中也無燈光，鴨子已回到欄中又睡，羊群也擠到林下去安眠，只有那兩個僕人他們坐在山坡上，像賞月的詩人似的。其實他們一點沒有注意這月亮，他們只是彼此聞着鼻煙在瞎扯。

這時便從北邊有一陣清脆的馬蹄聲來了。聲音並不急速，但由遠而近，越來越響。於是那耗子似的人就把耳朵一豎，推了他的夥伴一下，說：「你聽聽！是有馬來了不是？」兩人都跑下了山坡把路擋住，直着眼睛藉月光看着北方。北方是一重一重的峻嶺，白天由那邊的嶺上爬過來都不容易，何況是月夜，是甚麼人呢？有多少人呢？可是由蹄聲聽得出來，來者只是一個人一匹馬，嘚嘚嘚，不多時候馬已漸漸來近。

這邊臉有刀傷的小子，高舉着雙臂吆喝着說：「喂！喂！你是幹甚麼來的呀？……」身後那老鼠一般的傢伙，卻拉了他一下，說：「别是咱們的太太來啦吧？」因爲他的兩隻紅眼向前看出來，月光之下，來到二三十步之內的是一匹胭脂色的駿馬，馬上帶着兩隻大包裹，還有長長的像是一口寶劍。劍的銅護手、絲條穗跟馬鞍韉上的全份新銅活、銀鐙等等，都映着月光發亮。馬上的人是高身細腰，一身青色的緊緊的短衣褲，但頭上卻蒙罩着花綢的帕子，掩住了雲鬢，來者卻是個女子。

那個老鼠似的人趕緊轉身歡跳着跑了，有刀疤的卻疾忙上前拉馬，並說：「我們老爺在這兒等着您，等了快有半年啦！」馬上的女子發出清細而急快的聲音，問說：「人家告訴我的，說你們是住在嶺北這三清廟裏去找，那裏的老道卻說你們早就搬到這裏來了。早要知道你們在這兒，我可以省走好多的路！」花臉獾說：「這是我們老爺的主意，因爲老爺覺得在廟裏會您，有點不方便。恰巧，這兒有幾間沒主兒的房子，又很雅靜，過日子正相宜。地下雖有個大洞，可是也叫我們填死啦。我們搬在這兒就等您來，太太……」

又趕緊改口說：「小姐……」女子不作甚麼表示，款款地走了幾步，她見廬舍裏已點上了淡紅色的燈光。廬中的主人，一個虎背熊腰，臉刮得比月亮還亮的少年男子，聞了信就疾忙地走出。於是女子也趕緊下了馬，囑咐牽馬的人說：「馬上的東西別動！」她一手提着絲鞭，裊裊娜娜地如月中下凡的仙子走了過去，跟那男子見了面，兩人的手緊拉在一起了。

男子微嘆了一聲，先低下頭，又揚起來臉；她的俏臉現出來嬌笑，多情的笑，睫毛上可掛着露水一般的淚珠，被月光照得晶瑩亂動。兩人就攜着手進了短垣、竹籬、簾櫳，而到裏屋去了。

屋裏有着一張床的那個裏間，窗上燈光發着嬌艷的顏色，男子雄健的影子，和女子的掠鬢倚身的俏媚影子，都很清晰地印在窗上，並時時換着姿式。外面的兩人把那匹胭脂馬牽到門中繫在椿上，兩人蹲在廚房的檐下，他們抬着頭瞧着那窗櫺彼此笑着，擠鼻子弄眼作手式，他們可都不敢近前去偷聽。

那屋裏男女二人談話的聲音都很低微，散不到窗外來。窗上的人影也只一閃一閃地斷續無定。但是過了許多時，忽然女的發出一陣笑，格格地，聲兒極爲嬌細；並見那個男的是把手放在她肩上，斜托着她的臉兒，男的也哈哈大笑起來。

這外邊的兩個人都吐着舌頭彼此看了看，又彼此悄聲說：「今天怎麼這麼喜歡呀？」「這樣看來，可以在這兒過上日子啦！咱們哥兒倆可怎麼辦呀？看看人家？」突然，室中的笑聲中止，燈光忽滅。月光走到天心，地下顯得明亮，樹影、竹籬的影子，描繪得更清楚，四周的景象越靜越幽美。屋檐下的這兩人，一個拉着一個說：「得啦！別看啦！進屋睡覺來吧！明天早晨，別忘了給咱們太太賀喜就得啦！」當下兩人進廚房去睡覺。外面愈靜，只有山風吹着樹葉顫動，泉水在石隙作微微的細語，兩三顆星向下睜眼微笑。……一夜過去了。

次晨，天微明，朝霧迷漫在嶺上和林間。屋裏的人，連羊、鴨子，還都没有睡醒，椿子上的馬，身上還備着鞍韉，掛着兩隻大包裹跟寶劍，嘴唇跟鼻孔「撲嚕嚕」地吹氣兒；月已轉向西方，成爲一片無光的銀色。風撼着樹枝，似要吹醒鳥兒。

此時，那正房的簾櫳忽一動，女的走出來，雖然壓着腳步並無聲音，但她走得很快，一手提着絲鞭，一手向上掠那蓬鬆雲鬢。走到了椿子旁，解下馬，牽出了短牆，上了馬，用絹帕揉揉眼睛，就揮鞭向東馳去，連頭也不回。蹄聲一響，宿鳥驚飛，鴨子也亂叫，綿羊也齊叫；廬中的那男子已然驚醒，發現失去了那女子，他疾忙追了出來。四下張望，連聲喊叫，但那女的俏影早已無蹤無聲。

東方發出來玫瑰色，天際薄雲作魚鱗之狀，雲霧也漸消散。大地長天如扯去了一層美麗的幕，飄去了一個幻夢，露出來苦悶、惆悵的臉色來。男的站在山坡上發呆了半天，他明白，他覺着即使追上了也無用，但他又嘆氣、懊惱，一步懶一步地走回廬舍。廚房裏的那兩個僕人還在睡鄉之中，卻還不知他們主人的這場綺夢又已散了。

《臥虎藏龍》寫至此處，作者應當擱筆了。聰明的讀者應該知道：昨天在廬舍中同圓好夢的那一男一女是誰，也應知道他們爲甚麼要分散而不能長聚。從此羅小虎時時回憶着，這一段夢境一般的綺麗溫柔；住在這裏，心灰意懶，不作事，更不鬥氣橫行，他竟成了一個廬中高「臥」的隱者。至於玉嬌龍既難忘愛人的癡情，又不能不守母親未歿之時的遺言。總之，她雖已走出了侯門，究竟是侯門之女；羅小虎雖久已改了盜行，可到底還是強盜出身，她決不能作強盜的妻子。所以來此一會，綺夢重溫，酬情盡義，但又不敢留戀；次日便決然而去，如神龍之尾，不知「藏」往何處去了。塵海茫茫，人生繁瑣，其後尚有許多事情留待《鐵騎銀瓶》中再述也

歷史長篇小說

楊度

唐浩明 著

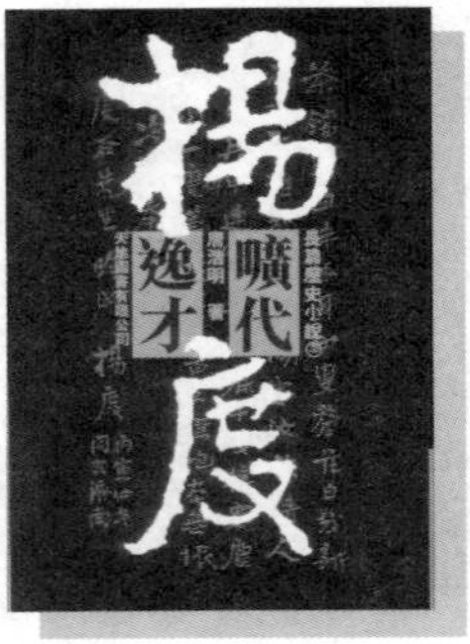

以長篇歷史小說《曾國藩》風靡海內外讀者的唐浩明，又以澎湃的氣魄和歷史的博識創作了一百二十萬字的長篇歷史小說《曠代逸才——楊度》。

楊度是中國近代歷史上一個極富爭議性的人物，才華卓絕，抱負不凡，由國學名師王闓運授與帝王之學，又東渡日本研究君主立憲政體，立志在清末民初中國風雲變幻的政治舞台上，演一齣轟轟烈烈的好戲。

本書由中日甲午戰爭寫起，至一九三一年的「九一八」事變止，時間跨度四